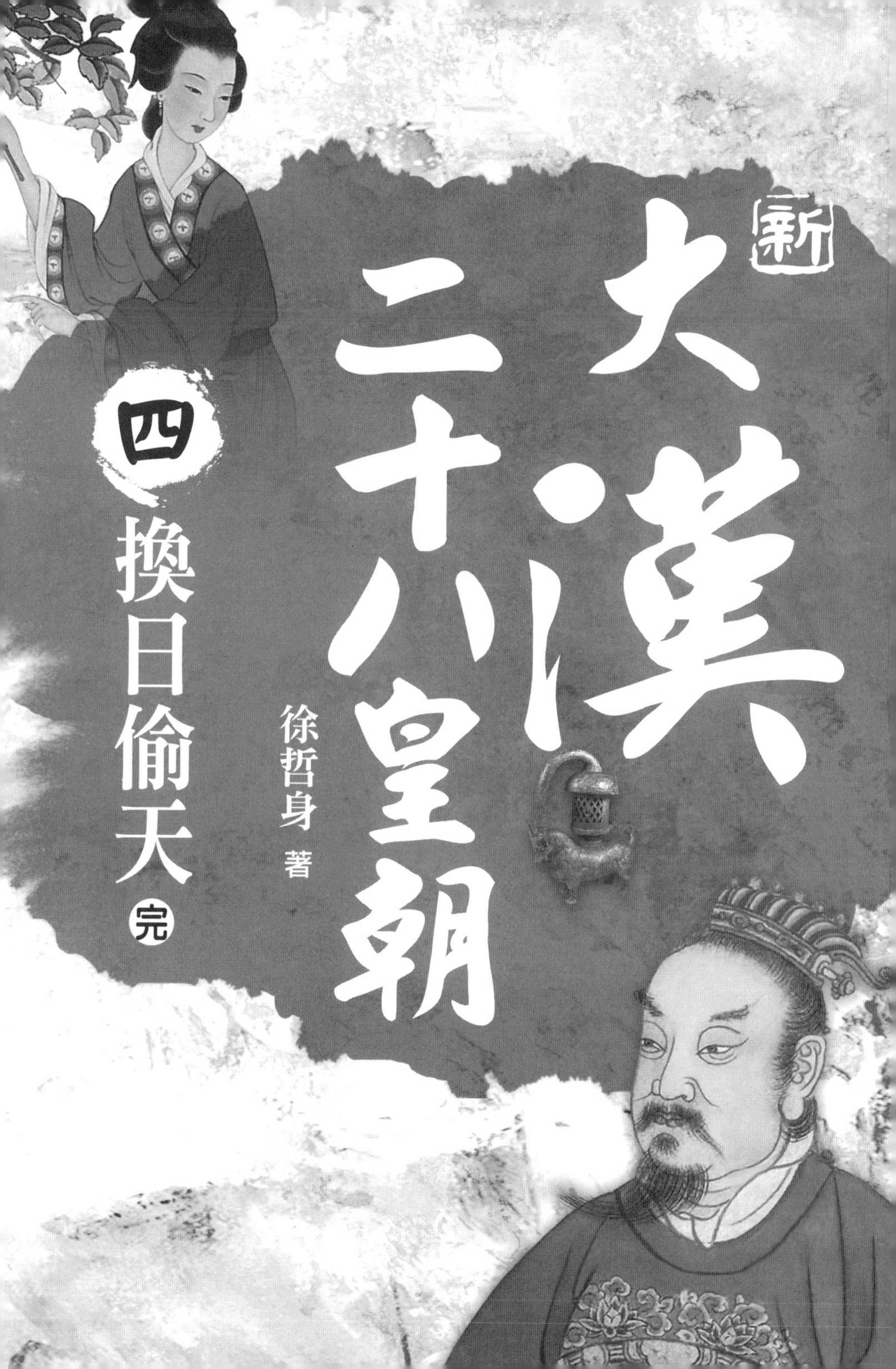
新
大漢二十八皇朝
四
換日偷天
完
徐哲身 著

目錄

目錄

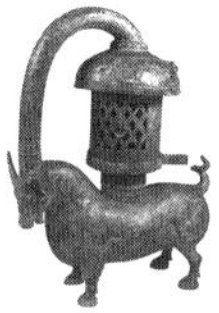

第九十一回　司馬捉姦

竇娘娘偎在章帝的懷裡，故意哽哽咽咽地哭將起來。章帝被她這一哭，倒弄得莫名其妙，忙問她道：「娘娘什麼事不如意，這樣的悲傷，莫非怪孤家強暴了麼？」

她答道：「萬歲哪裡話來，妾身不許與萬歲便罷，既沐天恩，還有什麼不如意處呢！不過臣妾今天聽得一個消息非常真切，如果這事發生，恐怕要與萬歲大大的不利呢！」

章帝聽她這話，連忙問道：「娘娘得著是什麼消息，快道其詳。」

她道：「萬歲將宋貴人囚入冷宮，究竟為著怎麼一回事呢？」

章帝道：「這狗賤人私通太醫，殺之不足以償過，將她囚入冷宮，還算格外加恩哩！」

她道：「萬歲雖然不錯，但是她的哥哥宋揚，聽說妹妹囚入冷宮大為不服，聯絡梁貴人的父親梁竦陰謀不軌，並在京內造謠惑眾，弄得人民惴惴不安，所以臣妾想到這裡，很替萬歲憂愁不淺，因此落淚。」

章帝聽她這番話，驚得呆了半晌，對她說道：「哦，果然有這樣的事麼？」

她道：「誰敢在萬歲面前講一句虛話呢？」

章帝道：「怪不道這些賊子近兩天早朝，都是默默的沒有什麼議論，原本還懷著這樣野心呢！別的我倒不說，單講這梁貴人，難道孤家待她薄麼？她的父親居然這樣的無法無天，我想她一定是知道的。」

竇娘娘在枕上垂淚道：「萬歲不提起梁貴人，倒也罷了，提起她來，臣妾不得不將她的隱事告訴萬歲了。」

章帝道：「你說你說，我沒有不相信的。」

她道：「這梁貴人的性子真是一個火燎毛，一言不合，馬上就來胡纏瞎鬧。」

章帝詫異道：「那麼，她見了我總是溫存和藹的，從未失一次禮節呢！」

她連忙說道：「萬歲哪裡知道，她見了你，當然不敢放肆。但是萬歲只要三天不到她的宮裡去，暗地裡不知咒罵多少呢！我幾次聽見她的宮女們來告訴我，我還未十分相信。前天我到濯龍園裡去散心，從她的宮門口經過，她不但不出來迎接，在宮裡面潑聲辣語地指張罵李。萬歲爺，你想想看，我是一個六宮之主，豈可和她去一般見識麼？只得忍耐在心，不去計較她。誰想她竟得步進步，在宮中越發肆無忌憚了。前天萬歲在未牌時候，可曾召哪個大臣進宮議論什麼事情？」

章帝忙道：「不曾不曾。」

她故意恨了一聲道：「我早就知道這賤人的私事了，原來還有這樣的能耐呢！我倒要佩服她好大膽。」

章帝聽她這話，不禁問她：「什麼事情？」

她停了一會，才說道：「還是不要說罷，說出來又要得罪了別人。」

章帝急道：「娘娘，你只管說出來，我怕得罪誰？」

她道：「萬歲既然不怕，我當然是說出來。聽說那天未奉旨意的大臣，據他們傳說，就是第五倫。」

章帝聽得這話，不禁勃然大怒道：「好好好，怪不道那匹夫每每諫阻孤家的命令，原來還有這樣的事呢！」

他們兩個談談說說，不一會，雞聲三唱，景陽鐘響，章帝匆匆地起身上朝，受眾文武參拜已畢，便下旨意將梁竦、宋揚拘提到殿。

章帝將龍案一拍罵道：「孤王對於你們有什麼不到之處，膽敢這樣的目無法紀，造謠惑眾，你們的眼睛裡還有一些王法嗎？」

章帝越罵越氣，不由地傳了一道聖旨，推出午門斬首。這時三百文臣，四百武將，一個個如同泥塑木雕的一樣，誰也不敢出班多事。獨有大司空第五倫越班出眾，俯伏金階，三呼萬歲。

章帝見來者正是第五倫，不由得怒從心上起，惡向膽邊生，冷笑一聲，對第五倫問道：「大司空出班，敢是又有什麼見教麼？」

第五倫奏道：「我主容奏，臣聞湯武伐紂，尚須先明罪狀；今梁竦、宋揚陰謀不軌，

應即處以死刑，惟謀叛的憑證何在？或者為人告發，萬歲當亦指出此人，與梁、宋對質，使彼等雖死無怨。臣濫膺重任，迫於大義，思自策勵，雖有死，不敢擇地。愚衷上瀆，伏乞聖裁。」

他奏罷俯伏地下，聽候章帝發落。

章帝聽罷，氣衝衝地喝道：「第五倫！你身居臺輔，不思報效國家，為民除害，反而為這些亂臣賊子狡詞辯白，顯係有意通叛。來人！將他抓出去砍了！」

第五倫面不改色，從容立起來就綁。那一班值殿的武士，刀光灼灼，將第五倫牽了出去。這一來，眾文武越不敢置詞保奏。

正在這萬分危急的時候，太傅趙熹剛由洛陽回京，聽說要斬第五倫，大吃一驚，火速上朝。剛走到午朝門外，瞥見第五倫等三個人已上樁橛，只等旨下，便來動刑了。趙熹大踏步喘吁吁地喊道：「刀下留人！我來保奏！」

眾武士見太傅上朝，誰也不敢動手了。

這時太尉牟融，司寇陳凡，吏部尚書魚重，見事到如此，再不出來保奏，眼見第五倫等三個人就要送掉性命了，他三人一齊出班保奏第五倫。

章帝哪裡准奏，忙命值殿官懸起上方寶劍，他口中說道：「誰來保奏，就令他和第五倫同樣受刑！」

嚇得他們不敢再奏，退身下來暗暗叫苦。

牟融悄悄地說道：「可惜太傅在洛陽，又未曾回來，如果他來，一定能夠將第五倫保奏下來的，除了他，別人再沒有這樣能力。」

話還未了，瞥見黃門官進來報道：「太傅由洛陽回來，要見萬歲。」

章帝聽了，便著了慌，連教請進來，一方火速傳旨去斬三人。誰知那些武士見聖旨出來，就如未曾看見的一樣，挺腰叉手，動也不動，那傳旨官迭迭地催道：「聖旨下，快快用刑罷！」

那些武士齊聲答道：「現在太傅前去保奏了，難道你不知道麼？誰敢去和他老人家作對呢？我們沒有兩個頭顱，只好守候他老人家去保奏過了，若是不准，再為動手不遲。」

那傳旨官喊道：「難道你們不服聖旨麼？」

他們齊道：「他老人家已經對我們關照過了，誰敢去捋虎鬚呢？雖有聖旨，只好再等一會子罷。」

不說他們在這裡辯論，再說趙熹踉踉蹌蹌地趕到金階之下，握住鬍子，喘了半天，才俯伏下去，三呼萬歲，章帝即命金墩賜座。

趙熹發出一個顫巍巍的聲音說道：「敢問我主，大司空犯了什麼大罪？」

章帝安慰他道：「老愛卿！遠涉風霜，何等的勞苦，孤家實在不安，請回去靜養靜養吧！第五倫身犯不赦之罪，所以孤家一定要將他斬首的，這事也無須老愛卿煩神。」

趙熹忙道：「萬歲這是什麼話？第五倫犯法，應當斬首，但是也該將他的罪狀宣布於微臣，考察考察，是否可有死刑之罪，那時方不致失卻萬民之望。而且第五倫司蜀郡十有二年，清廉簡正，有口皆碑，即使他縱有一二不到之處，我主也應念他的前功，施以懲勸，方不失仁君之大旨。今萬歲遽然不念前功，施以極刑，不獨離散群心，亦失天下之仰望，將來社稷前途，何堪設想呢？我主要殺第五倫，微臣不敢阻止，但是先要將他的罪狀宣布。如果欲以莫須有三字屠殺朝廷的柱石，寧可先將老臣這白頭砍下，懸在午朝門外，那時隨我主怎樣了。」

他說罷，起身下座，重行俯伏地上，聽候章帝發落。

章帝被他這番話說得閉口無言，沒了主意。停了半天，方才答道：「老愛卿且請歸坐，容孤家再議！」

趙熹奏道：「我主請不必粉飾，赦殺與否請付一明決罷。」

章帝答道：「老愛卿請勿深究，孤家准奏，將他們放下就是了。」

趙熹奏道：「這如何使得？要是被萬民知道，還要說老臣壓迫聖躬，強放罪魁呢！」

章帝道：「前情一概不究，命他改過自新，這是孤家的主見，怎好說是老愛卿強迫呢？」他說罷，忙下旨將第五倫放下，官還原職，梁竦、宋揚削職徙歸。

趙熹舞蹈謝恩。滿朝文武，誰不咋舌稱險。退朝之後，趙熹又將群僚責問一陣子，誰也不敢開口和他辯白。

再說章帝回宮，便命梁貴人收入暴室。竇娘娘便將她所生的兒子劉肇收到正宮撫養。章帝趁此就將劉慶發為清河王，將劉肇立為太子。可憐梁貴人到了暴室中，不到半月竟香消玉殞了。

隔了幾天，竇勳忽然得了一個中風的症，未上幾小時，竟嗚呼哀哉！大司馬竇憲聞訃進宮，竇娘娘聽說父親死了，只哭得淚盡腸枯，便在章帝面前說要回去省親致祭。章帝很讚美她的孝行，一詞不阻，便准了旨，擇定建初六年四月二十日回家致祭。大司馬得旨，忙命人高搭孝篷，長至四五里之遙，延請高僧六七十個在府中超度。文武百官，誰不來趨奉他呢，你送禮，我擺祭，真個是車水馬龍，極一時之盛。

但是在這熱鬧場中，卻有一件極有趣味的事情，不妨趁此表了出來。

這竇憲依著他妹妹脂粉勢力，出車入馬，富埒王侯，婢僕如雲，妾媵盈室，一舉一動莫不窮極華貴。滿朝側目，敢怒而不敢言。雖有趙熹，第五倫等幾個剛直不阿，無奈第五倫因為前次受了挫折，不願再作傀儡；趙熹年高昏耄，眼花耳聾，漸漸的沒有什麼精神來彈劾這些奸佞了。牟副為人靜肅，不喜多事。所以將一個竇憲驕得不可一世了。這次他的父親死了，居然出斧入鉞，一切儀仗與天子無甚差別。單說他的姬妾一共有四十七個，俱是橫占霸奪來的。

其中有一個名叫驪兒的，生得花容月貌，貝齒星眸，芳齡只有二九零一，可是她的生性風騷，那竇憲疲於奔命，一天應付一個，派下來須要一個多月才臨到她這裡一次

呢，得到實惠與得不著實惠，還未可知。試想這朵剛剛開放的鮮花，常常挨饑受餓，得不到雨露，還能不生欲望麼？只好在暗裡別尋頭路，以救燃眉。

她的解饞人，本是竇憲面前一個侍尉名叫杜清，年輕力足，還能滿她的欲望。常常到了風雨之夕，這杜清見他的主人不來，便很忠實地來替他主人做一個全權代表了。暗渡陳倉的老調兒竟有二年多了，終未有被一個人看出破綻來。到了現在，府中正忙著喪事，人多眼雜，那個越俎代人的事情，只好暫告停止，所有的妻妾一齊住在孝帳裡守孝，那些和尚成日價的鐃鈸叮噹地念著。

到了第四天，新到一個西域的小法師。大和尚與恩光禪院的方丈便請他登堂拜懺。那小法師年紀不過十七八歲，穿著五色輕俏的袒衣，雜著眾僧走到孝堂裡面去拜懺。一時哆羅哆羅不南嚕蘇之聲，不絕於耳。那一群婦女循例嬌啼婉轉，和眾僧的念懺的聲音互相混著，煞是好聽。停了一會，眾僧將一卷玉皇懺拜完，一齊坐在薄團上休息。

那孝帳裡一群粉白黛綠之流，不住地伸頭向外窺探，大家不約而同將視線一齊集到這位小法師的臉上。這小法師也拍了回電，只見一群婦女之內，只有一個入他的眼睛，無形中四道目光接觸了好幾次，各自會意。

不多時，天色已晚。眾和尚又在孝堂裡擺下法器，放著瑜珈焰口。放到四更以後，那些和尚東倒西歪的都在那裡打瞌睡了。這小法師卻懷著滿腔心事，兩隻眼不時向孝帳瞄著。不多一會，瞥見有一個人從孝帳裡婷婷嫋嫋地走了出來，他定睛一看，不是別人，卻就是日間看中的那個麗人。
他不禁滿心歡喜，只見她輕移蓮步，慢展秋波，四下裡一打量，不禁向小法師媚眼一瞟，嫣然一笑。這一笑倒不打緊，將一個小法師骨頭都酥了。她用手向小法師一招，慢慢地退向屏風後頭而去。
這小法師身不由己地站了起來，隨後進了屏風，只見她蓮步悠揚地在前面走著。這小法師色膽如天，一切都不暇去計較了，追到她的身邊，伸手將她一摟，親了一個嘴，說道：「女菩薩，可能大發慈悲，施救小僧則個。」
她微微一笑，也不答話，用手將他推開，一徑向左邊的耳房而來。
他哪裡肯捨，竟跟著她進了房。只見裡面除了她，沒有第二個，他不禁喜從天降，一返身撲地將門閂起，走到她的面前，雙膝一屈撲通往下一跪，央告道：「女菩薩，可憐貧僧吧！」
她故意嬌嗔說道：「你這和尚忒也大膽，為什麼好端端地闖到人家的閨閣裡來？做什麼的，難道你不怕死麼？」
小法師道：「娘子！日間早就對我打過照面了，怎的到了這會子，反而假裝起正經人來，是什麼緣故呢？今天我就是死了，也不出去的，求娘子快點開發我吧！」
她揚起玉掌，照定他的臉上啪的就是一下子，故意說道：「誰和你在這裡混說呢？趕緊給我滾出去！不要惹得我性起，馬上喊人將你捆了。」

小法師不獨不怕，反滿臉堆下笑來，忙道：「不想我這嘴巴上，竟有這樣的福氣，得與娘子的玉手相親近，還請娘子再賜我幾掌。」

她星眼斜飄，嗤地一笑道：「看不出你這個小禿驢反知趣咧，你起來罷。」

小法師聽她這話，真是如同奉著聖旨一樣，一骨碌從地上爬起來，將她往床上一抱，寬衣解帶，共赴陽臺了。

不說他們正在巫山一度，再說那個杜清將竇憲送到十八姨娘的房裡，自己退了出來。正走到前面的孝帳裡，用目一張，只見那些守孝的人和一群和尚均已酣然入夢了，他大膽著伸頭朝孝帳裡面一張，卻單單不見了驪兒。

他不由得心中詫異道：「她本來是與大眾一同守孝的，此刻不見，莫非是回房去睡覺了嗎？」

他尋思了半天，暗道：「我且去看看她，究竟是到哪裡去了？」

他便離了孝帳，一徑向後面而來。剛剛走到她的房門外，耳朵裡忽然聽到一種奇怪的聲音，他屏氣凝神地聽了片晌，不禁怒火中燒，不可遏止，暗道：「原來這賤人還是這樣的人物呢！好好，管教你今日認得咱老子的手段。」

他說罷，離開這裡，一徑向竇憲房中而來。

不一會，到了竇憲的房門口，用手在房門上面一拍。裡面有人問道：「誰呀？」

杜清連忙答道：「是我。」

竇憲聽見他的聲音，連忙問道：「杜清！你此刻還不去睡覺，到我這裡來做什麼呢？」

他道：「請大人起來，我有要事稟報。」

竇憲見他半夜三更的前來，料知事非小可，連忙一骨碌起身，將門放開。只見他滿臉怒容，竇憲問道：「杜清！你有什麼要緊的事，請你就說吧。」

杜清道：「請大人將寶劍帶著，跟我到一個地方去，自有分解。」

竇憲真的掛起寶劍，隨著一徑向前面而來。走到驪兒門口，杜清止住腳步，悄悄對竇憲笑道：「大人，請你近來，細細地聽聽看，究竟是一回什麼事情？」

竇憲附耳靠門，聽了一會，只聽得裡面吱咯吱咯的床響和一種狎暱的聲音。他不聽猶可，這一聽，不禁將那無名怒火高舉三千丈，按捺不下，一腳將門踢開，瞥見床上一對男女，正在那裡幹那不見天的事哩！

他定睛一看，男的卻是一個六根未盡的小法師，女的卻是自己的愛妾驪兒。他不禁勃然大怒，拔出劍來，颼的一劍砍去，那法師上面的頭，卻離了本位，骨碌碌向房外去了，這時鮮血直噴。驪兒見了這樣，只嚇得魂不附體，啊呀兩個字還未喊得出口，劍光到處早已身首異處了。

杜清見將她殺了，未免心中倒暗暗地懊悔起來，卻不敢說了出口，只得私下裡叫苦。

竇憲將二人殺了，便對杜清道：「你趕緊去喊兩個侍尉，將這狗賤人與禿驢的屍首，悄悄拖出後門，埋入花園裡面，不准聲張。」

杜清唯唯答應，轉身出去。不多一會，帶來兩個人，將他們的屍首用力一提。說也奇怪，小法師的兩隻手緊緊抱著驪兒，竟像生根了一樣，任你怎麼提拔，文風不動。他們見了這樣，反倒沒了主意。

杜清道：「提不開，就將他們兩個屍首一併抬了去罷。」

有一個侍尉答道：「那卻如何使得？抬出去，萬一被人看見，這赤身露體的一男一女，究竟像一個什麼樣子呢？」

竇憲見他們盡在這裡猶豫，不禁怒道：「你們這些無用狗頭，這一點事都不能完全的辦妥了，還有什麼用處？」

他說罷，拔出寶劍，將小法師的兩隻膀子砍了下來。這一來可離開了。他們一人背著一個，徑向後園而去。

第九十二回　花下銷魂

兩個侍尉將他們的屍首用被褥裹好，拖到後園，用土掩埋不提。這時竇憲對杜清說道：「你將這裡的血跡打掃乾淨，替我將那些禿驢完全趕了出去，用不著他們在這裡鬼混。」

杜清忙道：「動不得，千萬不能這樣的做法。明天娘娘駕到，見這裡一個和尚沒有，不怕她責問麼？再則，你現在將小法師殺了，他們還不知道呢。如果你突然要將他們趕出去，不是顯易被他們看出破綻來嗎？我看千萬不能這樣做法，只好多派幾個人，在前面監視他們，不會再有什麼意外之事發生了。」

竇憲翻一回白眼，說道：「依你這樣的說，我是不能趕他們的了。」他道：「動不得，只好忍耐幾天罷了。」

竇憲說道：「既如此，你替我派幾個人，暗地偵視他們便了。」他說罷，回房而去。

杜清一面將房裡的血跡打掃乾淨，一面又派好幾個人去暗裡頭偵視一群和尚。

再說那些放焰口幾個和尚，一個個打了半天瞌睡都醒了，敲著木魚金磬，嘴裡哼著。

不多一會，敲鼓的和尚回頭一看，不見了小法師，不禁大吃一驚，暗道：「他到哪裡去了，敢是去登廁了麼？我想他是一個法師，理應知道規矩才是個道理，難道這臺焰口還未放完，就能去登廁了麼？我想決不會的。」

他順手向後面的一個和尚一搗，那和尚正在打盹，被他一搗，不禁嚇得一噤，揉開睡眼，大聲念道：「嘛咪吽，嘛咪吽。」

這敲鼓的和尚，忙悄悄地說道：「喂，你可見正座的小法師到哪裡去了？」

那和尚聽他這話，用手向背後一指，說道：「不是坐在上面嗎？」

敲鼓的和尚用嘴一呶，說道：「你看看！哪裡在這裡呢？」

那和尚回頭一看，果然不見正座的小法師坐在那裡了，不禁很詫異地問道：「這可奇了，到哪裡去了呢？」

這兩句話聲音說得大一點了，將眾和尚都驚動了。不約而同一齊朝正座上一望，一個個目瞪口呆，不知所措，面面相覷了半天。

那敲木魚的和尚，猛的跳起來對大家說道：「我曉得了，這小法師一定不是凡人，恐怕的羅漢化身，來點化我們的，也未可知，他現在騰雲走了。」

眾和尚聽他這話，有的念佛，有的合掌，有的不信，嘰嘰咕咕在那裡紛亂不住。

又有一個和尚說道：「方才靜悟大和尚這話未免忒也不符，他既是個神僧，還吃煙火之食麼？我想他一定是個騙吃騙喝的流僧，他怕這臺焰口放不下來，趁我們打盹，他輕手輕腳地逃走了，也未可知。」

又有一個和尚極力辯白道：「你這話，未免太小視了人，連我們方丈都十分恭敬他，如果他是個流僧，我們方丈還這樣的和他接近嗎？」

那敲鼓的和尚說道：「如今他既然走了，管他是個好和尚，壞和尚，但是我們這裡沒有了正座，這焰口怎樣放法？萬一被人家知道了，便怎樣辦呢？」

大家道：「這話不錯，我們趕緊先舉出一個正座來，遮人耳目，才是正經。」說罷，你推我，我請你地謙虛了一陣子。結果那個敲鼓的和尚被他們選出來做正座，馬馬虎虎將一臺焰口勉強放了。

到了天亮，那方丈、住持一齊走了進來，見小法師不在裡面，忙齊聲問道：「小法師到哪裡去了？」

眾和尚一齊撒謊答道：「我們放到半夜子時的時候，小法師頭上放出五彩毫光，腳上生出千朵蓮花，將他輕輕地托起騰空去了。」

那住持方丈便合掌念道：「阿彌陀佛！我們早就知道這小法師是個神僧了。」

正在說話之時，竇憲從裡面走來。方丈和尚連忙上前來打個稽首，對他說道：「恭喜老王爺，洪福齊天。他老人家歸西，竟有神僧前來超度，還愁他老人家不成仙成佛麼？就是大人，將來也要高升萬代的。」

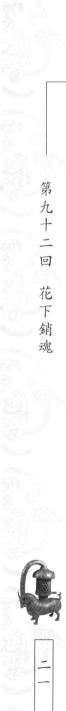

竇憲猛的聽他這些話，倒弄得丈二的金剛摸不著頭腦，忙問他什麼緣故。那方丈連忙將夜來眾和尚看見小法師飛騰上天的一番話，告訴竇憲。竇憲才會過意來，不禁點頭暗笑，也不回話。

不多會，早有飛馬進來報道：「娘娘的鑾駕已出宮門了，趕緊預備接駕要緊。」

竇憲聽說，忙去安排接駕。

泚陽公主帶著眾姬妾迎出孝帳，俯伏地下。停了一會，只見羽葆執事一隊一隊的慢慢近來。

隨後音樂悠揚擁著兩輛鳳輦。鳳輦前面無數的宮嬪彩女，一齊捧著巾櫛之類，緩緩地走到孝帳面前，泚陽公主連忙呼著接駕。

竇娘娘坐在前面輦上，見她母親接駕，趕緊下來，用手將她攙起，口中說道：「孩兒不孝，服侍聖躬，無暇晨昏定省，已經有罪，何敢再勞老母前來接駕，豈不是將孩兒折殺了麼？」

小竇貴人也跟著下了輦，與她母親見禮。母女三個握手嗚咽，默默的一會子。竇憲又趕出來接駕。接著那些姬妾跪下一大堆來，齊呼娘娘萬歲。竇娘娘一概吩咐免去，方與泚陽公主一同進了孝帳舉哀致敬。

將諸般儀式做過，竇娘娘便隨她的母親、妹妹一齊到了後面。

這時有個背黃色袱的官員飛馬而來，到了府前，下了馬一徑向孝堂而來，走到孝堂門口，口中喊道：「聖上有旨，並挽額前來致祭，大司馬快來接旨！」

竇憲忙擺香案，跪下來接旨。

那個司儀官放開黃袱，取出聖旨，讀了一遍，又將祭詞奏樂讀了，然後許多的校尉指揮御林軍找著一塊沉香木的匾額，並許多表哀的輓聯。竇憲三呼萬歲謝恩。司儀官便告辭，領著校尉御林軍回朝而去，這且不表。

再說大小兩竇進了內宅，和她的母親以及竇憲的夫人談了一會子。

小竇笑道：「媽媽，我們那裡好像坐牢的一樣，一步不能亂走，真是氣悶極了。在人家看起來，表面上不知道要多少福分才能選到宮裡去做一個貴人呢，其實有什麼好處，鎮日價的冷冷清清，一點趣味也沒有，反不及我們家來得熱鬧呢。」

沘陽公主笑道：「兒呀！你們這樣的高貴，要什麼有什麼，還這樣的三不足四不願嗎？」

大竇笑道：「她還這樣怨天怨地的呢，要是像我這樣的拘束，你還要怨殺了呢，話都不能亂說一句。」

小竇笑道：「我究竟不解平常百姓家生個女兒，一年之內至少也要回來省望一兩次，從不像我們一進了那牢三年多了，兀的不能回來望望。」

沘陽公主笑道：「我兒，你真呆極了！你可知道你是個什麼人呢，就能拿那些平常人一般比較了麼？你們卻都是貴人了。」

小寶笑道：「什麼貴人，簡直說一句，罪人罷了。無論要做甚麼事情，全受盡了拘束，一點不得自由自便的。」

大寶笑道：「你看她這些話，可有一句在情理之中，你既不願做貴人，難道還情願做一個賤人麼？」

小寶道：「你倒不要說，尋常人家一夫一妻的，多麼有趣！不像我們三宮六院的，而且見了他都要跪接，這些事最教人不平的。」

大寶笑道：「罷呀！休要這樣的不知足罷，你拿梁、宋兩個比較比較，我包你不再怨天尤人了，人都不可以任意說沒良心的話，萬歲對於我們，還不是言聽計從的麼？」

小寶正要答話，忽見一個侍尉走進來說道：「現在道場擺齊了，請娘娘、貴人、太夫人去做齋。」

大寶聽了這話，便向小寶使了一個眼色。小寶會意，連忙對洮陽公主說道：「姐姐的身體不大好，我也懶懶的，請太太前去罷，讓我們舒舒服服地住一天，明天就要回宮了。」

洮陽公主聽了這話，忙道：「那裡做齋，自有我去，用不著你們了。」她說著，便起身帶了一群的姬妾，徑到前面去做齋了。

小寶便對那些宮女說道：「這裡到了我們的家裡，自然有人服侍我們，用不著你們在這裡侍候了，你們可以退出去，隨意去遊玩罷。」

那些宮女隨即謝恩退了出去。

這裡只有大小兩竇。大竇悄悄對她說道：「妹妹，難得我們有這樣的好機會回來，千萬不能失去，都要想出一個法子來，將那兩個弄進宮去，要怎樣便怎樣，豈不大妙？」列位！她說了這兩句話，你們一定又要生疑了，那兩個究竟是誰呢？小子也好趁此交代明白了。

原來這大小兩竇未曾選到宮裡的時候，在家裡本來是個風騷成性的人物。又見她的哥哥成日家抱玉偎香，受盡人間豔福，不知不覺的芳心受了一種感觸。

但是她們家，侯門似海，沒事不能看見一個人，雖然有意尋春，無奈沒法可以任意選擇一個如意的郎君。

大竇究竟比小竇大了兩歲，那勃勃欲動的一顆芳心，早就有了主見。她們廚房的大司務，共有十六個。內中有一個名叫江貴的，生得倒也不錯，年紀約在二十以內。她卻有心和他勾搭，不到三月，居然就實行做過那不見人的調兒了。

他們一度春風之後，真是如膠似漆，再恩愛沒有了。家中除了小竇以外，卻沒有第二個知道有這回事的。

小竇見他們打得火一般的熱，不禁也眼紅，便在僕從身上留心，暗暗選了多時，終於沒有一個看得上眼的。

有一天，無意走到後面園裡去散悶，瞥見有一個人蹲在玫瑰花簇子那邊，在那裡持

剪修節。她仔細一看，原來是一個十六七的童子，生得唇紅齒白，面如古月，雙目有神，英俊得令人可愛。她不由地立定腳，低聲問道：「你姓什麼？叫什麼名字？你是幾時到我們家裡來的？」

那童子抬頭朝她一望，連忙住手立起，答道：「小姐問我麼？我姓潘名能，上月來的。」

她微笑點首，又問道：「你今年幾歲了？你的家裡還有什麼人呢？」

他笑道：「我今年十七歲了，我們家裡還有一個母親，別的沒有人了。」

她又道：「你娶了親沒有？」

他聽說這話，不禁面紅過耳，半晌怔怔地答不出一句話來。

她掩口向他催道：「這裡就是我們兩個人在，什麼話不好說，什麼事不能做呢，儘管羞人答答地怕什麼呢？」

那童子愣愣的半晌才吞吞吐吐地說道：「還沒有女人呢，到哪裡去娶親呢？」

她聽罷，朝他嫣然一笑，說道：「你一個人在這裡，不覺得冷清麼？」

他道：「我們做慣了，也不覺得怎樣的冷清。」

她道：「你跟我到一處地方去玩耍罷！」

他道：「小姐，那可不能。我們做工的人，怎能亂走？倘被他們管事的看見，就要吃苦頭的。」

她道：「你跟我去，憑他是誰，也不能來問的。」

他聽說這話，便放下剪刀，隨著她一徑向裡面一間亭子裡而去。不到一會，一對童男處女一齊破了色戒了。從此以後，小寶每天無論如何都要到他這裡來一次。

不想有一天，突然接到聖旨，選她們姐妹進宮。欲想去應選，又捨不得心坎上的人兒；若要不去，無奈王命難違，只得將他撂下來。

一去三年，她雖然身為貴人，可是沒有一天不思想潘能。怎奈宮禁森嚴，沒事不能亂出宮門一步，所以怨天恨地的，無法可施。天也見憐，忽然得著這個機會，她也知道非在這時候將他帶進宮去不可，她便對大寶說道：「你在這裡坐一會子，我到園裡去閒逛一回，馬上就來。」

大寶笑道：「你去罷，我曉得了，但是要小心一點，不要弄出破綻來，大家沒臉。」

她用手將大寶一指，悄悄地笑罵道：「騷貨！誰叫你說出這樣的話來，不怕穢了嘴麼？」

大寶笑道：「快些去吧，趁這會兒沒人，一刻千金，不要耽誤了。」

她微微地笑著，也不答話，輕移蓮步，嫋嫋婷婷地直向後園而來。

走進園門，只見園內的花草樹木，和從前比較大不相同，一處一處的十分齊整。她暗暗喜道：「不料他竟有這樣的妙手，將這些花草修理得這般齊整。」

她想到這裡，腦筋裡便浮出一個嬌憨活潑的小少年來。她遮遮掩掩地走到三年前初

會的那一簇玫瑰花跟前，不覺芳心一動，滿臉發燒，似乎還有一個潘能坐在那裡的樣子。

她定一定神，四處一打量，卻不見他的影跡，不禁心中著急道：「不好不好，難道被他們回掉了麼？我想決不會的。」

她又走過假山，四下裡尋找了一會，仍未見有一些蹤跡。她芳心早就灰了大半，癡呆地站在一棵梧桐樹下面，暗道：「這可了不得了，眼見他不知到何處去了？莫不是回去了麼？」

她想到這裡，險些兒落下淚來。她默默片晌，心仍不死，又復順著假山向右邊尋去，瞥見前面山腳下面一帶的薔薇花，擋住去路。她剛要轉身，耳鼓猛聽得有人的鼻息聲音。

她趕緊止住腳步，側耳凝神地細細一聽，那鼻聲就在薔薇花的那面。她靠近從籬眼裡望去，果然見有一個人睡在薔薇花下，但是頭臉均被花葉重重的遮著，看不清楚。她便轉了半天，轉到這人跟前仔細一看，不禁說了一聲慚愧。你道是誰，卻原來是她遍尋不著的潘能。

但見他頭枕著一塊青方石，倒在薔薇葉裡，正自尋他的黑甜風味。她見他不由得身子軟了半截，呼吸也緊張起來。不由分說，一探身往他的身子旁邊一坐，用手將他輕輕地一推，他還未醒。

她又微微地用力將他一推。潘能夢懵懵的口中埋怨道：「老王！你忒也不知趣，人家睡覺，你總要來羅唣，算什麼呢？」

她不禁嗤地一笑，附著他的耳朵，輕輕的喊道：「醒醒，是我。」

他聽得是小寶的聲音，連忙揉開睡眼，仔細一看，只見面前坐著一個滿頭珠翠的美人兒。不是她，還有誰呢。他連忙坐起，打了一個呵欠，摟著她，顫聲說道：「你由哪裡來的，我們莫非是在夢中相見麼？」

她仰起粉臉，對他笑道：「明明是真的，哪裡是夢呢？」

他又說道：「我不信，你怎麼出來的？」

她笑道：「休問我，我是單為你才想法子出來的。」

潘能也不再問，便伸手去解她的羅帶。她笑道：「你怎的就這樣的窮凶極惡的？」

他道：「快些兒罷，馬上有人，又做不成了。」

她便寬了下衣，兩個人在薔薇叢中竟交易起來。

停了一會，雲收雨散，二人坐起來。她向他說道：「我明天進宮去了，還不知幾時才能會面呢？」

他道：「可不是麼，自從你走後，我何日不將你掛在心裡！」

她道：「我倒有個法子，不知你可肯依從我麼？」

他忙道：「只要我們能聚在一起，我什麼事都答應。」

她附著他的耳朵道：「如此如此，不是計出萬全麼！」

潘能點頭笑道：「這計雖好，但怕走了風聲，露出破綻來，那可不是玩的。」

她搖手道：「請放心，只要你去，便是被他們看出破綻，也不怕的，誰敢來和我們作對呢？」

他道：「既如此，就照你的吩咐就是了。」

她起身說道：「你明天早點到化兒那裡去，教她替你改扮就是了，我現在不能再在這裡久留了。」她說罷，起身出園，一徑向前面大寶的臥室而來。

走到客堂裡，瞥見一個小ㄚ頭立在房門口，在那裡探頭探腦的張望，見她來，忙迎上來笑道：「貴人！現在娘娘正在房裡洗澡，請停一會子再來吧！」

她笑道：「別扯你娘的淡，我和她是姐妹，難道你不曉得麼？自家人何必拘避呢？」

那小ㄚ頭滿臉通紅，半晌不敢答話。

她見了這樣的情形，心中本就料到八九分了，她向那小ㄚ頭用嘴一呶，小ㄚ頭連忙退了出來。她躡足潛蹤地走到房門口，猛聽得裡面吱咯吱咯的響聲和男女喘息的聲音。

她不禁倒退數步，暗道：「不料她也在這裡幹這老調兒，這我倒不能進去的，一進去，破壞了他們的好事，反而不美。罷罷罷，讓人一著，不算癡呆，而且我也有個破傷風，彼此全要聯絡才對呢。」

她想到這裡，連忙退了出來。

剛剛走到外邊，瞥見寶憲大踏步走進來，她吃驚不小。只見他雄赳赳地就要向房內走去，她連忙喊道：「哥哥！你到哪裡去？」

他道：「我來請娘娘去拈香的。」

她急道：「慢一刻，現在她正在淨身哩。」

他聽說這話，忙諾諾連聲地退了出去。

她不敢怠慢，走到門口，四下裡一打量，見一個人也沒有，回轉身來正要去喊他們出來，瞥見他倆已經整衣出房。只見大寶雲髻鬆蓬，春風滿面，見了她不禁低下頭去，兩靨緋紅，默默地一聲不作。那江貴見了她，微微地一笑，一溜煙走了。

第九十三回　人間豔福

江貴走了之後，小寶對她掩口一笑，說道：「我今天勤謹地替你做一回守門的校尉，你卻拿什麼來謝我呢？」

她紅暈兩頰，勉強笑罵道：「誰和你這蹄子來混說呢？」

小寶笑道：「無論什麼事情皆有循環，不料現在的報應來得非常之快，就如別人家嘴伸八丈長，教我小心一點的。不料我的餑餑包得十分緊，倒一些沒有漏菜，那伸嘴說人的人，反而露出馬腳來了，可不是笑話麼？」

大寶笑罵：「頗耐這小蹄子，越來越沒臉了。」

她說罷，一轉身往房裡便走。

小寶也隨後跟她進去，口中說道：「你拿一把鏡子照照看，那頭上蓬鬆得成一個什麼樣子呢，還不過來讓我替你攏一攏，萬一被媽媽看見了，成一個什麼樣子呢？」

大寶便靠著穿衣鏡旁邊坐下來。小寶到妝臺上取了一把梳子，走過來替她將頭髮攏起來。大寶面朝鏡子裡，只見小寶頭上髮如飛蓬，那墜馬髻旁邊還黏著雞子大小一

塊青苔。

大竇禁不住笑道：「小蹄子！你只顧伸嘴來挖苦別人，你自己可仔細望望，又成什麼樣子呢？」

小竇聽說這話，忙朝鏡子裡一望，不禁漲紅了臉，忙伸出手來先將青苔拈去，然後又用梳子在頭上慢條斯理地梳了一陣子，放下梳子，朝大竇身旁一坐。

兩個人朝鏡子照了一會子，四目相對，連鏡子裡八道目光相視而笑，大竇笑道：「自己還虧是個貴人呢，就是叫化子，要敦夫婦之倫，還有一個破廟啊，斷不能就在光天化日之下，赤條條就做了起來的。」

小竇辯白道：「人家說到你的心坎上的事兒，沒有話來抵抗，拿這些無憑無證的話誣人，可不是顯見得理屈詞窮了麼？」

大竇笑道：「罷了，不要嘴強罷，眼見那一塊青苔，就是個鐵證。」

小竇笑道：「那是不經心在園裡跌了一跤，頭上沒有覺得黏上了一大塊青苔，你沒有別的話，只好捉風捕影的血口噴人罷了。」

大竇笑道：「阿彌陀佛，頭上有青天，如果沒有做這些事情，你當我面跪下來，朝天發了一個誓，我就相信。」

她笑得腰彎道：「這不是天外的奇談麼？好好的一個人，為什麼事不得過身，要發誓呢？」

大寶笑道：「你不承認你做此等事情，我自然不敢相信，所以教你發誓的。」

小寶笑道：「發誓不發誓，和你有什麼關係，誰要你在這裡橫著枝兒緊呢？」

大寶笑得花枝招展地說道：「用不著你再來辯白了，馬腳已經露出了，我最相信你說是今朝沒有這回事的。」

小寶還未會過她的意思來，忙道：「當然我沒有做什麼不端的事哦！」

大寶笑道：「自己方才倒老老實實地招出來了，還在這裡嘴強呢，用不著再說了。」

小寶忙道：「我說什麼的？你提出來罷。」

大寶道：「你做事不做事，賭咒不賭咒，與我有什麼相干？我當真是一個呆子不懂事，還要囉嗦什麼呢？」

小寶聽了，細細地一想，果然不錯，自悔失言，不禁將那一張方才轉白的粉龐，不知不覺地又泛起一層桃花顏色來。

大寶笑道：「賊子足見膽虛，聽見人家道著短處，馬上臉上就掛出招牌來了。」

小寶笑道：「你也不要說我，我亦不必說你，大家就此收束起來罷。」

大寶拍著手掌笑道：「好哇！這樣老老實實地承認下來，也省得你嘲我謊的了。」

她二人戲謔了一陣子，瞥見她的母親和竇憲夫人一同進得房來，大小二寶連忙起身迎接。

沘陽公主慌忙說道：「娘娘和貴人不要這樣的拘禮，在家裡又何必這樣的呢？」

小竇道：「媽媽慣說回頭話，你老人家不是叫我們不要客氣的嗎，那麼你老人家為何又稱呼我們娘娘、貴人呢？你老人家先自拘起禮來，反要說我們客氣，這不是笑話麼？」

這話說得大家全笑起來，連沘陽公主自己也覺得好笑。她便對大竇說道：「還是杏兒渾厚些，什麼事都不大來挖苦人，惟有這豐兒一張嘴頂尖不過，別人只要說錯了一句話，馬上就將人頂得舌頭打了結，一句話答不出來。」

小竇笑道：「媽媽真是偏心，我不過就是嘴上說話笑笑，卻一點沒有計較心，你老人家不曉得她呢，她是冬瓜爛瓤子，從肚裡頭往外壞，面善心惡，口蜜腹劍，再壞沒有了。」

大竇微笑不語。

竇憲的夫人胡氏插口笑道：「你用不著說了，媽媽說了兩句，你劈劈拍拍數蓮花落似地足足說了二十多句。你看大妹妹，她文風不響的，一句都沒有。如果她要是個壞人，她還讓你這樣貧嘴薄舌的嗎，恐怕未必吧！就是一個啞子，也要呀兩聲呢。」

她說罷，小竇正要回話，從外面走進一個僕婦來，對沘陽公主說道：「老太太，奴婢等四處尋找遍了，兀的不知道她到哪裡去了？」

胡氏連忙問道：「果真沒有找到麼？」

那婦人答道：「誰敢在太太、奶奶面前說一句謊話呢？」

胡氏柳眉一鎖，對泚陽公主說道：「媽媽，你老人家聽見麼？我相信賤人犯了天狗星，一定逃走了，也未可知。」

泚陽公主沉吟著答道：「我想她決沒有這樣的膽氣。而且在這裡吃的是山珍海味，穿的是綾緞綺羅，住的是高廳大廈，有什麼不如意處。再則，你們老爺待她還不算天字第一號麼？」

胡氏說道：「你老人家這話差矣，這些無恥的蕩婦，知道什麼福，成日沒有別的念，就將些淫欲兩個字橫在心裡，她只要生了心，憑你是神仙府，也不要住的。」

泚陽公主道：「還不知道你們的老爺曉得不曉得呢？」

胡氏道：「可不是麼，他要是曉得她逃走了，一定要來和我蠻纏了。」

泚陽公主道：「你不要怕，他如果真的來尋你，你可來告訴我，一頓拐杖打得他個爛羊頭。」

話言未了，竇憲帶了幾個侍尉走了進來。泚陽公主便開口向她說道：「兒呀，我們府裡在這兩天忙亂之中，出了一件不幸的事情，你可知道麼？」

竇憲吃了一驚，忙問道：「你老人家這是什麼話呢？」

泚陽公主說道：「你那個最心愛的驪兒，卻不知去向了。」

杜清插口便道：「太太還要提呢！」

竇憲趕著將他瞅了一眼，開口罵道：「你這小雜種，多嘴多舌的毛病，永遠改不掉。」

杜清碰了一個釘子，努著嘴不敢再說。洮陽公主見了這樣的情形，便知另有別故，忙向竇憲喝道：「該死的畜生，你見他和誰談話的，遮天蓋日一塌糊塗地罵了下來，不是分明看不起為娘的麼？」

嚇得竇憲垂頭喪氣地賠罪道：「孩兒知罪，衝撞了太太，務請太太饒恕我一次，下次再不敢放肆了。」

洮陽公主便對杜清道：「你快些說下去，她究竟是怎樣不見的？」

杜清見竇憲站在旁邊氣衝衝的，他嚇得再也不敢開口。洮陽公主一迭迭地催道：「快說，快說。」

那杜清竟像泥塑木雕的一樣，悶屁都不敢放一個。

洮陽公主大怒喝道：「這小畜生，倒不怕我了，不給你一個厲害，你還不肯說呢！來人，給我將這個小畜生綁起來，重打四十大棍。」

杜清聽說，嚇得屁滾尿流，也顧不得許多了，雙膝一屈，撲通往下一跪，口中央告道：「太太！請暫且息怒，我說就是了。」

洮陽公主忙道：「你快點說！」

杜清便將驪兒怎樣和小法師私通，怎樣被自己看見，後來怎樣被竇憲殺了的一番話，一五一十完全說了出來。把個洮陽公主氣得一佛出世，二佛涅槃，厲聲罵道：「我竇家三代祖宗的光榮，全被你這畜生敗盡了，成日家鹹的臭的，全往家裡收納，做下這些沒臉的事來，何嘗聽過我一句話？你自己也該想想，皇恩浩蕩，憑你這些的蠢材，還配得做一個大司馬麼？一天到晚，沒有別的事，丟得酒，便是色，你這畜生，就是立刻死了，也算我竇家之福。你不怕遺臭萬世，我難道就能讓你無所不為的了嗎？好好好，我今天的一條老命也不要了，和你這畜生拼了罷。」

她說罷，取下杖，就奔他身邊而來，大小竇連忙拉住。大竇說道：「太太動氣了，還不跪下麼？」

竇憲連忙往下一跪，沘陽公主仍未息怒，將他罵得狗血噴頭，開口不得。一直鬧了一夜，到了卯牌時候，才算停止。

沘陽公主也罵得倦了，正要去安息，瞥見有個家丁進來報道：「接駕的已到，請娘娘們趕緊收拾回宮吧！」

大竇便和她母親說道：「太太，孩兒要去了，又不知何日才能會面呢？」

沘陽公主勉強安慰道：「我兒，天長地久，後會的期限正多著哩！但望你善侍君王，為娘的就放下一條愁腸了。」

不說她們在這裡談著，單表小竇聽說要動身了，不禁著了慌，也無暇和他們去談話，移身徑向西邊百花亭後面的廂房而來。

走到廂房裡面，只見化兒已經替潘能改扮好了，果然是一個很俊俏而又嬌豔的宮女。那化兒正在那裡扭扭捏捏地教他學走路呢，見了她，忙出來迎接。

小寶便說：「改扮停當了麼？」

化兒點頭笑道：「改扮好了，但是有些不像之處。」

她道：「有什麼不像之處呢？」

她笑道：「別的不打緊，可是走起路來，終有些直來直闖的，沒有一些女子的姿勢，卻怎麼辦？」

她道：「你用心教他走兩回，他自然就會得了。」

化兒便又婷婷嫋嫋地走了起來，潘能便經心著意地跟她學了兩趟，說也奇怪，竟和她一般無二了。

小寶笑道：「可以了，我們就走吧。」

化兒與潘能剛要動身，她偶然一低頭，不禁說道：「啊唷，還有一處終覺不妥，而且又最容易露出破綻來，便怎生是好呢？」

化兒忙道：「是什麼地方呢？」

她用手朝他的腳上一指，笑道：「那一雙金蓮，橫量三寸，竟像蓮船一樣，誰一個宮女有這樣的一對尊足呢？」

化兒見了，果然費了躊躇，停了半晌，猛的想出一個法子來，對小寶笑道：「娘娘不要躊躇罷，我想起一個最好的法子來了。」

她忙問道：「是什麼法子？」

化兒笑道：「只要將宮裙多放下三寸來，將腳蓋起來，行動只要留心一點，不要將腳露出來，再也不會露出破綻的了。」

小寶連聲說道：「妙極！就是這樣辦罷，還要快一些，馬上就要走了。」

化兒便又來替他將宮裙放下三寸，將那一雙驚人出色的金蓮蓋起來，化兒便去將那些帶來的宮女一個個都喊了近來，將他夾在當中。化兒又叫他不要亂望，只管頭低著走，方不會露出馬腳來。他一一地答應著，隨著眾人竟向大寶這裡而來。

到了門口，只見大寶已經預備就動身了，見了小寶不禁埋怨道：「什麼事這樣牽絲扳藤的呢？儘管慢騰騰的。回宮去倘使萬歲見罪，便怎生是好呢？」

小寶笑道：「你只知就要走，她們來的那些宮女，不招呼她們一同走，難道還將她們留在府中不成？」

大寶道：「偏是你說得有理，要招呼她們，老實些家裡哪個僕婦用不起呢，偏要親自去請，不怕跌落自己的身分麼？」

小寶道：「已經招呼來，還只管嘰咕什麼呢？」

二人說著，便扶著宮女徑出了大廳，到了孝帳裡，在遺容面前又舉哀告別，做了半天的儀式，才和她的母親與嫂嫂告辭上輦。沘陽公主領著兒媳，一直送到儀門以外才回來。

這且慢表，岔轉來再說大小竇回了宮，先到坤寧宮裡，章帝的面前謝恩。章帝離了

她們姐妹兩個一天，竟像分別有了一年之久的樣子，連呼免禮，一把將竇娘娘往懷中一拉，口中說道：「孤的梓童，我離你一天一夜，實在不能再挨了，好像有一年的光景。」說罷，又將小竇拉到懷中笑道：「愛妃！你今天可不要回宮去了，就在這裡飲酒取樂吧。」

小竇斜飄星眼向他一瞅，嘴裡說道：「萬歲爺真不知足，難道有分身法麼？應酬她，還能應酬別人麼？真是餓狗貪惡食，吃著碗裡，想著鍋裡的。我今天卻不能遵命，寧可萬歲爺明天到我那裡去罷。」

章帝聽罷，哈哈大笑道：「愛妃這話是極，倒是孤王不好了，就這樣說吧，我明天定到你宮去。」

小竇聽了不住地微笑。

不多時，用了午膳，小竇便起身告辭。回到宮中，宮女們叩拜後，都到她的房中服侍。

一會子，天色已晚了，小竇向化兒使了個眼色，那些服侍小竇的宮女被化兒一齊喝退下去，小竇笑向化兒道：「這事不虧你，怎能這樣的周全呢？」

化兒笑道：「罷了娘娘，不要讚我，若不是娘娘想出這條妙計來，我又到何處去顯本領呢？」

小竇笑向潘能道：「你向後可要報答報答你的姐姐，才是個道理。」

化兒跪下說道：「娘娘不要和奴才來尋趣罷，奴才不敢。」

她正色對化兒說道：「你快點起來，我和你說話。」

化兒便站了起來。她說道：「你卻不要誤會，我方才這句話，卻是從心裡頭說出來的，斷不是和你尋趣的。」

化兒聽了這話，反而不好意思起來，羞得漲紅了臉，一言不發。

小竇笑道：「足見你們女孩子家，沒有見過什麼世面，這裡除卻你我他三人，也沒有第四個曉得，何必盡是羞人答答的做什麼呢？」

化兒也不答話。小竇便使了一個眼色給潘能。能兒會意，忙拿起銀壺，滿斟三杯佳釀，恭恭敬敬地送到她的面前，口中說道：「姐姐，今天得進宮來，全仗大力，小生感激無地，請姐姐滿飲三杯，也算小生一點微敬了。」

她舉起杯子，仰起粉脖，吃了下去，對小竇笑道：「娘娘聽見麼？這會子還是小生大生的不改口吻，幸虧是和我說的，如其遇著別人，怕不走露風聲麼？」

小竇嗤地笑道：「可不是呢！」

能兒笑著插口說道：「我這一點，難道還不會麼？不過在什麼人面前講什麼話罷了。」

小竇笑道：「你不用舌難口辯的，向後還是小心一點為佳。」

能兒諾諾連聲地答應著。一會子大家都有些酒意，便散了席。

化兒起身對小寶說道：「娘娘，我要去了。」

她忙道：「你倒又來了，你這會子還到哪裡去的？」

她道：「我今天的酒吃得太多了，還是到留風院去安安逸逸地睡一夜罷。」

小寶道：「你酒吃得不少，怎能回去呢？還是教能兒送你吧。」

化兒口說不要，可站起來花枝亂擺，四肢無力，心裡還想爭一口氣要走，無奈天已黑下來，小寶見此光景，暗想：何不如此如此？教她沾染了，向後死心塌地的聽我擺佈。想到這裡，便向能兒丟了個眼色，又做了一個手勢。

能兒會意，趕緊來到化兒身邊，將她扶住問道：「留風院在什麼地方？」

小寶道：「你順著遊廊向北去便是。」

他答應著，雙手架著她的玉臂來到留風院她的房裡。他也不客氣，竟動手替她寬衣解帶。她到了此際，也就半推半就的隨他動手。

不一會，二人鑽進被窩，幹起那件風流事來。停了一會子，雲收雨散，能兒不敢久留，便附他的耳朵悄悄地說道：「姐姐，你明天早點過來，替我妝扮要緊。」

她醉眼惺忪似笑非笑地點頭答應。他又摟著她吻了一吻，才撒手下床，到了小寶的房裡，只見燈光未熄。他進了房，只見她外面的衣裳已卸盡，上身披了一件湖色的輕紗小襖，下面穿一條銀紅細綃的混褲，玉體橫陳，已躺在榻上睡著了。

好個能兒，他竟不去驚她，轉過身子，先將簾子放下，然後走到床前，替她寬去衣裳。她一點也不知道，及至動作起來，才將她驚醒，微睜醉眼，悄悄地罵了一聲促狹鬼。

他喘吁吁地笑道：「你這人真是睡死覺了，小和尚進了皮羅庵，還不知道呢。」

她也不答話，鏖戰了多時，才緊緊地抱著睡去。

從此能兒左擁右抱，受盡人間豔福了。停了十幾天，章帝忽然得了一個風寒症，延綿床第，一連一個多月，不見起色。

大竇熬煎得十分厲害，又不好去想別法，只得出來閒逛閒逛，藉此稍解胸中的積悶，便約小竇一同到濯龍園裡望荷亭上去納涼，也未帶宮女。

二人談了一陣子，大竇滿口怨詞，似乎白天好過，黑夜難挨。小竇猜透她的心理，便向她笑道：「姐姐，我有一個人，可以替你消愁解悶。」

第九十四回　偏逢冤家

大小竇一同到望荷亭裡納涼，兩個人懷著兩樣的心事：一個躊躇志滿，一個滿腹牢騷，真是一宮之內，一殿之間，苦樂不同。

大竇坐在棠梨椅上，星眼少神，嬌軀無力，怔怔地望著荷池裡那些錦毛鴛鴦，一對對地往來戲水。她不禁觸景生情，深深地嘆了一口氣，自言自語地說道：「草木禽獸尚且有情，惟有我一個孤鬼兒，鎮日價和那要死不活的屍首伴在一起，真是老鷹綁在腿上，飛也飛不走，爬也爬不動。流光易過，眼見大好青春，一轉就要成為白頭老嫗了。到那時，還有什麼人生的真趣呢？」

她說罷，嘆了一口怨氣，閃著星眸，只是朝池裡那些鴛鴦發呆。

小竇暗道：「欲知內心事，但聽口邊言，她既然說出這些話來，我想一定熬不住了，何不將那能兒喚來，替她解渴呢？」

她正要開口，猛的省悟道：「不好，不好，我假若將能兒讓與她解解悶，萬一她看中了，硬奪了去，那便怎生是好？還是不說罷！」

她忽然又轉念頭道：「她與我本是姐妹，不見得就要強佔了去罷。我現在已經受用不少了，也落得做個人情，與她解解饞未為不可，如果一味地視為己有，萬一以後走漏了風聲，反而不對了，不若趁此就讓她開心一回吧！她受了我的惠，或許可以幫助我，再想別的法子去尋歡，也未可知。」

她想到這裡，便向大竇笑道：「姐姐，我有一個宮女，生得花容月貌，吹彈歌舞，沒有一樣不精，將她喊來替你解解悶如何？」

她連連搖頭道：「用不著，用不著，我的愁悶，斷非宮女所能解的。」

小竇笑道：「或者可以解渴。」

大竇笑道：「我的愁悶，難道你不知道麼？」

小竇笑道：「我怎麼不知道，所以教她來替你解悶呀！」

大竇道：「任她是個天仙，終於是和我一樣的，有什麼趣味？至於說到吹彈歌舞，我又不是沒有聽見過的。」

小竇嗤地一聲笑道：「或者有一些不同之處，你用不著這樣的頭伸天外，一百二十個不要，那人來只要替你解一回悶，恐怕下次離也離不掉他呢。」

大竇聽她這話，便料瞧著五分，忙道：「帶得來，試驗試驗看，如果合適，便解解悶也不妨事的。」

小竇笑道：「你既然不要，我又何必去多事呢？」

大寶道：「你又來了，君子重一諾，你既然承認，現在又何必反悔呢？」

小寶笑道：「人家倒是一片好心，要想來替你設法解悶。誰知你不識人情，反而不要，我還不趁此就住嗎？」

大寶笑道：「好妹妹，快些去將她喊來，讓我看看，究竟是一個什麼人？你再推三阻四的，休怪我翻起臉來，就要……」她說到這裡，不禁望著小寶嫣然一笑。

小寶笑道：「你看你這個樣兒，又來對我做狐媚子了。可惜我是個女子，要是個男人，魂靈還要被你攝去哩！我且問你，我不去將他喊來，你預備什麼手段來對待我？」她笑道：「你再不去，我就老實不客氣，親自去調查一下子，但看你到底藏著一個什麼人在宮裡。」

小寶纖手將酥胸一拍，笑道：「誰怕你去搜查呢？你不用拿大話來嚇我，你須知愈是這樣愈不對，我倒要你去搜查一下子，我才去喊他呢。」

大寶笑道：「那是玩話，你千萬不要認真才好。」

小寶便用星眼向她一瞅，口中說道：「依我的性子，今朝偏不去教他來。」

大寶道：「好妹妹！還看姐妹的分上罷，我不過講錯了一句話，你便這樣認真不去了麼？」她說著，雙膝一彎，撲通往小寶面前一跪，口中說道：「看你去不去。」

小寶笑道：「羞也不羞，虧你做得出。」她說著，便起身回到自己的宮中，只見化兒正與能兒在那裡說笑呢，見她進來，忙一齊來讓坐。

小寶含笑對能兒道：「你的造化真不小，現在娘娘指明要你去服侍她，這事卻怎麼辦呢？」

化兒慌忙問道：「這話當真麼？」

她正色說道：「誰來騙你們呢？」

能兒大驚失色，一把摟住她，只是央告道：「千萬要請你想個法子去回掉她，我如果去服侍她，豈有個不走漏風聲的道理，一露出馬腳來，不獨我沒有性命，就連你們也有些不利的了。」

化兒道：「這可奇了，她怎麼曉得？我想我們這層事，憑是誰也不會猜破的。」

小寶笑道：「癡貨！你自己以為計妙，難道外面就沒人比你再刁鑽些嗎？」

化兒道：「如此便怎麼好呢？」

小寶說道：「事已如此，我也沒法去挽救，只好讓與她罷。」

化兒急道：「娘娘你忒也糊塗了，你也不細細地想想，這可以讓他去麼？」

小寶笑道：「在你看，有什麼法來挽救敷衍呢？」

化兒沉思了一會子，忙道：「有了，有了，此刻先將他藏到我那裡，你去對她說，就說他生病了，不能服侍，慢慢的一步一步來搪塞她。到了緊要的時候，爽性將他藏到病室裡去，就說他死了，她還有什麼法子來糾纏呢？」

小寶笑道：「還虧你想出這個主意來呢，你可知道，她現在已說過了，如不送去，馬上帶宮女就到我們這裡搜查了，你可有什麼法子去應付呢？」
化兒聽了這話，不禁揉耳抓腮，苦眉皺臉，無計可施，連道：「這從哪裡說起，可是他這一去，準是送掉了性命。娘娘，你和他有這樣的關係，為什麼反坐視不救？」
小寶笑道：「我倒不著急，偏是你和他倒比我來得著急，可見還是你們的情義重了。」
化兒急得滿臉緋紅，向她說道：「娘娘真會打趣，到了這要緊的關頭，還儘管嘻嘻不覺的，難道與你沒有關係麼？」
小寶笑道：「癡丫頭，不要急得什麼似的，我告訴你罷，她再大些和我是姐妹，我有了什麼事情，她還能來尋我的短處麼？要是她替我聲揚出去，與她的臉上有什麼光榮呢？」
化兒道：「我別樣倒不躊躇，我怕她見了他，硬要他永遠服侍，你豈不是替她做了一個傀儡麼？」
小寶笑道：「那也沒有法子，只好讓與她罷。」
能兒急道：「我不去，我不去。」
化兒說道：「娘娘既是這樣的說法，你就去罷，料想娘娘此刻看到你，也不見得和從前一樣了。你去了，好也罷，壞也罷，還想賓娘娘救你，也是不容易的了。」
小寶笑道：「你看這個癡丫頭，指桑罵槐的，說出多少連柄子的話來，到底是個甚麼意思呢？」

她道：「什麼意思，不過我替別人可惜罷了，你救不救，與我有什麼相干？」

小窶笑道：「還虧沒有相干，如真有相干，今天還不知道怎樣地磕頭打滾呢？」

化兒道：「本來和我是沒有相干。」

小竇到這時，才對他們笑道：「你也不用急，他也不用慌，我老實對你們說罷，娘娘並不曉得，倒是我今朝提起來的。」

化兒道：「這更奇了！這層事，瞞人還怕瞞不住呢，偏是你自己招出來，這又是什麼用意呢？我倒要請教請教！」

她笑道：「這個玩意兒，非是你可以料到的，你原來是不工心計的，不怪你不能知道，我來告訴你吧，一個人無論做什麼秘密的事情，千萬不可只顧眼前，不望將來的。你想我們這事，不是極其秘密麼？除了我們三人，恐怕再也沒有第四個曉得了。但是天下事，要得人不知，除非己不為，日久無論如何，都要露出些蛛絲馬跡的，到了那時候，萬一發生什麼意外，娘娘一定要怨恨我們做下這些不端之事，而且她自己也好趁此顯出自己是個一塵不染的好人了，所以我想現在也教她加入我們這個秘密團，一則可以滅她的口，二則她的勢力原比我們大，等到必要的時候，還怕她不來極力幫忙麼？」

化兒拍手笑道：「我真呆極了，不是你說，我真料不到。」

能兒笑道：「這計雖然是好，當中最吃苦的就是我了。」

化兒向他啐道：「遇著這些天仙似的人兒來陪你作樂還不知足，還要說出這些沒良心的話來，不怕傷天理麼？」

小寶笑道：「這也難怪，他一個人能應付幾個嗎？」

化兒笑道：「別的我倒不怕，但怕娘娘得了甜頭，不肯鬆手，那就糟糕了。」

小寶笑道：「不會的，她現在不過因為萬歲病著，實在沒處可以解饞，才像這樣餓鬼似的。萬歲病一好，還不是朝朝暮暮，暮暮朝朝弄那個調兒麼？她到了那時，應付萬歲一個人，還覺得有些吃不住呢，哪裡還能再帶外課呢？你快點將能兒送到濯龍園裡去，她在望荷亭裡，估量等得不耐煩了，快點去罷。你將他送去，你要識相些，不要在他們的眼前阻礙他們的工作要緊。」

化兒連聲應道：「理會得，用不著娘娘關照，都教他們稱心滿意的就是了。」

她又向能兒說道：「你到她那裡，須要見機行事，務必使她滿意為要，千萬不要駭得和木頭人一樣，那就不對了。她的脾氣我曉得，她最相信活潑乖巧的，我關照你的話，你卻要留心。」

能兒點頭答應，便和化兒直向園內而來。

一路上雖有宮監內侍，誰都不來查問，而且化兒沒有一個不認得她的，不多時，到了望荷亭裡，只見她獨自一個躺在一隻沉香的睡榻上面，那兩頰紅得和胭指一樣，眼含秋水，眉簇春山，說不盡千般旖旎，萬種風流，見他們進來，懶懶地坐了起來，口中問道：「化兒，隨你來的這個宮女，就是新來的麼？」

化兒見她問話，忙拉著能兒一齊跪下。能兒說道：「願娘娘萬壽無疆。」

她香腮帶笑，杏眼含情地向他問道：「你叫個什麼名字，你是哪裡的人氏？」

化兒見他們談起來，忙托故出去了。

能兒答道：「娘娘要問我麼，我就是娘娘府裡的人，我名字叫能兒。」

她聽說這話，又驚又喜地一把將他從地下拉了起來，問道：「你姓什麼？我可健忘，一時想不起來了。」

能兒笑道：「我姓潘。」

她聽說這話，心中明白，卻故意裝作不知，向他笑道：「你坐下，我好和你談話。」

能兒也不客氣，一屁股送到她的身邊，並肩坐下。她一點也不嗔怪，含笑問道：「你今年幾歲了？」

他道：「十九歲了。」

她不知不覺地輕舒皓腕，輕輕地搭在他的肩上，將粉臉偎到他的腮邊，悄悄地笑道：「你幾時到我們府中的？」

能兒笑道：「我早就在娘娘的府中了，不過娘娘未曾看見我吧。這也難怪，我成日價沒有事，也不到前面來，都是在後園裡修理花草的多。」

她聽說這話，更覺得萬無疑惑了，那一顆芳心登時突突地跳躍起來，呼吸同時也緊張起來，斜乜著星眼，笑瞇瞇地盯著能兒。這時一陣涼風吹了進來，兩個人不約而同地打了一個寒噤。

她便向他說道：「這裡涼風太大，我們到怡薇軒裡去坐坐吧。」

能兒點頭答應，她便起身和能兒走過假山，到了一座雅而且靜的房子裡面，乃是一明兩暗，她便和他手牽手進東邊的房裡。能兒的鼻子裡嗅著一陣甜習習的幽香，不禁眼餳手軟，那一股孽火從腳跟一直湧到泥丸宮的上面，再也不能忍耐了。

但是卻不敢造次，只得按住心神，看她的動靜。只見她一把摟到懷中，那一股蘭芬麝氣直衝著鼻管，心中越覺得勃勃欲動。只聽她悄悄地說道：「能兒，我方才聽你們的娘娘說的，你有什麼本領可以使人開心呢，不妨來試驗試驗。」

能兒聽說這話，便知道時機已到，再不下手，等待何時？便笑道：「娘娘真的試驗，我卻斗膽動手了。」

他說罷，便來替她解去羅襦，自己也將下衣解下，露出一根衝鋒的利器來，將她往榻上一按，便幹起那個勾當來，果然是再開心沒有了。她也是久旱無雨了，像煞又餓又渴的人，陡然得著一碗糜粥似地擺出百般的浪態來，把個能兒弄得恨不能將全身花在她的身上。

他兩個正在這雲迷雨急的時候，猛可裡聽見外面有一陣腳步的聲音，從外面走了進來，她忙放下手道：「有人來了。」

能兒正是在要緊的關頭，哪裡肯放，緊緊抱著大動不住。說時遲，那時快，只見有

個人將簾子一掀，伸頭朝裡面仔細一望，不禁倒抽一口冷氣。趕緊退身出來。你道這人是誰，卻就是六宮總監魏西。

他也到園裡納涼的，不想偶然走到怡薇軒的門口，聽見裡面有人說話的聲音，他便進來看看是誰，萬料不到這六宮專寵的竇皇后在這裡幹那不見天的事情。他吃驚不小，趕緊退出來，立在假山的腳下暗道：「這岔子可不小，我要不去奏與萬歲，料想她一定也要疑惑我有心和她作對，她勢必不能放我過門；我去奏與萬歲，那是更不要說了，準是沒有性命了。」

他躊躇了半天，自己對自己說道：「魏西，你今年不是六十三歲了，你受了漢家多少恩典，你難道就將良心昧起，去趨奉這個淫亂無倫的賤貨麼？好，我情願納下這顆白頭，和賤婦去碰一下子罷。」

他打定主意，扶著拐杖，一徑向坤寧宮而來。

進了坤寧宮，只見黃門侍郎竇篤跪在章帝病榻之下，放聲大哭，章帝呻吟著問道：「愛卿，何事這樣的悲傷？」

那竇篤哭道：「今天無論如何要萬歲替微臣伸冤，微臣今天被九城軍馬司的部下將我打壞了，萬歲如果不信，微臣自有傷痕，請萬歲親察。」

他說罷，將腿上的褲子擄起，果然大一塊小一塊的傷痕，而且頭上還有幾個雞蛋大的疙瘩，一股鮮血還在殷殷地淌個不住。

列位要知這竇篤是誰？就是竇憲的堂兄弟。九城軍馬司，他是何人，膽敢將竇篤打得這般狼狽呢？難道他就不怕竇憲的威勢麼？原來有一個緣故，小子也好趁此交代明白。

這九城軍馬司姓周名紆，本來是做雒陽令的。因為他辦事認真，剛廉毅正，從不徇情，所以章帝極其器重他，由雒陽令一躍而為京都九城軍馬司。他感受當今的厚德，越加懍守厥職，不敢偷安一刻，未到三月，將京都內外整理得一絲不亂。章帝見他這樣的忠城，自是恩寵有加。

可是他生性骨鯁，章帝常常有些賞賜，他完全退回，向未受過一絲一縷，由此章帝格外敬愛。他的第一個好友，就是第五倫，平時常在一起磋商政治。他的老師，就是那鐵面無私的趙熹，所以他的根本也算不淺，竇氏群雄見他還畏懼三分。

本來忠奸極不能融洽的，各行各路，河水不犯井水，周紆雖然不肯阿私，但是不在他的範圍之內，卻也不喜多事，所以竇氏處了二年多，尚未反過面孔。他今天正領著禁城的校尉在大操場上操，那黃門侍郎竇篤因為別事耽擱，一直過午才出禁門，縱馬到了止奸亭前。

看官，這止奸亭，又是什麼去處呢？原來禁城以外，四門建設四個止奸亭。每亭派兵一百，一個亭長，專門搜查過時出禁城官員的。

那竇篤一馬放到止奸亭邊，這亭內的亭長霍延挺身出來，攔住馬頭，厲聲問道：「來者住馬！」

黃門侍郎竇篤眼睛哪裡還有他呢，昂頭問道：「你是何人，攔在馬前，意欲何為呢？」

霍延答應道：「你休問我！憑他是誰，過午出禁門，我們是要搜查的。」

竇篤道：「我今天因為在朝中議論國家大事，所以到這時才出來。我又不是個罪犯，要我們搜查什麼！」

霍延答道：「我們不知道你是罪犯還是好人，我們只曉得奉上司的命令搜查的。」

竇篤大聲說道：「你們奉的誰的命令，要在這裡搜查行人？」

霍延笑道：「虧你還是朝廷議論國事的大臣，連這一點兒都不知道。止奸亭也不是今朝才立的，你要問我們受的誰人命令，我告訴你罷，我們是受的九城軍馬司的命令，九城軍馬司是受萬歲的命令。你不准搜查也可以，但是你去和萬歲講理。到我們這裡，我們當要照公辦公的。請快些下馬，讓我們搜查一下子你便走罷。」

竇篤大怒喝道：「今天咱老子不准你們這些狗頭搜查，便怎麼樣呢？」

霍延也不答話，忙向手下喝道：「將這狗官拖下來！」

話猶未了，走上幾個守亭兵，將竇篤從馬上不由分說地拖了下來。你也搜，我也查，將個竇篤弄得氣起，不由得潑口大罵，惱得霍延性起，忙喝道：「打！」

那些兵士你一拳，他一足，打得他發昏。

第九十五回　有本無利

黃門侍郎竇篤依官仗勢，居然不准檢查，而且滿口狂言，任意亂罵，惱得霍延火起，厲聲喝道：「來人，給我將這狗官抓下馬來！」

話說未了，早擁出數十武士，你一拉，我一扯，不由得將一個竇篤拖下馬來。

那竇篤還不知厲害，潑口大罵道：「好狗頭，膽敢來和老爺做對頭！好好好，今天看你怎麼樣咱老子就是了。」

霍延聽罷，幾乎將腦門氣破，大聲罵道：「好奸賊！你過午從止奸亭經過，膽敢不服王命，拒抗搜查，還滿口胡言，老爺們當真懼怕你這狗官的威勢麼？眾士卒！他嘴裡再不乾不淨的，就給我打，將這奸賊打死了，我去償命。」

那竇篤眼睛裡真沒有這個小小的亭長了，聽他這話，更是怒罵不已。

那些士卒還不敢毅然動手，霍延大聲說道：「你們剛才難道沒有聽見我的話麼？」

那些士卒這才放大了膽，將竇篤按住在地上，你一拳，我一足，將個竇篤打得掙扎不得。

這時早有人去報知周紆了。周紆聽說這樣的事情，趕緊飛馬來到止奸亭，瞥見眾士卒將一個竇篤已經打得動彈不得了。

他忙下了坐騎，詢問情由，霍延便將以上的一番情形告訴與他，他冷笑一聲說道：「他們這些王公大人，眼睛裡哪還有一個王法呢？」

竇篤見了周紆，便說道：「爺爺，你好！你仗著你九城軍馬司的勢力來欺壓我麼？好好！咱現在和你沒有話說，明天上朝，再和你這匹夫見個高下就是了。」

周紆微微一笑道：「侍郎大人！請不要動怒，只怪他們這些士卒，太也狗眼看人低，認不得侍郎大人，並且膽有天大，竟敢來和侍郎大人作耍。要是卑職在這裡，見了大人，應當早就護送到府上了，哪裡還敢檢搜呢？這也許是這班士卒依官仗勢，目無法紀罷了。但是還有一層，要請大人原諒，他們奉著上司的旨意，不得不這樣做的，所以就得罪了大人了。」

竇篤含嗔帶怒地苦著臉說道：「周紆，你縱使手下爪牙毆辱朝廷的命官，還來說這些俏皮話麼？好好，管教你認得咱家厲害就是了！」

周紆冷笑一聲說道：「侍郎大人！打已經打過了，自古道，推倒龍床，跌倒太子，也不過一個陪罪罷了，侍郎大人還看卑職的面分上，得過且過罷。竇大人，卑職這裡賠禮了。」

他笑嘻嘻地躬身一揖，這一來，把個竇篤弄得又羞又氣，又惱又怒，勉強從地上掙扎起來，爬了半天，好容易才爬上了馬，對周紆說道：「周紆，你也不必油腔滑調的了。咱家也不是個三歲的小孩子，苦頭吃過了，難道聽了你這兩句甜蜜話，就和你罷了不成？」

周紆笑問道：「依侍郎便怎麼樣呢？」

他剔起眼睛說道：「依我怎麼樣？是和你一同去見萬歲評個是非！」

周紆笑道：「照這樣的說，大人一定要與卑職為難了？」

他道：「你這是什麼話呢？我與你河水不犯井水，你偏要使手下來和我作對，我也沒法，只好去到萬歲面前見見高下了。」

周紆笑道：「當真要去麼？在卑職看起來，還是不去的為佳。」

他大聲說道：「誰和你在這裡牽絲扳藤的，咱家先得罪你了。」

他說罷，帶轉馬頭，正要動身，周紆對他笑道：「大人一定要去，卑職此刻還有些事情未曾完畢，沒有空子陪大人一同去，只好請大人獨自去罷。」

他在馬上說道：「只要聖上有什麼是非下來，還怕你逃上天去不成。」

周紆笑道：「那個是自然的。」

竇篤一馬進了禁城，到了午朝門口，下了馬，一跛一顛地走了進去。那一班內外的侍臣見他被人家打得鼻塌唇歪，盔斜袍壞，不由得一齊問他究竟。

他大聲對眾侍臣說道：「周紆領著手下爪牙，把守在東門外的止奸亭裡，我走到那

裡，他們便不由分說，將我拖下馬，一頓毒打，你們看這班人還有王法嗎？不是簡直就反了麼？」

眾內外侍臣一個個都替周紆捏著一把汗，暗道：「周紆膽也忒大了，誰不知道竇家不是好惹的，偏是他要在虎身上捉蝨子，不是自己討死麼？」

不說大家暗地裡替周紆擔憂，再說他一徑入了坤寧宮，在章帝面前哭訴周紆無禮，毒打大臣的一番話，說了一遍，滿想萬歲就傳旨去拿周紆問罪。

誰知章帝聽他這番話，不禁勃然大怒，呻吟著緊蹙雙眉，對竇篤說道：「我問你，你既做一個黃門侍郎，難道連王法都不知道麼？你可曉得那止奸亭是誰立的？」

他連忙答道：「微臣怎麼不知道呢，那是萬歲的旨意，搜查過午出禁城的官吏的。不過微臣今天回去遲了，他們一定要搜查，我也沒有說什麼，他們便一些也不講情理，一味蠻橫，將微臣毒打一頓，這事一定要求萬歲替微臣伸冤。」他說罷，一把鼻涕，一把眼淚地哭個不住。

章帝聽他這一番啟奏，不由得向他說道：「卿家剛才這番話，未免忒也強詞奪理了。我想那周紆與你又沒有什麼深仇大怨的，他又何必這樣要與你為難呢？而且你好端端的給他查搜，他又不是個野人，就能這樣的無禮舉動麼？」

竇篤聽得章帝這番話，真是出於他的意料之外，不禁滿面羞慚，半晌無語。

章帝又向他說道：「卿家你今天先且回去，誰是誰非，孤家自然要派人打聽清楚。

如其照卿家的話，周紂無禮毆辱大臣，那周紂當然要按律治罪，萬一不是，那麼卿家也不得輕辭其咎的。」

他這番話說了，把個竇篤嚇得面如土色，忙道：「我主容稟，微臣並非有意與周紂尋隙，不過他這番舉動未免過於蔑視人了，還請萬歲訓斥他一番，叫他下次萬不可再這樣橫行霸道的就是了，微臣也不記前仇，深願和他釋嫌交好，未識我主以為如何呢？」

章帝早知是他的不是，故意說道：「周紂目無王法，殊屬可殺。那麼，孤家一定要調查根底，究竟誰是誰非，都要照律治罪，以儆效尤的。」

他知道非言語所可挽回，只得忍氣吞聲，怏怏地退了出去。這且慢表。

再說章帝被他麻煩得頭昏腦脹，見他走了，正要躺下去靜養靜養，瞥見六宮總監魏老兒立在榻前，滿面怒容。章帝心中不禁暗暗地納罕，問道：「老公爺到這裡，莫非有什麼事情麼？」

魏西聽見章帝問話，喘吁吁地雙膝跪下，口中說道：「我主萬歲，微臣有一事冒死上瀆天顏，微臣自知身該分為萬段，但是老奴受我主累世鴻恩，不能欺滅主公，寧可教老奴碎屍粉骨，這件事一定是要奏與我主的。」

章帝猛聽得他這番沒頭沒尾的話，倒弄得十分疑惑，莫名其妙，連忙說道：「老公爺！有什麼事儘管奏來，孤家斷不加罪與你的。」

他便將竇娘娘的一套玩意兒，一五一十整整地說個爽快，把個章帝氣得一佛出世，

二佛升天，大叫一聲，昏厥過去。

這時將一班宮娥彩女嚇得手忙腳亂，忙上前來灌救。停了半天，章帝才回過一口氣來，微微說了一聲：「氣死我也！」按下慢表。

再說大竇與能兒正幹到一髮千鈞的要緊時候，猛聽得外面有人走了進來，大竇不禁大吃一驚，忙教能兒快些放手。誰知能兒正自弄到得趣的時候，哪裡肯毅然放手呢，就是後面有一把刀砍來，他也不鬆手的。

說時遲，那時快，門簾一掀，從外面鑽進一個頭來。大竇仔細一望，那人一縮頭，一陣腳步聲音又出去了。

她到了這時，心慌意亂，伸手將能兒往旁邊一推，說道：「冤家！你今天可害了我了。」

能兒忙坐了起來。趕緊先將衣服穿好，然後又替她將衣服穿好，向她問道：「娘娘，方才那人是誰？我沒有看得清楚。」

她苦著臉答道：「此番好道休也，還只管的什麼呢？」

能兒忽然向她笑道：「那人一定不會去洩漏我們事情的。」

她閃著星眼，向他一瞅問道：「你難道認得他麼？」

能兒道：「他不是化兒麼？」

大竇道：「啐！如果是化兒，我還這樣的著急做什麼呢？」

能兒道：「除卻化兒，還有誰呢？」
她道：「你只管貪著眼前的快活，你還問日後麼，他就是六宮總監魏老頭兒。」
他聽罷，不禁倒抽一口冷氣，忙道：「這便怎生是好呢？」
她道：「可不是麼？此番我們的隱情被他窺破，還想他不去洩漏，恐怕也不能夠了。萬歲如果知道這樣的玩意兒，你我二人還怕不作刀下之鬼麼？」
他道：「娘娘，這事我倒想出一個法子來了？」
她道：「你想出什麼法子來呢？」
他道：「現在橫豎我們隱情被他揭破了，不如索性使一條計，反過頭來咬他一口，倒也值得些。」
她道：「但是想出一個什麼法子去反噬他呢？」
能兒停了半晌，才說道：「那麼只好說他調戲娘娘的了。」
她聽罷，不禁嗤地笑道：「笨貨！你這個規矩都不曉得麼？」
他道：「管他娘的，只是他要我們的命，我們也只好用這條計抵抗了。」
她道：「呸！如果照你的話去做，真是自尋死路了。」
他道：「你這是什麼話？」
大寶掩口苦笑道：「他們內監都是有本無利的人，怎樣來調戲我呢？我要是用這話去抵抗，萬歲還肯相信麼？」

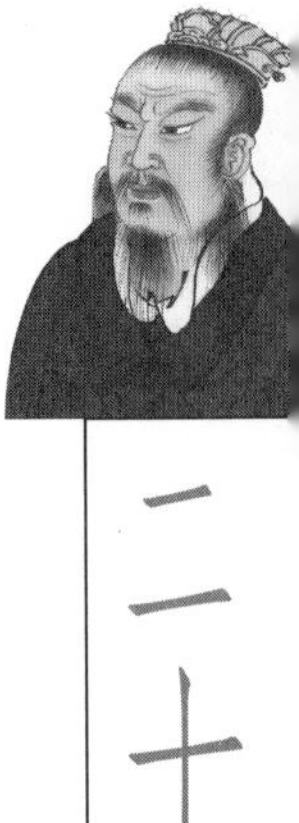

他聽說這話，心中更不明白，忙道：「什麼叫做有本無利呢？」

她道：「笨貨！我被你纏煞了，你生了十八九歲，難道這有本無利還不知道？」

他將頭搖得撥浪鼓一般地說道：「委實不知道。」

她道：「他們的陽物全被割去了，沒有那東西，還想這個事情麼？」

他不禁笑道：「原來如此，我還在鼓裡呢。既是這樣，再想別的法子去對待他便了。」

她道：「火到眉頭，這不能再緩了，你快到妹妹的宮裡暫且安身，不要拋頭露面，免得被他們看見露出破綻來，反而不美，我自有法子將這個老賊結果就是了。」她說罷，便與能兒下床分手。

不說能兒和化兒在望荷亭前碰見了，一同回到留風院去的事情，再說大竇一徑向淑德宮而來。還未到淑德宮，只見一群宮女一齊過來施禮說道：「萬歲請娘娘回宮。」

她聽說這話，心中早已明白，微微點首，挾著宮女慢慢地走到坤寧宮門口，取出手帕，著力在眼上揉擦了一陣子，那一雙杏眼登時紅腫起來。她到了章帝的榻前，盈盈地折花枝跪下，嬌啼宛轉，粉黛無光，口中直嚷：「萬歲救命！」

那章帝本來是一腔怒氣，不可遏止，恨不得將她立刻抓來砍為兩段，才洩胸中的醋火。及至見她進來，雙眼紅腫得和杏子一般，粉殘釵亂，不禁將那一股醋火，早消了一半。又聽得她鶯啼嚦嚦，更覺楚楚可憐，便將那氣憤欲死的念頭消入於無何有之鄉了。最後又聽得她口中連喊救命，他不禁十分驚訝地說道：「梓童！快些平身，有誰敢來欺你，快些奏來，孤家自有道理。」

她哭道：「妾身自萬歲龍體欠安，恨不能以身替代，何日不提心吊膽，滿望萬歲早日大瘳，治理國事，以免奸佞弄權，萬民顛倒。詎料災星未退，雖日有起色，可是未能一旦霍然，妾身何等的憂鬱。今天逢著黃道吉日，妾身想到濯龍園素香樓上，去替萬歲祈禱。不想步到濯龍園口，迎面碰見六宮總監魏老公公，他就問我到園裡去做著什麼。我說到素香樓牟尼佛的像前去求福消災。他便大聲說道萬歲有旨，早就不准人進去了。等待萬歲爺病好了，再進去不遲的。

「我道萬歲從未下過這個旨意，而且我今天專為萬歲才來的。他道：『憑你說，難道我們就算了嗎？無論如何，今天是不准進去。』那時也怪賤妾說錯了一句話，就是說，這園子是我家的，難道就讓你們這些奴才擅自作主麼？我說罷，他便指手劃腳地向我說道：『我們奉了萬歲的旨意，誰也不准去的。你說你自家人，這三宮六院七十二妃，誰不是自家人，難道是外人不成？你不過做了幾天皇后，就想依勢來壓迫我老魏了麼？老實說一句，休要說你這個皇后，便是萬歲什麼事，還要讓我三分呢。我魏老兒從進宮，陪伴漢家三代了，就是老王爺，太王爺，還沒有一件事不信我呢。我到了晚年，難道反來受你們的鳥氣麼？憑你是誰，今天都不准進去的。你要是回去告訴萬歲，休要帶著別人，就說我魏老兒阻止的，橫豎我在這裡守候著就是了。』

「我聽了這番話，不由得心中生氣，便責問道，難道你們這起人不知國法麼？他

便對那班手下的宮監說道：『將她趕出去！誰耐煩和她嚕蘇，再在這裡纏不清，給我打！』那一班宮監誰不是如狼似虎的，一齊擎著兵器，便奔我來。那時我嚇得魂落膽飛，放步回頭逃命。幸虧眾宮女將我扶出來，不然今朝還不是活活地被他們打死了麼？萬歲爺！你老人家不替賤妾伸冤，賤妾的性命也不要了。」

她說罷，拉起羅裙，遮著粉臉，立起來故意就要撞了。嚇得章帝手足無措，忙喚宮女將她死力扯住。

章帝連呼道：「反了反了！頗耐這個老賊，竟懷著這樣的野心呢，怪不得他方才在我的面前一派花言巧語，孤家險些上了他的算。梓童，請且息怒，孤家自有道理，管教你消氣就是了。」

她嬌啼不勝地說道：「賤妾今天受了奇恥大辱，倒沒有什麼要緊，只恐怕這些目無法紀的叛徒膽子越大，到了那時，還不襲取漢室的江山麼？」

章帝忙道：「娘娘，請保重玉體，孤家自有定奪。」他忙向內侍臣說道：「快點將這老賊和園內的宮監一起傳上。」

話猶未了，兩旁內侍轟雷也似的一聲答應，不多一會，將魏總監和十六個守園的太監一併傳到。

章帝見了魏總監，不由得怒髮衝冠，用手一指，厲聲大罵道：「你這個老賊，無法無天，膽敢目無法紀，衝撞娘娘。漢家待你哪樣虧負？我竟這樣的失心瘋了，自己闖下滔天大禍，還不思改過，反來花言巧語噬咬別人，天理難容，國法何在？來人！給我將這老賊捆去砍了。」

話猶未了，早擁出幾個武士來，鷹拿活鵲般將魏總監抓了就走。那魏總監毫不驚慌，從容地仰天笑道：「我早就料到有此一齣了，不過我這樣的死了，也好去見太王爺、老王爺於九泉之下了。為人還是宜乎存心奸詭，反能夠活壽百年。像我這樣的憨直，居然伴了三個皇帝，活了六十多年，這一死也就不枉了。萬歲！老奴今天和你老人家長別了。」

他說罷，被眾武士擁出了午門，刀光一亮，可憐一縷忠魂，早到鬼門關去交帳了。

再說章帝又命將十六個守園的內監一齊收禁。竇娘娘見眾武士將一顆血淋淋魏總監的白頭提了進來，心中早已如願了，又見章帝要收禁內監，不禁強盜發善心，忙上前奏道：「欺君罔上，罪在魏總監一人。如今他已明正典刑，也就算了。萬歲可格外施恩，饒恕他們初犯，帶罪任事就是了。」

她說了這番話，章帝一連說幾個是，忙吩咐眾人教他們給娘娘謝恩。可憐那些人沒頭沒腦地被抓得來，只見魏總監未曾說了幾句話，立刻身首異處，不禁一個個三魂落地，七魄升天，料知事非小可。後又聽見章帝吩咐，命將他們收禁，一個個不知深淺，渾身抖抖地動個不停。沒奈何，只得引頸待命，不想憑空得著竇娘娘的幾句話，竟赦了他們的罪，誰也感激無地了，便一齊向竇娘娘施禮拜謝，高呼娘娘萬歲。

竇娘娘到了此刻，心中暗喜道：「這也落得替他們講一個人情，這一來，他們誰敢出我的範圍了，向後去還不是聽我自由麼？」

她想到這裡，不禁喜形於色，對眾人說道：「姑念你們無知初犯，所以萬歲開恩赦了你們，但是你們向後去，都要勤謹任事，不可疏忽，致加罪戾。」

眾人沒口地答應著退了出去。

章帝見眾人走了之後，不禁滿口誇讚道：「娘娘仁義如天，真不愧為六宮之主了。」

她正要答話，瞥見一個宮女慌慌地跑了進來，大聲說道：「不好了，不好了！」

第九十六回　沁水公主

章帝正在和竇娘娘談話的當兒，瞥見外面跑進一個宮女來，氣急面灰，到了章帝的病榻之前，倒身跪下，口中說道：「沁水公主要見萬歲。」

章帝忙教請進來。宮女忙起身出去，不多時，簇著一位淚眼惺忪、花容憔悴的美人來。年紀大約不過在二十多歲的光景，婷婷嫋嫋地走到章帝的面前，盈盈地折花枝拜了下去。章帝連呼：「免禮平身！」

她從容地站起來，章帝又命賜座，見她這個樣子，不由得暗暗納罕，忙開口問道：「御妹無事不到宮裡來，今天突然進宮，莫非有什麼事情麼？」

她慢展秋波，四下一打量，瞥見竇娘娘也在這裡，便哽哽咽咽地答道：「請萬歲屏退左右，臣妹有一言奉上。」

章帝聽說這話，便將龍袍袖子一層，一班宮女立刻退去，只有竇娘娘侍立在章帝的榻邊。

沁水公主默默地半晌。章帝向她說道：「御妹有什麼事情，只管說罷。」

她又停了半天，勉強答道：「沒有什麼大事，不過臣妹聞說萬歲龍體欠安，今天特地入宮來探望的。」

章帝聽她這話，不禁心中大為疑惑，暗道：「她從來是個爽直而且靜淑的人，今天察她的行動，著實大有緣故。」

章帝回頭一看，只見竇娘娘還立在身後，並未退去，但見沁水公主星眼中的傷心淚，落得像斷線珍珠一般的，站了起來，便向章帝告辭動身。

章帝忙命人送她出宮，自己的心中十分詫異地忖度道：「她今天這個樣子，斷不是來探病的，分明是受了誰的氣似的，但是見了我，為何又兀的不肯說出來呢？」

他沉吟了半晌，猛的省悟道：「莫非她和駙馬對了氣麼？莫非是礙著竇娘娘在此地，不便告訴我麼？」

他想來想去，究竟有些不對，她與駙馬一向是相敬相愛，從來沒有過一回口角。他盤算了半天，終於未曾弄得明白。列位，這沁水公主她是誰，今天究竟是為著什麼事情來的，小子也好交代明白了。

原來這沁水公主就是明帝的女兒。在十六歲的辰光，明帝見她出落得花容月貌，而且又是滿腹經綸，諸子百家無一不覺，明帝愛之不啻掌上的珍珠一般，雖欲替她選擇一個東床快婿，無奈她的生性古癖，所有在明帝的眼中看得上的，都被她一概拒絕。後來她別出心裁，出了三個題目，教明帝懸榜徵求，應選的才子，如果三個題目都做得合式，不論貧富老幼，都情願嫁給他。

此榜一出，不上十天，通國皆知。誰都懷著一種願望，哪個不想入選呢？於是老的白髮皤然的老翁，少的年未及冠的幼童，均來應選，搜腸刮肚，嘔心瀝血，各展才能。

交卷後，一班應選的，共有三萬五千八百餘名，一個個將頭頸伸得一丈二尺長，但望榜上有名，那時不獨憑空得著一個絕色的美人，而且平地一聲雷的做一位堂堂的駙馬公了。夢中幻想，真個是奇奇怪怪，不一而足。

好容易度日如年似地等了三天，到了第四天的早上，一齊擁到敬陽門前看榜。誰知大家你一班，我一班的，全來看了一個仔細，不禁不約而同地一齊嘆了一口氣，互相稱奇不止。你道是什麼緣故呢？原來那榜上完全是一張白紙，一個字也沒有。

眾人心還未死，來責問守榜官道：「你們公主既然選試駙馬，難道這三四萬人就沒有一個中試麼？這事不是分明的拿我們來尋開心麼？還有些不遠千里而來的，都因為有一種希望，人家才高高興興地來的，早知這樣，人家又何必徒勞往返，耗費金錢呢？」

還有的說道：「無論如何，只要選中一個，方不致大家議論呢！」

守榜官答道：「請諸位原諒一些，實在因所有的卷子，內中的確沒有一個中試的，所以只好割愛，請諸位空勞白來一趟了。」

眾人聽說這話，誰也不肯服氣。有的說道：「堂堂的公主，竟做出這些有頭無尾的事來，豈不怕天下萬人笑罵麼？」

有的說道：「我們一定要請面試。」

有的說道：「我就將這三個題目拿去和她辯論，且看究竟是對不對。」

七張八嘴，聲勢洶洶。

守榜官見勢頭不好，連忙著人飛報與明帝。明帝深怕眾人糾纏滋變，只得下一道旨意，各賜紋銀十兩送與眾人，作回去的川資。眾人哪裡肯受，一齊說道，我本來是希望做個駙馬公的，誰為著這區區的十兩銀子來呢？今天一定要請面試。守榜官百般勸告毫不中用。

正在這擾攘不休的當兒，從人叢中跑進一個人來，身穿月色布的直擺，頭帶方巾，面如冠玉，目若曉星，走到守榜官的面前，躬身一揖，口中說道：「敝人早就到敬陽驛裡報過名了，本擬如期應選，不意家嚴突於選試之前日竟逝世了。所以敝人未得如期而來，但是公主所出的三個題目，敝人早就做好了。今天雖然是考過了，但是榜上無名，想是還沒有擇定，所以不揣簡陋，特將三篇拙作送了過來僥倖一試。明知襪線之才，斷無乘龍之福，但是敝人企慕情殷，合式與否均非所計，請一轉呈為感。」

他說罷，便在懷中取出他做的三篇來交與他。

守榜官不敢怠慢，趕著命人送去。

這裡眾人不由得互相譏笑，都道，憑我們這樣的錦心鏽口還未曾取中，他是何人？也來癩狗想吃天鵝肉，豈不令人好笑麼？

那眾人仍在這裡紛紛的烏亂，不多一會，瞥見馬上馱來一個官員，背著黃袱，後面跟著許多的儀仗軍士。他到了敬陽門口，翻身下馬，將懸在那裡的一張白紙揭了下來，慢慢將黃包袱放開，露出一張大紅絹榜來。他便將這大紅絹懸了起來。

這時萬目睽睽，一齊注視牆上，大家仔細一看，只見上面寫著名字。這時，眾人便你問我，我問他的，誰是宗仙？問了半天，竟沒有人答應，眾人十分詫異。這時那個背榜的官員，響著喉嚨喊道：「哪一位是宗仙先生？」

語猶未了，那個最後交卷的少年從人叢中擠了出來，不慌不忙的口中說了一聲：「慚愧，不料我竟中了！」

他走到背榜官的面前，說道：「在下便是。」

他朝他上下一打量，復又問道：「閣下就是宗先生麼？」

他點頭應道：「然也。」

他滿臉堆下笑來，向他拱手賀道：「恭喜閣下中選了，今天的白衣，明天就是駙馬了。」

宗仙只是自謙不已。那背榜官員請他上轎進朝。宗仙便上了嶠，吆吆喝喝地抬了就走。這裡眾人沒有一個不豔羨他的福分，都說是後來居上，出人意外了。

不說眾人談論，再說宗仙隨了背榜官，進了午朝門，上殿拜覲天子。明帝見他一表非凡，自是十分欣喜。又口試一番，果然應答如流，滔滔不絕。

沁水公主在屏後已聽得大概，那一顆芳心中，說不出的快慰。明帝便命次日結婚。眾人因為沒有中選，都要求一見公主的芳容。沁水公主卻也不忍十分拒絕，便在敬陽驛中顯出全身，給大家一看。眾人見她這樣的天姿國色，自是嗟呀而散。

明帝將宗仙留在朝中任事，詎知宗仙之志清高，不肯任事。沁水公主也是淡泊成性，淡雅不願為富貴，兩個一齊要入山修行。明帝不准，便在長安東門外面，賜他們沃田十頃，新居一宅，他二人住在那裡，以便自己不時去望望嬌兒佳婿。

誰知他們自從到了那裡，成日價栽花種竹，飼鳥養魚，從不干預政事，就連回來都不回來。明帝駕崩之後，他們格外裝聾作啞，連禁城內都不到了。及至竇氏弄權，竇憲造了一座府第，離開他們這裡不過半里之遙，不時有人到他們那裡去纏擾，摘花採果的。沁水公主倒不肯和他們一般見識。而且宗仙的為人，默靜而又和藹的，絕不去和他們較量。

誰想竇憲手下一班爪牙，狗仗人勢，得步進步，還只當沁水公主懼怕他們的威勢呢，越發擾攘不休。

有一天，竇憲騎了匹馬，帶了些獐犬和豪奴惡僕，出去行獵。

沒走多遠，瞥見道旁的草地裡有一隻香獐，斜刺裡奔了出來，竇憲手起一箭，正中那獐的後股。那隻獐又驚又痛，沒命地向前跑去。他哪裡肯捨，縱馬追來。

那隻獐慌不擇路地亂竄，一頭鑽到一個大院裡去。竇憲便也追了進去，忙命眾人將院子後門關好，預備來捉獐。那隻獐東穿西跳，那些豪奴惡僕竟像捉迷藏似的一樣，東邊跑到西邊。

不多時，那隻獐跑得乏了，只流鮮血撲地倒下，被他們捉住了。獐可是捉住了，但是園內的花草差不多也就蹂躪殆盡了。他洋洋得意地帶了豪奴惡僕，走到一所茅亭裡憩了下來。

這時有個小童，手裡提著一隻噴水壺走進園，一眼望見院裡那些怒放值時的好花踐踏得一塌糊塗，東倒西欹，那一種狼狽情形，真個是不堪入目了。那小童見他們凶神似的一個個地都蹲在茅亭裡，便嚇得魂不附體的，飛奔前去報告他的主人了。

原來這就是沁水公主的後院。那小童進去，說了一遍，沁水公主大吃一驚，便與宗仙一齊到後面的賞花樓上，推開門窗一望，只見園裡百花零落，殘紅滿地，將一座好好的花園，被他們踐踏得和打麥場一樣。

沁水公主見了，好不心痛，便對宗仙說道：「我們費了多少工夫，才將這些花草扶持到這個樣子，萬料不到被這些匹夫，一朝踐踏了乾淨，花神有知，還要怪我們多事呢！」

她說到這裡，不禁嘆了一口氣，說道：「人遭塗炭，姑且勿論。花亦何辜，竟遭這樣的摧殘！」她哽哽咽咽地不禁滴下淚來。

宗仙爽然笑道：「夫人你可癡極了，天地間沒有不散的宴席。物之成敗有數，何必

作此無謂的傷感呢，花草被他們踐踏，想也是天數罷。我更進一層說，無論什麼東西，皆是身外之物，永不會長久可以保留，終究都有破壞的一日。」

她含淚點頭。

不表他們在這裡談話，單說竇憲休息了片晌，便與眾人出園回去。走出園來，只見道旁的禾苗，長得十分茂盛，不禁滿口誇讚道：「好田，好田！這樣的旺發莊稼，要是買個十頃八頃，一年收的五穀，倒不錯的呢！」

手下豪奴爭先答道：「大人如果看中，等田裡的莊稼成熟，便派人來收取，怕什麼？」

他道：「如何使得？人家的田產，我怎好去收莊稼呢？」

又有一個說道：「這田本是十頃一塊，聽說一年常常收到八千多石糧食呢。我想大人的府中人丁不計其數，一年的糧食開支著實不輕咧。要是將這十頃田買了下來，每年收的糧食，供府中口糧綽綽有餘。」

他聽罷笑道：「你這話倒不錯，但不知十頃田要賣多少錢呢？」

他道：「大人如果要買，不拘多少，皆可成功，誰不想來奉承你老人家呢，或者還可以不要錢奉送呢。」

他聽了這些話，不禁眉開眼笑地說道：「那麼就是這樣的辦去吧，你們替我就去打聽打聽是誰家的。」

眾人齊聲答應。到了晚間，眾人回覆他道：「那十頃田原是沁水公主的，大人意下如何呢？」

他冷笑一聲道：「我已經說過了，憑他是誰，我總是要買的，你們明天就送五千兩銀子過去就是了。」

眾人答應著。

到了次日清晨，眾豪奴帶了五千兩紋銀，徑赴沁水公主的私茅中，與她說個明白。臨動身的時候，沁水公主氣得咬碎銀牙，潑開櫻口，將那班豪奴罵得狗血噴頭。

沁水公主道：「你們這班狗才，回去對那竇憲說明白了，這田莫說他出五千兩銀子，隨便他出多少，我總不賣。叫他將眼睛睜開，認認我是個甚麼樣子的人，休要蔑人過甚。現在我正要和他去理論理論呢！昨天他為什麼無緣無故地闖進我後院，將花草完全被他踐踏了。」

那幾個豪奴雖然態度是十分強硬，但是在她的面前還不敢十分放肆，只得垂頭喪氣地回來。見了竇憲，少不得將她這一番話又變本加厲地說了一遍，把個竇憲氣得三屍神暴跳，七竅內生煙，口中忿忿地說道：「好好好，教她認得我就是了，她依仗她是個公主麼，我偏要去和她見個高低。」

再加上那班狐群狗黨在旁邊撮死鬼似的，攛掇了一陣子。竇憲摩拳擦掌，一定要和她見個高下，便吩咐手下人，等到田裡的稼穡一成熟就去動手，如有人來阻止，將他拘到我這裡來，自有辦法。眾豪奴齊聲答應。

不上幾天，那田裡的禾苗不覺漸漸地成熟了，這班豪奴果然帶了許多人前去，硬自動手割得精光。沁水公主見了這樣情形，知道非見萬歲不可了。自己究竟是個金枝玉葉，不便去和他們據理力爭，而宗仙一塵不染，什麼事他都不問，只得硬起頭來，走到禁城裡去，正要去奏聞章帝，不料在半路上又碰見了竇憲。

那竇憲見了她，不禁怒從心上起，惡向膽邊生，便借張罵李地謾辱了一陣子。沁水公主終究是個女流之輩，氣得渾身發軟。連了內宮，正想將這番情形奏與章帝，不意又碰見了竇后在旁，不便啟奏，只得忍著冤屈，重行回到自己的家中。

是日到了晚間，大司空第五倫忽然到她的家中來拜望宗仙。他原與宗仙一向就是個莫逆之交。他與宗仙暢談了多時，宗仙將竇憲欺負他的一番情形，好像沒有這回事的樣子。倒是沁水公主忍不住，便將竇憲怎樣欺侮的一番話告訴了他。

第五倫勃然大怒，當下也不露聲色，當晚回府，在燈光之下修了一道奏章，次日五鼓上殿，徑進內宮呈奏章帝，章帝看罷，氣得手顫足搖地說道：「好匹夫，膽敢來欺侮公主了，怪不得公主昨日入宮欲說又止的幾次，原來還是這樣呢。」

他傳下一道旨意，立刻將竇憲傳到宮中。他見了竇憲跪在地下，不由氣衝衝地向他說道：「竇憲，孤王哪樣薄待於你？你不想替國家效力，反而依勢凌人，去占人土地，踐人花園，你還知道一點國法麼？」

竇憲嚇得俯伏地下，不敢作聲。

章帝將牙關一咬，正要預備推出去，以正國法，這時環珮聲響，蓮步悠揚，從屏風後面轉出一個麗人來，你知道是誰？卻原來就是竇娘娘。

但見她雙眉緊鎖，杏眼含著兩泡熱淚，走到章帝的榻前，折花枝跪了下去。章帝瞥見她來，倒又沒了主意。停了半晌，想想還是兄妹的情重，遂毅然將竇憲的官職削去，發為平民。竇娘娘舌長三尺，無奈此時竟失卻效力了。

章帝又將竇家的家產一半充公，從此就漸漸地憎惡竇氏了。接著又將竇篤、竇誠等官職逐一削去，不復任用。可是對於大小兩竇的感情尚未完全失寵，不過不像從前的言聽計從。

那時她們姐妹見了這樣的情形，料知萬歲對於她們不見得十分信用了。隔了一月以後，章帝的病也好了，逐日忙著政事，無暇兼顧到她們。大竇有一天，趁章帝上朝的時候，便到小竇的宮中，互相商議固寵的方法。

大竇首先說道：「我們失敗的原由，第一就是因那魏老兒的一番洩漏，第二就是那老匹夫第五倫，不知我們幾世裡和賊子結下了冤家，這樣三番四覆地來和我們作對，所以層層次次的，萬歲就漸漸不肯信任我們了。我們再不想出一個妙法子來，將原有的寵固住，只怕我們也要有些不對哩。」

小竇道：「可不是麼？我今天聽見她們宮女說的，萬歲爺現在急急就要搜宮，萬一真的實行起來，怎生是好？那個冤家，卻將他放在什麼地方呢？」

大竇道：「都是你的不好，事到如此，如果真要搜宮，只好叫他先到濯龍園裡綠室內去住幾天再講吧！」小竇連連稱是。

大竇又道：「此刻我倒有好法子，能夠將萬歲的心，重行移轉來呢。」

小竇忙問她道：「是個什麼法子？」

她道：「現在萬歲薄待我們，第一個目標，就是恐怕我們有些不端的行為，只消如此如此，還怕他不入我們的圈套麼？」

小竇大喜。

第九十七回　易釵而弁

大寶對小寶說道：「妹子，你可知道麼？萬歲他為的什麼事情才薄待我們的？唯一的目標，恐怕我們有什麼不端的行為罷了。如今再不想出一個法子補救補救，說不定還不知失敗到什麼地位呢？我想萬歲既聽那魏老兒的話，暗地裡一定要提防我們的，倒不如想出一個疑兵之計來騙騙他，能夠上了我們的圈套，那就好辦了。」

小寶問道：「依你說，怎樣辦呢？」

她笑道：「用不著你盡來追問，我自有道理。」

小寶笑道：「秘密事兒，你不先來告訴我，萬一弄出破綻來，反為不美。」

大寶笑道：「要想堅固我們原有的寵幸，非要教化兒改扮一個男人，隨我一同到萬歲那裡去探探他的究竟。如果是不疑惑，他必然又是一個樣子了。」

小寶拍手笑道：「這樣去探究竟，倒是別出心裁呢，化兒不知她肯去不肯去呢！」

話猶未了，化兒和能兒手牽手兒走了進來，見大寶坐在這裡，連忙一齊過來見禮。

小寶掩口笑道：「看不出他們倆倒十分恩愛哩，外面看起來像一對姐妹花，其實內裡卻

是一雌一雄，永遠不會被人家看破的。」

化兒笑道：「娘娘不要來尋我的開心吧！」

能兒扭扭捏捏地走到大竇的面前，慢展宮袖，做了一個萬福，輕啟朱唇，直著喉嚨說道：「娘娘在上，奴婢有禮了。」

大小兩竇不禁掩口失笑。化兒忙道：「現在的成績如何？」

大竇滿口誇讚道：「很好很好！嚴師出好徒，沒有這個玲瓏的先生，哪裡有這個出色的學生呢？」

小竇道：「哪裡是這樣的說，她教授這個學生，卻是在夜裡教授的多，所以能兒才有這樣的進步的。」

化兒閃著星眼，向小竇下死力一瞅，笑道：「娘娘不要這樣的沒良心，我們不過是個奴婢，怎敢硬奪娘娘的一碗菜呢？我不過替娘娘做一個開路的先鋒罷了。」

大竇笑道：「你聽見麼？她這兩句話，分明是埋怨你獨佔一碗，不肯稍分一些肥料與她，你可明白些，總要看破一點才好。」

小竇滿臉緋紅，低頭笑道：「頗耐這個蹄子專門來造謠言，還虧你去聽她的話呢！我要是個刻薄的，老實說，我前天還教他到濯龍園裡去，與你解渴麼！」

大竇聽她這話，不禁滿面桃花，忙向她啐道：「狗口沒象牙，不怕穢了嘴麼？好端端地又將我拉到混水去做什麼呢？」

小寶咬著櫻唇笑道：「罷呀！不要來裝腔作勢的了，現在有個鐵證在此地。」

她還未說完，能兒湊趣說道：「不要說罷，你們兩個人的花樣真沒有她多。」

小寶趕著問道：「前天共做出幾個花樣呀？」

能兒將手一豎，說道：「六個。」

化兒笑得前俯後仰地問道：「做六個花樣，是什麼名目？」

能兒笑道：「什麼老漢推車咧，喜鵲跳寒梅咧，鼇魚翻身咧，還有幾個我記不得了。」他數蓮花落似地說了半天，把個小寶笑得花枝招展，捧心呼痛。停了片晌，忍住笑向大寶說道：「到底是姐姐的本領大，現在還有什麼話可以掩飾呢？」

大寶也笑道：「不錯，我的花樣是不少，但是絕不像你們成日成夜地纏著，一個人究竟能有多大的精神，萬一弄出病來，那才沒法子咧。」

小寶笑道：「這話也不需要你說，我們自然有數，至多每夜不過演一回，萬不會像你這樣窮凶極惡地釘上五六次，什麼人不疲倦呢？」

大寶笑道：「我扯和下來，還是不及你們來得多咧。」

能兒笑道：「你們休要這樣的爭論不休，都怪我不好。」

化兒笑道：「這話不是天外奇談麼，我們爭論與你有什麼相干呢？」

他笑道：「我要是有分身法，每人教你們得著一個，豈不是沒有話說了嗎？」

三人聽他這話，一齊向他啐道：「誰稀罕你這個寶貨呢？沒有你，我們難道就不過日子了麼？」

能兒笑道：「雖然是不稀罕，可是每夜就要例行公事。」

化兒笑道：「你不用快活了，謹防著你的小性命靠不住。」

能兒將頭搖得撥浪鼓一般地說道：「不要緊，不要緊！無需你替我擔憂。自古道：牡丹花下死，做鬼也風流，我就是登時死了，都是情願的。」

大竇向化兒笑道：「我今天有一件事，要煩你做一下子，不知你肯麼？」

化兒笑道：「娘娘這是什麼話，無論什麼事情，委到我，還能不去麼？」

大竇笑道：「現在萬歲待我們，已不像從前那樣的寵幸了，我們急急要想出一個妙策來去籠絡他呢。聽說現在萬歲就要搜宮，這個消息不知你曉得麼？」

化兒聽說這話，不禁吃驚問道：「果真有這樣的事麼？」

大竇正色說道：「這事與我們有絕大的關係，怎好來騙你呢？」

化兒呆了半晌，不禁說道：「如果搜查起來。」她說到這裡，用手指著能兒說道：「將這個冤家安放在什麼地方呢？」

大竇笑道：「正是啊！」

能兒不禁矮了半截，向大竇央告道：「千萬要請娘娘救一救我的性命。」

她微微地向他一笑，然後說道：「你不要害怕，我早有道理，不教你受罪就是了。」

化兒正色對她說道：「娘娘不要作耍，總要想出一個萬全的方法來，將他安放好了才沒有岔子，萬一露出馬腳，你、我們還想活麼？」

大寶笑道：「這倒不必，我今天與你一同到坤寧宮裡去探探他的形色，再定行止。萬一他認真要搜宮，我早就預備一個地方了。」

她道：「莫非是暴室麼？」

她搖首說道：「不是不是。」

她又道：「除卻暴室，宮中再也沒有第二處秘密之所了。」

大寶笑道：「你只知其一，不知其二。他如果要搜，還不是一概搜查麼？這暴室裡怎能得免呢。最好的秘密地方，就是濯龍園裡假山石下的綠室裡為最好。要是將他擺在裡面，恐怕大羅神仙也難知道哩。」

化兒拍手笑道：「虧你想得出這個地方，真是再秘密沒有了。」

小寶笑道：「偏是你們曉得，我雖然是到濯龍園裡去過了不少次數，可是這個綠室，我就不知道在什麼地方呢？」

大寶笑道：「你哪裡知道？這綠室是老王爺當年到濯龍園裡去遊玩，那時正當三月天氣，進了園門，瞥見一人，身高二丈以外，形如笆斗，眼似銅鈴，五色花斑臉，朝著老王爺發笑。老王爺為他一嚇，將濯龍園封起來，不准一個人進園去遊覽。後來請了一個西域的高僧，到園中作法捉怪。他便到園中仔細地四下裡一打量，便教老王爺在假山

肚裡起一座小房子，給他住。

「老王爺問是個什麼怪物，那西域的和尚連說：『不是，它就是青草神，因為路過濯龍園，想討萬歲封贈的。如今造這房子，還恐它再來時，我有符籙貼在這門上，它見了，自然就會進去了。它一進去，可算千年萬載再也不會出來了。』

「老王爺當時就命動工，在假山腳下造了一座房子。那和尚就用朱砂畫了兩道符，十字交叉貼在門上。他對老王爺說：『如果這門上的符破了，那草頭神就吸進去了。』老王爺深信不疑。誰知到了現在，那門上的符，分毫未動。我想哪裡什麼草頭神、花頭鬼呢，這不過是老王爺一時眼花，或是疑心被那個和尚騙了罷。

「萬歲爺如果真地搜查起來，我們預先將能兒送到那裡。他們見門上符籙破了，不要說搜查了，只怕連進去還不敢進去呢。到那時，我們不妨托內侍到外邊多尋幾個漂亮的來，將他們放在裡面，人不知，鬼不覺的，要怎麼，便怎麼，你道如何？」

化兒與小寶聽她這番話，無不道好。化兒說道：「這計不獨不會被他覷破，而且可以長久快活下去呢。」

大寶便對化兒說道：「現在的辰光也不早了，我們早點去罷，萬歲爺也就要退朝了。你趕緊先去裝扮起來，隨我一同前去。」

化兒笑道：「去便去，又要裝扮著甚麼呢？」

大寶笑道：「原是我說錯了，我是教你去改扮的。」

化兒吃驚問道：「又教我改扮什麼人呢？」

她笑道：「你去改扮一個男子。」

化兒笑道：「這可不是奇怪麼？好端端地又教我改扮什麼男子呢？」

她道：「你快些去，我自有道理。」

化兒笑道：「那麼，到你的宮裡去改扮罷，省得走在路上，被她們宮女瞧見了，像個什麼呢？」

她點頭道好，起身便與化兒回到淑德宮裡。化兒進了臥房，不多一會，改扮停當，緩步走了出來。大竇見她改扮得十分出色，果然是個美男子，俏丈夫，毫無半點巾幗的樣子，不禁滿口誇讚道：「好一個美男！可惜胯下只少一點，不然，我見猶憐呢！」

不表她們在這裡戲謔，再說章帝退朝之後，在坤寧宮裡息了一刻，心中掛念著竇后，不由得信步出宮。

到了淑德宮門口，只見裡面靜蕩蕩的鴉雀不聞，不禁心中疑惑道：「難道她此刻又不在宮裡麼？一個六宮之主，有什麼大事，這樣的忙法？」

他自言自語地說到這裡，不禁哼了一聲，暗道：「這兩竇的神形，與從前大有分別，我想她們一定是有什麼曖昧的事情發生了，不然，不會這樣的神情恍惚的。」

他一面懷疑，一面動步，不知不覺地走到房門外，將簾子一揭，瞥見竇娘娘與一個美男子在窗前著棋。

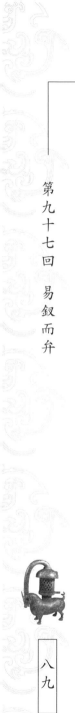

章帝不由得將那無名的毒火高舉三千丈，按捺不下，一步跨進房門，潑口罵道：「好賤人！你身為六宮之主，竟敢做這些不端的事情。怪不得這幾天，孤王見了你總是淡淡的不瞅不睬，原來還是這樣的花頭呢。」

他說罷，喘吁吁地往一張椅子上一坐，連聲問道：「你這個賤人，該怎樣處治？你自己說罷！」

她微微地朝他一笑，說道：「今天萬歲爺，為著什麼這樣的發揮人呢？」

他氣衝衝地罵道：「你這個大膽的賤人，你對面坐的是誰？」

她不慌不忙地對他說道：「要問她麼，萬歲你認不得麼？還要我說出來做什麼呢？」

他聽得這話，更是氣不可遏，立起來，腰間拔出寶劍就來奔向那個男子。那男子笑嘻嘻地將袍衫一揭，露出一雙不滿三寸的瘦筍來。章帝一見，不禁倒抽一口冷氣，忙將寶劍入鞘，轉怒為喜地問道：「你是誰？竟這樣的來和孤王取笑。」

大竇此時反而滿臉怒容，故意哽哽咽咽地哭將起來。

化兒見她做作，還不是一個極伶俐的麼，連忙走過來，到她的面前，雙膝一屈撲通一跪，口中連說道：「奴婢該死，不應異想天開的改換男妝，教娘娘無辜的被萬歲責罰，奴婢知罪，請娘娘嚴辦就是了。」

大竇見她這樣，不由得暗暗誇讚道：「怪不得妹妹常說她伶俐精細，果然有見識。」

她卻故意說道：「化兒，你去卸妝罷，這事我不怪你，只怪我自己不應隨你改裝男人，教萬歲生氣。」

她說罷，取了手帕，慢慢地拭淚，化兒將男妝隨時卸下，依然是一個花容月貌、霧鬢雲鬢的絕色美人。

章帝此時自知理屈，見她哭得嬌啼不勝，不由得起了憐愛之心，深悔自己過於孟浪，但是又礙著化兒在這裡，不能徑來賠罪，只得默默無言。

停了半晌，搭訕著向化兒說道：「你從哪裡想起來的？好端端的為什麼要改扮男妝呢？要不是你將腳露出來的快，被我一劍將你砍死，那才冤枉呢！」

化兒笑道：「罷呀！還問什麼，我今天到娘娘這裡來請安，見萬歲的衣裳擺在箱子上，我就順手拿起來往身上一穿，本來是玩的，後來朝著鏡子裡一望，不禁自己也覺好笑，爽性戴起冠來。因為娘娘喊我著棋，我就忘記卸下，不想被萬歲碰見了，起了疑心。奴婢萬死，還求萬歲恕罪！」

章帝道：「事已過了，就算了。」

化兒連忙謝恩，大竇便朝她偷偷地丟去一個眼色，化兒會意，起身走了。

章帝見化兒走了，忙不迭地走到她的身邊並肩坐下，正要開口賠罪，她將宮袖一拂，走到榻前坐下。章帝跟著又走到榻前，她卻粉龐兒背著他，只是嗚咽不住。

章帝到了這時，真是肝腸欲斷，伸出手來，將她往懷中一摟，悄悄地說道：「娘娘，今天只怪孤王一著之錯，得罪了你，孤家自知不是，千萬要請娘娘恕我一朝才好呢。」

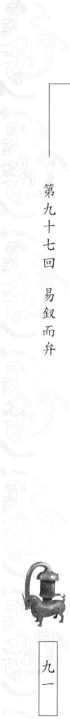

她哭道：「萬歲請你就將我殺了罷！我本是個賤人，做這些不端的事情，理該萬死。」

章帝慰道：「好娘娘！只怪孤王一時粗魯，不看今天，還看往日的情分呢。」

她仰著粉頰，問道：「你和誰有情？這些話只好去騙那些三歲的小孩子。今天不要多講廢話，請你趕緊將我結果了罷，省得丟了你的臉面。」

她說罷，故意伸手到章帝的腰中拔劍要自刎，章帝慌忙死力扯住，央求道：「好娘娘！請暫且息怒，千不是，萬不是，只怪孤家的不是，你實在要尋死，孤王也不活了。」

她聽罷，不禁冷笑一聲說道：「你死歸你死，與我有什麼相干呢？橫豎我這個人已經成了人家的擯棄的人了。便是死了，誰還肯來可憐我一聲呢？」

章帝忙道：「娘娘，我這樣的招賠你，你還是與我十分決裂。誰沒有一時之錯呢？我看你從來待我是再恩愛沒有的，為何今天說出這樣的話來呢？」

她道：「你這話問我做什麼呢？你自己去層層次次的細細地想想吧，也用不著我細說了。」

章帝聽她這話，沉吟了一會子，說道：「娘娘莫非是怪孤家削去竇氏弟兄的權麼？」

她道：「萬歲這是什麼話？自古道，王子犯法，庶民同罪；難道因為我的情面，就不去究辦內戚了麼？自古也沒有這個道理的。」

他道：「除卻這一層，孤家自己料想也沒有什麼去處得罪娘娘的了。」

大竇冷笑一聲道：「萬歲說哪裡的話來，只有我得罪萬歲，萬歲哪裡有得罪我的地方呢？即使得罪我，我還有什麼怨恨呢？」

章帝忙道：「娘娘，你向來是爽直人，從未像今天這樣的牽絲扳藤地纏不清，究竟為了一回什麼事情，這樣的生氣？就是今天，孤王粗魯得罪了你，孤王在這裡連連地招賠不是，也該就算了，為什麼盡是與孤王為難呢？」

她冷笑道：「誰與你為難？你在這裡自己纏不清，倒說我不是，這不是笑話麼？老實問你一句，你為著什麼緣故，這幾天陡然的要搜宮？這不是顯係看不起我麼？漢家從來沒有過這樣的舉動，倒是萬歲爺別出心裁的，想必宮中一定是發生什麼曖昧了，不然，萬歲何能有此舉動呢？」

她這一番話，說得章帝閉口無言，半天答不出一句話來。停了片刻，才吞吞吐吐地對她說道：「此事娘娘休要見疑，我聽他們說的，不過我的心中絕不會有這種用意的。」

她道：「萬歲，你究竟是聽誰說的？說的是些什麼話呢？」

章帝忙道：「那個倒不要去追求，只要我不搜，有什麼大不了呢。」

她道：「那是不可以的，無論如何，倒要萬歲搜搜，究竟宮中出些什麼曖昧的事情呢？」

章帝又道：「這話不要提了。自古以來，從未聽說過有這樣的舉動呢。不要說我，無論是誰，也不會做出這自糟面子的事來的。」

她道：「萬歲既然這樣的說，想是一定不搜了。」

他道：「自然不搜啊！」

她道：「你不搜，我倒有些不放心，我明天就去大大地搜查一下子，但看宮中出了什麼花樣兒了。」

章帝道：「那可動不得，搜宮是個蹭蹬的事，不是預兆別人進宮搜查麼？」

她道：「管他許多呢，我既然做了一個六宮之主，有不好的去處，當然究辦，以維國法，而整坤綱，省得有什麼不端的事情發生，天下人皆不能知道內幕情形，誰不說是我主使和疏失之罪呢？」

章帝笑道：「這又奇了，宮中出了什麼事情，要你去搜查麼？」

她道：「萬歲爺，你這話又來欺騙我了，如果宮中沒有花樣翻了出來，難道你好端端的無緣無故的要搜宮了麼？」

章帝道：「娘娘，你千萬不要聽外人的誘惑才好呢！」

她冷笑道：「這是什麼話呢？不是從萬歲爺的口中說出來麼？」

他二人一直辯論了多時，中膳也不用了。她和衣倒在床上，一聲不作。章帝百般地溫慰她，她正眼也不去看他一下子。到了晚間，章帝更不敢走開。她見章帝像生了根似坐著不動，便故意三番兩次地催他動身，章帝再也不走，憑她怎樣的攆他走。

兩個人一直熬到三更以後，大竇也疲倦極了，不知不覺地沉沉睡去。章帝才替她寬衣解帶同入鴛衾，幹了一回老調兒。她明知故意的只裝著不曉得。

第九十八回　綠室幽會

章帝與竇娘娘交頸而眠。一直睡到四鼓以後，竇娘娘怕再嘔下去討個沒趣，便平了氣，就著枕邊說道：「還虧你是一個一朝之主呢，這樣的輕聽浮言，就要做那種不顧面子的事，試問你自己可覺得慚愧麼？」

章帝笑道：「那些事都不要去提起了，總是我錯就是了，還有什麼話說呢？」

他剛說了，就聽得景陽鐘響。章帝便要起身，竇娘娘加意服侍他起身，將他送出宮門，便一徑轉道向小竇這裡而來。到了小竇的宮中，只見繡幕沉沉，書堂人靜，只聽見一些鼻息的聲音，她走到小竇的臥榻之前，用手將帳子一揭，只見化兒將能兒緊緊地抱住，且在一頭睡，小竇在西邊睡著。她輕輕地將化兒弄醒。

化兒一翻身，將他們兩個也就驚醒了，一齊坐起來。

大竇笑道：「你們好啊！三個人竟來車輪大戰了。」

化兒揉揉睡眼，打了一個呵欠，笑道：「來得怎樣這般的早法？」

大竇笑道：「還要問呢，一夜都沒有睡覺。倒是你們這些小鬼頭快活死了，害得我

跟著你們受了一夜的罪。」

化兒笑道：「娘娘又來騙人了，誰相信你這些鬼話呢？我走了後，估量著萬歲爺不知賠多少不是呢。」

小寶笑道：「她方才講話，倒是的確的話，我想萬歲爺見她動怒，還敢再和她去碰釘子，諒他也沒有這樣的膽氣罷！上了床，還不極力地報效麼？大約昨天的夜裡一定是未息旗鼓罷！」

大寶笑道：「仔細舌頭！當心不要連根子嚼去了。」

化兒笑道：「娘娘，請你不要再來遮掩罷，不是你親嘴供出來的，一夜沒有睡覺，不做那個調兒是做什麼呢？」

大寶道：「好話莫詳疑，一經詳疑，什麼都是壞話。我倒是老老實實將真情話告訴你們，不想這些沒臉的丫頭，竟扯張拉李的，疑我到那勾當上去，豈不好笑麼？」

化兒笑道：「娘娘，請你不要多講廢話了，做也好，不做也好，與我們有什麼相干呢？我且問你，我昨天動身之後，究竟是什麼辦法呢？」

大寶笑道：「你休問我，你們的膽也太大了，赤條條的三個睡在一起，萬一萬歲爺一頭撞了進來，便怎麼了呢？昨天你走了之後，他就到我的身邊，千不是，萬得罪地招賠不住，那時我卻格外拿出十二分決裂的手段來應付，兩個人一直纏到晚，我連催他到別處宮裡去住宿，他再也不敢走。我便嚴詞來責問他，究竟為著什麼事情要搜宮，他先前一口咬定沒有這回事，後來被我逼得沒法，才說他是聽著別人傳說的。那時我又追問他，這話究竟是誰說的，宮中出些什麼事了？他咬緊牙關，再也不肯吐一字。結果，被我一番連嚇帶勸的，將他說得五體投地，他才說不搜宮了。你們想，這事要不是我想這個法子來，今天還想他不下令搜宮麼。還有個笑話，就是你們三個人一絲不掛地睡在這裡，還不是首先露出春色來麼？」

這一番話，說得他們三個人不約而同地將舌頭伸了一伸，化兒笑道：「果然果然，要不是娘娘替我們打了一個頭陣，我們一定是要出馬招駕的了。」

大寶笑道：「你這個爛了嘴的，人家和你規規矩矩地講些話，你總要想出兩句話來挖苦人。」

能兒笑道：「如果娘娘夜裡沒有過癮，趁這時何不來過一過呢？」

大寶聽見這話，便乜斜著眼向他一瞟，一探身子，往他懷中一坐，輕舒皓腕，將他往自己的懷中一摟，笑道：「我的寶貝，這兩個能征慣戰的大將與你鏖戰了一夜，還沒有疲倦麼？」

他笑道：「這個勾當，不過是當時覺得困倦，只要過了一刻，馬上就會復原了。」

他說著，偎著她的粉頰，吻了幾吻。

化兒笑向小寶說道：「你看見麼，這個樣子，還成什麼呢？」

小寶笑道：「你還說什麼呢，我們此時還兀自橫在他的眼前做什麼呢？我們應該識

相些，早點離了他們，好讓他們過一回癮罷！」

化兒點頭笑道：「是的是的，我倒忘記了，快些走開。」

能兒笑道：「千萬不要走，你們在這裡參觀參觀她的藝術要緊。」他說著，便將她往身下一按，正要拉馬抬槍，猛可裡聽見一陣腳步聲音。大寶與能兒嚇得霍地分開，能兒趕緊滾入床底。

化兒、小寶一齊迎了出去。

只見來者不是別人，卻是淑德宮裡一個總監，名字叫黑時。他走到小寶的面前，行了一個常禮，含笑問道：「娘娘在這裡麼？」

小寶見是他來，當然是不去隱瞞，便隨口答道：「在這裡呢，你尋娘娘有什麼事情嗎？」

他滿臉堆下笑容道：「沒有什麼要緊的事情，不過前天娘娘托我一樁事，現在我要來回她的信息。」

小寶笑問道：「什麼事情？」

他笑道：「這個事情，沒有什麼要緊，無須娘娘問。」

小寶喝道：「你這黑賊，又來弄鬼了！究竟是什麼事情，快些告訴我，遲一些兒，仔細你的狗腿。」

黑總監滿面陪笑道：「娘娘休要動怒，這事我們娘娘曾關照過我的，教我不要亂來洩漏的，所以我不敢亂說，只好請娘娘等一會子，讓我先告訴娘娘，然後你老人家再去問我們的娘娘，自然就會知道了。」

小寶故意怒氣衝衝地向他說道：「別扯你娘的淡，快點說出來，不要嘔起我的氣來，馬上就給個厲害你看看。」她說罷，便回頭向化兒說道：「給我將皮鞭拿來。」

黑總監聽說這話，嚇得矮了半截，忙跪下來說道：「娘娘！請暫且息怒，聽奴才一言。」

她道：「什麼話快講。」

他道：「這事我要是說出來，被娘娘知道了，我就要送命了。」

她怒道：「放你娘的屁！你可知道我是娘娘的什麼人？她隨便有什麼秘密的事情，我都可以預聞的。」

他道：「娘娘這話固然不錯，但是奴才受了我們娘娘的命令，怎能因為娘娘的私親，就破娘娘的秘密呢？」

她道：「照你這樣的話，准是不肯說了。」

黑時尚未回話，早見大寶從裡面婷婷嫋嫋地走了出來。黑時見她走出來，就如得著一方金子似的，連忙搶上前來向她行禮。大寶微微地一點首，便帶他一同進了房。化兒與小寶也跟進來。

小寶向她笑道：「好事不瞞人，瞞人非好事。有這樣的主子，就有這樣的奴才，我

真佩服，守口如瓶，一些風聲不會走漏出來。我們這裡數十個大小內監，像這樣只知有主子的奴才，一個也找不出來的。」

黑時向大寶丟了一個眼色，意思是叫她回去。

化兒對小寶笑道：「你看見麼？又在那裡做鬼臉了，偏生不准她回去，但看是一件什麼事情，這樣的藏頭露尾。」

大寶笑道：「天下人都可瞞，你們我還能瞞麼？」她說罷，朝黑時笑道：「你說罷，她們不是外人。」

黑時道：「前天我奉了娘娘的旨意，暗地裡托人到城外牛家集去暗暗尋訪，未上三天，托娘娘的福，果然尋著兩個十分俊俏的，一個十九歲，一個十八歲，他們卻是無根無絆的乞丐，賞了老乞丐五百兩紋銀，現在買成功了，已經將他們帶在城內石家弄裡，聽候娘娘發落。」

大寶聽見，便向小寶、化兒說道：「好了，現在又買兩個來了，大家不要再成日家爭風吃醋的罷，以後將這兩個帶進來，每人一個，不偏不倚的。」

小寶笑道：「虧你想得出。」

化兒說道：「且慢歡喜著，這兩個帶進宮來，連能兒三個了，這裡人多眼雜，不會不露出馬腳來的，大家都要想出一個好法子來，圖長久的快樂才好呢。」

大寶道：「用不著你來多慮，我昨天不是對你說過了嗎？如今三個完全送到綠室裡，大家輪流去尋樂，你看如何呢？」

小竇笑道：「這個法子好極了！就是這樣的辦吧。」

這時能兒聽見他們的話，料想不是章帝，便在床底下一頭鑽了出來，一把將小竇摟住，笑道：「你們做的好事。我這樣極力報效你們，還不知足，一定要外面去拉了兩個來，可不怕我動氣麼？」

小竇笑道：「我的兒子，你不要疑心，那兩個隨他是什麼美男子，我總不去亂搭就是了。」

能兒笑道：「好哇！這才是從一而終的好情人咧。」

大竇便吩咐黑時派人在晚上將兩個帶到濯龍園裡的綠室裡去，同時也命能兒搬了進去。

原來這買來的兩個乞丐，一個叫作梅其，一個叫作顏固，兩副面孔生得倒也十分不錯，可是生在一個貧苦人家，不幸因為生計的逼迫，竟陷入如此的害人之窟。你道可嘆不可嘆呢？

他們進了綠室之後，化兒便來替他們打掃乾淨，夜間悄悄地命人搬了許多擺設東西進去。不到數日，居然將一個綠室收拾得和繡房一樣，每日按時命心腹太監送酒送飯進去，給他們吃。

過了三四個月後，在宮裡的太監和宮女，誰也知道有這回事的了，但是大家見魏

老兒那個榜樣，誰也不肯去尋死的，只好睜著一隻眼，閉著一隻眼，明知故昧的不敢去多事。

可是大小竇因為自己有了隱事，便不得不籠絡宮中的人，遇事賣情賞識，將一班宮中太監顛倒得五體投地，再也不敢生心。上下一氣，只瞞著章帝一個人。

小竇的迷人手段更加厲害，她對於太監，揮金如土的結納；對於一班宮女，見裡面有幾個稍露頭角的，即用一個調虎離山的計策來，也教她們去得著一些雨露；呆笨的，卻也比從前寬待十倍，所以上下沒有一個不死心塌地地供她驅使。

有一天，章帝在大竇那裡住宿，化兒便與小竇商議道：「今天萬歲爺在娘娘那裡幸宿，我們也好尋一夜樂去了。」

小竇點頭答應道：「你先去，我因為腹中痛，要吃一杯薑桂露，然後我再去就是了。」小竇說罷，便命宮女到坤寧宮裡去取薑桂露，順便探探萬歲睡了不曾。那宮女答應去了。

不多時，那個宮女手提一個羊脂玉的瓶子，走進來笑道：「我方才走到淑德宮門口經過，站在遊廊下，細細一聽，只聽得娘娘好像有什麼地方不自在的樣子，只是呻吟個不住，同時又聽得萬歲爺也是又喘又哼，不知道是什麼緣故呢，敢是他們得病了不成？」

小竇聽說這話，向化兒一笑。化兒會意，也掩口笑個不住。小竇向她笑道：「癡貨，他們這病是天天發的，你不曉得。」

她道：「這真奇怪了，他們有病，第二天還能那樣的精神抖擻麼？」

小竇道：「住嘴！不知世務的丫頭，還不給我滾出去。」

那宮女嚇得趔趄著腳走了。

她便對化兒笑道：「他們已經在那裡交鋒了，你也該上馬了。」

她笑道：「去是想去，可是他們那裡三個人，叫我怎樣應付得來呢？」

小竇笑道：「你不用怕，我吃了薑桂露，便來助你一陣就是了。」

她笑著說道：「你可要快一點兒來呀，千萬不要臨陣脫逃呀。」

小竇笑道：「你放心罷，我絕不會的。」

她點頭笑道：「我也知道你熬不住的。」

她說罷，輕移蓮步，徑向濯龍園而來。

這時正當八月裡的時候，一陣陣的涼風迎面吹了來，好不爽快。她遮遮掩掩地進了園。一天月色，皎潔如水。那望荷亭左面，一簇桂樹正放著金黃色的嫩蕊，微風擺動，送過了許多香氣，她何等快活，暗道：「良宵美景，不可虛度，天上月圓，人間佳會，天下再有稱心的事，恐怕也及不上我們的快樂了。」

她何等滿意。一轉眼走過望荷亭，離開假山，不過有一箭多路之遙，瞥見一塊大石頭後面，轉出一個東西來，渾身毛毿毿的，黑而發亮，雙眼和銅鈴一樣，大約全身有水

牛這樣的粗細，一條舌頭拖出下頦，足數有二尺多長。她嚇得倒退數步，忙要聲張，無奈喉嚨裡就被人揑著一樣，再也喊不出，閃著星眼朝那東西只是發呆，那時心裡好像小鹿亂撞一般。那東西煞是可怪，見了她，霍的壁立起來，拱著兩爪，動也不動。

她嚇得三魂落地，七魄升天，回轉身子拔步就走。那東西一路滾來追著。她可是心膽俱碎，慌不擇路的四下裡亂奔。那黑東西亦步亦趨地跟著。她可急了，冷不提防腳下絆著一縷荼蘼藤，立身不穩，折花枝撲地倒下，那東西吱吱地滾上她的身邊。她只哇的一聲，便昏厥過去了。

再說小寶吃了一杯薑桂露，那肚子裡不住的呼呼亂響，停了一會，果然輕鬆得許多了。她便走到梳妝檯前，用梳子將頭髮攏了一攏，又將臉上的粉勻了一勻，慢條斯理地整了半天，才慢慢向濯龍園裡而來。

不一時，到了綠室的門口，輕輕地用手在門上彈了兩下子，馬上裡面就有人將門開了。她走進去，只見他們正在那裡猜數遊戲呢。能兒見了她，跑過來一把將她攔腰抱住，口中說道：「我的娘，你怎的到這會才來呢？」

她笑道：「誰能像你們成日價的一點事情也沒有呢？」

她說罷，便向他們笑道：「化丫頭見我來了，藏頭露尾地到哪裡去了？」

他們聽說，不禁詫異問道：「她幾時來的？」

她笑道：「還瞞我呢，你們當我不曉得麼，她早就來了。你們搗的什麼鬼，快點告訴我。」

能兒急道：「誰哄你呢，她果真沒有來啊？」

小竇聽得這話，好不驚異，忙道：「她在我前面來的，到哪裡去了？」

能兒道：「也許是碰見哪位姐妹，拖她去談話，也未可知。」

小竇忙道：「胡說！此刻誰不睏覺呢？她莫是走錯了路不曾，我想決不會的，又不知出了什麼岔子了，我們可去尋尋她。此刻更深夜靜的，你們不妨也隨我一同出去，大家仗仗膽。」

他們一齊答應著，隨她走了出來。

此刻畫閣上已敲到三鼓了，四個人在月光下面，一路尋出園來，可是未曾看見她一些影子。小竇和他們一齊嘖嘖稱怪，正要回到園中，瞥見長樂宮的後面，有一個黑影子一閃，小竇悄悄地問道：「誰呀？」

那黑影子便閃了出來。她定睛一看，不是別人，就是黑時。

小竇問道：「你這會子還在這裡做什麼呢？」

他道：「娘娘吩咐我在這裡把守的，恐怕有生人進去，看出破綻來的。」

小竇忙問道：「你看見化兒沒有？」

他道：「怎麼沒有看見呢？我方才在黑地裡見她一個人，偷偷摸摸地溜進園去，我也沒有去喊她。」

小寶說道：「這可奇了，一個人究竟到哪裡去了？」

她說著，又領他們重新進園，各處尋找了半天。

剛剛過了望荷亭，能兒忽然說道：「兀的那玫瑰花的右邊，不是一個人躺在地上麼？」

他們聽說這話，不由得一齊去望，只見玫瑰花架西邊，果然有一個人睡在草地上。

他們一齊走到跟前一望，不是化兒還有誰呢。但見星眸緊合，玉體橫陳，仰在地上，動也不動。

小寶見此情形，吃驚不小，忙探身蹲下，用手在她的唇邊一摸，只有一絲游氣。小寶忙教他們三人將她扶起來。能兒將她背進綠室，放在床上，按摩了半天，才見她微微地蘇醒過來。她口中輕輕說了一聲，嚇死我也！

小寶忙附著她的耳朵邊，問道：「你碰到什麼了？」

她聽見有人問話，才將杏眼睜開一看，不禁十分詫異地說道：「我幾時到這裡來的？」

小寶便將方才尋她不著的一套話告訴她，又問她究竟是碰到什麼了。她便將遇怪的情形說了一遍，眾人無不稱奇。大家又說了多時，才配對兒同入羅帳，暫且不表。

再說章帝到了第二天的早朝已畢，先到坤寧宮。有個宮女對他說道：「小寶娘娘身體不安，萬歲曉得麼？」

章帝忙問道：「你怎麼知道的？」

那個宮女說道：「昨天晚上，有一個宮女到這裡來取薑桂露的。」

章帝聽說她有了病，便放心不下，忙不迭地轉到小竇的宮裡，只見裡面一個人也沒有。章帝好生奇怪，便又轉道到留風院裡，也不見化兒，心中愈加疑惑。便又到小竇的宮中，耐著性子一直等到辰牌的時候，才見她們雲鬢蓬鬆地走了進來。

章帝見此光景，不覺十分疑惑。她們見他坐在這裡，不禁也就著了慌，粉龐上面，未免露出一種羞愧的情形，章帝便問她到哪裡去的？小竇突然被他這一問，不禁啞口無言。

化兒雖然是伶俐過人，但是到了這時，也就失卻尋常的態度了。

章帝也不去和她們講話，隨即下了一道聖旨，命人大舉搜宮。

第九十九回　打虎英雄

章帝見了這樣的情形，料想一定是發生了什麼曖昧的事情了，他怒氣衝衝的龍袖一展，回到坤寧宮，使了一個迅雷不及掩耳之計，突然下了一道旨意，大舉搜宮。小寶趕緊著人去關照大寶叫她設法阻止。

誰知大寶還未到坤寧宮，只見許多錦衣校尉，雄赳赳地闖進了淑德宮，翻箱倒篋，四處去搜，查了一會子，見沒有什麼痕跡，急忙又趕到別的宮裡去搜查。整整地鬧了三天，竟一點痕跡沒有。

章帝好不生氣，又下旨將宮裡的大小太監帶來了，向他們說道：「如今宮裡出了什麼花樣兒，料想你們一定是知道的，快快說出來，孤王還可以饒恕，倘有半字含糊，立即叫你們身首異處了。」

那些太監早受過大小寶的囑咐，誰敢洩漏春光？一齊回答道：「求萬歲開恩，奴才等實不知情，如其萬歲不相信，請盡搜查，若查出私弊來，奴才等情願領罪就是了。」

章帝又軟敲硬嚇的一番，無奈那一班太監再也逼不出一個字來。章帝沒法，又命將

一班宮娥彩女帶來，嚴詢了一番。果然有一個宮女將她們的玩意兒一一地說個清楚。把章帝氣得發昏，火速命人到濯龍園裡去拿人。

誰知那幾個校尉，完全是大竇的心腹，到了濯龍園裡，將能兒等私放走了，然後放起一把火來，燒得煙焰障天，連忙回來奏道：「臣等奉旨前去捉人，誰知到了園裡，那綠室突然伸出一雙綠毛大手來，足有車輪般大。臣等忙拔箭射去，誰知一轉眼，濃煙密佈，就起火了。」

章帝聽說這話，不覺得毛骨悚然，隔了半天，猛的省悟道，這莫非是他們的鬼計麼？他連忙親自到濯龍園裡去查看，只見濃煙密佈，火勢熊熊得不可收拾。他忙命人前去救火。這時眾內監七手八腳地一齊上來救火。不一時，火勢漸衰，又被他們大斗小戽的水一陣亂澆，已經熄了。

章帝便親自到火場上去察看，只見除卻已經燒完的東西，餘下盡是些婦女應用的東西，鳳履弓鞋，尤不計其數。其中有一雙珍珠穿成的繡履，章帝認得是小竇的，不禁怒從心上起，醋向膽邊生。他卻不露聲色，回到坤寧宮，便下旨將小竇、化兒一併收入暴室。還有許多宮女，只要一有嫌疑，便照樣辦理。這一來，共殺大小太監一百餘人。大竇仗著她那副迷人的手段，竟得逍遙法外，未曾譴責，這也是章帝的晦氣罷了。

章帝自從這一來，不知不覺地生了一個惱氣傷肝的病，漸漸不起。到了他駕崩之後，竇氏弄權。和帝接位，幸虧他除奸鋤惡，將竇氏的根株完全鏟去。以後便經過了殤帝、安帝、順帝、質帝以及到漢桓帝。

可是以上這幾個皇帝的事實，為何不去敘敘呢？看官要知道，小子做的本是豔史演義，不是歷史綱鑑，所以有可記便記下來，沒有什麼香豔的事實，只好將他們高高地擱起，揀熱鬧的地方說了。

閒話少說，如今且說洛陽城外媚茹村，有兩個獵戶：一個姓吳名古，一個姓陸名曾。他兩個生就千斤大力，十八般兵器，馬上馬下，無所不通。他們鎮日價登山越嶺，採獵生活。

有一天，他們到日已含山，才從山裡回來。

原來這陸曾才十八歲，那吳古卻有三十多了。他兩個俱是父母早亡，無兄無弟的孤兒。他們因為常常在一起打獵，性情十分契合，便拜了弟兄，吳古居長。陸曾本來是住在悲雲寺裡的，自從結拜之後，便搬到媚茹村來與吳古同住在一起了。

這天他們兩個人打了許多獐兔之類，高高興興地由山裡回來。二人進了屋子，陸曾將肩上的獵包放了下來，對吳古笑道：「我們今天吃點什麼呢？」

吳古笑道：「隨便吃些罷，不過我這幾天悶得厲害，想點酒吃吃，難得今天又獵了兩隻野雞，何不將它燒了下酒呢？」

陸曾拍手笑道：「好啊！我正是這樣的想法，我來辦酒，你去燒雞好麼？」

吳古道好。陸曾便提了一隻小口酒瓶，順手提了兩隻灰色的大兔子，出得門來向西

走過數家，便是一家酒店。

他笑嘻嘻地走了進來，將兔子往櫃檯上一放，說道：「葛老闆，這兩隻獵包，你估量著值得幾文，請你換些酒給我們。」

那帳檯子上坐的一個人，抬間朝他望了一眼，便擺下一副板板六十四的面孔來說道：「陸曾！你什麼緣故，隔幾天總要夾纏一回？我們的酒，須知是白灼灼的銀子買得來的，誰與你這些獵包調換呢？」

他聽說這話，便低聲下氣地向那人笑道：「葛先生，今天對不起你，請換一換，因為天色晚了，送到洛陽去賣也來不及了。只此一遭，下次斷不來麻煩你老人家的。」

那葛先生把臉往下一沉說道：「陸曾！你也太不識相，一次兩次倒不要去說，你到我們這做生意的人家來，不應拿這樣東西蹭蹬我們。」

陸曾聽他話，不禁疑問道：「葛先生，你這是什麼話？難道這兩隻獵包就不值錢麼？」

他道：「誰說你不值錢的，不過你不曉得我們的規矩罷了。」

陸曾笑道：「既然值錢，就請你換一換罷！」

那姓葛的聽這話，將筆往桌上一擲，說道：「你這個傢伙，忒也胡話，我不是對你說過了嗎，難道你的耳朵有些不管用麼？別的東西可以換酒，惟有這東西不可以的。」

陸曾陪笑道：「你老人家方才不是說值錢的麼，既然值錢，又為什麼兀的不換呢？」

他大聲說道：「你這獵包，只可到洛陽去賣，自然值錢，要調換東西，隨你到誰家去，大約沒有人要吧！」

陸曾笑道：「究竟是一個什麼緣故呢？」

他道：「你也不用纏了，請出去罷。再在這裡，我們的生意還要被你蹭蹬盡了呢。你要換酒，你去尋金老闆，我不相關。」

陸曾道：「請你不要講這樣的推牌的話，換便換，不換算罷，什麼金老闆銀老闆的？」

他怒道：「不換不換，快點請出去，休要在這裡嘰嘛嚕蘇，誰有空子與你講這些廢話。」

陸曾到了這會，真是忍無可忍，耐無可耐，禁不住心頭火起，大聲說道：「換不換有什麼要緊呢，誰像你鼓眼暴筋的，哪個來看你的臉嘴呢？不要這樣頭伸天外的，自大自臭，我陸曾也是拿東西來換你的酒的，又不是來白向你討酒吃的，何必這樣的赤頭紅臉的呢！」

那姓葛的聽他這句話，更是怒不可遏，將桌一拍，大聲罵道：「滾出去！」

陸曾聽這一罵，禁不住將那一股無名的孽火，高舉三千丈，按捺不下，便潑口罵道：「好雜種！出口傷人，誰是你吃的小魚小蝦？抬舉你，喊你一聲先生；不客氣，誰認得你這野種，咱老子的飯碗也不擺在你的鍋上，你好罵誰，你將狗眼睜開，不要太低看了人。」

他正在罵得起勁的當兒，早驚動了金老闆從後面走了出來，見葛先生被他罵得閉

口無言，作聲不得，忙上前對他笑道：「陸曾，你今天又為什麼事情，在這裡亂發揮人呢？」

陸曾見他出來，忙將以上的話告訴與他。

他笑道：「原來為著這一些事兒。葛先生，你忒也拘謹了，就換些酒與他，又何妨呢？」他說罷，便自己親自動手倒了一甕子酒，對他笑道：「你卻不要怪他，你不知道我們做生意的規矩，看見兔子和老鼠，是第一討厭的。像你前幾次拿幾隻野雞，不是就換給你了嗎？」

陸曾笑道：「這是什麼規矩呢？」

金老闆道：「大凡做生意的，都怕忌諱，這兔子是最會跑的，如果看見了兔子，那一天的生意必定盡跑光了，一筆不成功的。」

陸曾笑得打跌道：「原來是這樣，我卻不知。早知有這樣的規矩，無論如何，也不將它拿來換酒的。」

金老闆笑道：「只管拿來，我是不怕忌諱的。」

陸曾又道謝了一番，才將酒甕提了動身。

到了家裡，吳古已經將雞肉燒得停當，正在那裡往碗裡盛呢，見了他便抬頭向他說道：「你去換酒，怎的到這會才來呢？」

他笑道：「還要問呢，險一些兒與那酒店裡的一個牛子動手打起來。」

吳古忙問道：「換酒公平交易，有什麼爭執呢？」

他笑道：「要是照你這樣說，倒沒有什麼話說了，偏是那個牛子，歪頭扭頸的不要野兔，他說這獵包，最蹭蹬不過。」

吳古笑道：「你是拿兔子與他去換酒的嗎？」

他道：「是的。」

吳古笑道：「怪不道人家不肯換，這獵包可賣不可換的，他們這些生意人見了，是犯惡的。」

他道：「後來金老闆從後面出來，倒傾了一甕子好酒與我，你道可笑不可笑呢？」

吳古笑道：「這金利他本是個再好沒有的人，他在這媚茹村上，倒很有些善名。」

陸曾道：「那金老闆果然不錯，一出來就滿口招呼我，我倒不好意思起來。」他說著，便扳起甕子，倒了兩大碗，向吳古問道：「大哥，你吃暖的，還是吃冷的？」

他道：「現在天氣這樣的冷法，怎好吃冷酒呢？」

他道：「那麼就將酒甕搬到炭爐子上面，一邊吃一邊溫罷。」

吳古道好。他們便將酒甕子搬到爐子上面，坐下來先倒了兩大碗，送一碗與吳古，一碗放在自己的面前，拿起筷子，夾了一塊雞肉，放在嘴裡，啅嘓啅嘓的吃了，不禁皺眉說道：「忒鹹了。」

吳古笑道：「鹽被我放得失手了，所以鹹一些兒，我不喜歡吃淡，所以多放點鹽，

吃起來較有味些。」他說罷，便端著酒碗，呷了兩口。

陸曾也端起酒碗喝了幾口，兩個人一面吃酒，一面談話，一直吃到二鼓以後，正要收拾去睡覺，猛聽得外邊人聲鼎沸，吶喊震天。陸、吳二人大吃一驚，忙開門一看，只見有許多人手裡執著兵器，東一衝西一撞，好像是找什麼東西似的。

這正是在臘月中旬的時候，月光如水，寒風獵獵，將二人吹得滿面發火。陸曾耐不住翻身進房，取出一把佩劍，一個箭步竄出門來。吳古忙對他說道：「兄弟，你要到哪裡去？」

他道：「我去看看，究竟是一回什麼事？」

吳古忙道：「事不關己，何必去多事呢？」

他道：「我且看看再說。」他說罷，方要動身，猛聽有一個人連哭帶喊道：「啊呀！我的兄弟被那畜生咬死了。」

陸曾聽了這話，便向吳古說道：「你聽見麼，這準是什麼野獸衝到我們這裡來了。你在家裡守門，讓我去結果了牠，好替大家除害。」

吳古道：「兄弟你去須要當心，千萬不要大意。」

他點頭答應，大踏步向西走來，只見前面一個五穀場上，站了足有二百多人。燈球火把，照耀如同白日，大家虛張聲勢地在那裡只是吶喊，卻一個也不敢移動。

他走到他們的跟前，只見那些人一個個縮頭攢頸地站在朔風之下，不住地抖個不止，還有的連褲子都沒有穿，蹲在眾人的當中，手裡拿一把火來，預備去打野獸呢。他揚聲問道：「你們在這裡做什麼的？」

有兩個朝他上下一打量，冷冷地答道：「我們是打野獸的，你問牠，難道你還敢去打麼？」

他笑道：「什麼野獸這樣的厲害，要這許多的人在這裡打草驚蛇的。」

眾人一齊說道：「你這兩句風涼話，說得倒好聽，我們這裡二百多人，還不敢與牠去碰險呢。」

他道：「嗄！我倒不相信，什麼畜生這樣的厲害呢？」

眾人道：「你要問麼，就是西谷山上著名的大蟲，名叫賽狻猊，牠不知怎樣，好端端的要和我們做對，竟到我們的村裡來尋食了。」

他笑道：「這畜生現在到哪裡去了？」

眾人一齊說道：「現在到西邊的深林子去了，你難道還敢去捉牠麼？」

他聽這話，不禁勃然大怒道：「我不敢捉，就來了嗎？可笑你們這班膿包，空看人倒不少，原來全是豆腐架子啊！」

他說罷，便一個箭步，離開了五穀場，耳朵邊還聽他們在那裡嘰咕道：「哪裡來的這個冒失鬼，不知死活，他就想去捉大蟲，豈不是自討其死麼！」

還有個人說道：「你們這些人，忒也沒有良心了，誰不知道這畜生厲害呢，他要去，

你們當阻止人家，他這一去，還怕不將小性命送掉了麼？」

他耳朵裡明明聽著，卻不去睬他們，一徑向西邊而來。

不多時，已到樹林的面前，他緊一緊束帶，握住佩劍，仔細一聽，果然聽裡面嗥嘓嗥嘓的聲音。他暗道：「不好不好，已經被這畜生傷了一個人了麼？」

他蹲下身子，趁著月光向林子裡面瞧去，只見一隻極大的斑斕白額吊睛大蟲。他暗道：「牠在林子裡，千萬不能去捉，要將牠引了出來才行呢。」

他俯首尋了一塊碗大的石頭，擎在手中，運動全力，對定畜生的腦袋擲去。只聽得殼禿一聲，他知道打中了，便不敢怠慢，立個勢子等待牠出來，這時候聽得怪吼一聲，好似半空中起了一個霹靂，那大蟲由林裡跳了出來，直奔陸曾撲來。

他趕緊將身子一歪，往斜次裡一躥，那大蟲撲了一個空，剪了一剪尾巴，壁立起來，伸開前爪，復又撲了下來。他便將劍往上一迎，禁不住險些連劍震脫了手。他飛也似地又讓到旁邊，料瞧那大蟲前爪已被劃傷。

那大蟲狂吼一聲，卻不奔他，直向村裡奔來，將一班站在五穀場上的人嚇得魂落膽飛，沒命地向家裡逃去。霎時家家閉戶，個個關門，一個影子都看不見了。

那大蟲轉過濠河，直向五穀場上奔去，陸曾哪裡肯捨，拔步飛也似地追到五穀場邊和大蟲對了面，一衝一撞地鬥了多時，那大蟲漸漸地爪慢腰鬆。

陸曾正要下手，那大蟲回頭直向村後面奔去，他仍然緊緊追去。不多時，追到一家的花圃裡，那大蟲一探腰，伏在地下，動也不動。他卻疲倦了，站在大蟲的面前，一手叉腰，一手執劍，喘息不止。

他兩個熬了多時，陸曾一縱身，搶劍就刺嘓那大蟲霍地跳了起來，舉起右爪，劈面抓來。他將頭一偏，讓過牠一爪，跟手還牠一劍，那大蟲吼了一聲，跳開了數丈。他追上來，又是一劍，那大蟲就地一縱，四足離地足有四尺多高，他趕緊往邊一躍，差不多剛立定腳，那大蟲張開血盆似的大口，搖一搖頭，就要來咬。

他忙將身子往後一縮，冷不提防腳底下絆著一塊石頭，便立腳不穩，推金山倒玉柱地跌了下去。那大蟲趕過來，兩爪搭著他的肩頭，張口就咬。他急用劍削去。只聽喀嚓一聲，那大蟲的下頷被他削去。那大蟲受了痛，沒命地把頭一埋，正埋在他的胸口，這一撞，他卻吃不消了，便不知不覺地昏厥過去。幸虧那隻大蟲也就死於非命了。

不表他昏厥過去，再說這花圃裡主人，姓孫名扶，乃是一莊的首領。他在三十九歲的時候就死了，只留下他的夫人童氏和一個女兒，小字壽娥，並有良田千頃，富為一縣之冠。

童夫人自丈夫死後，恐怕有人想謀產，害她們母女兩個，所以請了二十個有武藝的人在家保護，今晚聽說西谷山的賽狻猊撞到他們的村上來吃了好幾個人了，不禁魂飛膽落，忙吩咐一班保家的，前門十個，後門十個，加意防範。

母女兩個卻躲到後面一座高樓上，恰巧陸曾趕到她們家花圃和虎惡鬥，她們看得清

清楚楚。後來見陸曾與虎全倒在地下，動也不動，童夫人與壽娥一同下樓，喊一班家丁到花圃裡去看看究竟。

那守後門的十個人，各執兵器蜂擁向花圃裡而來，瞥見一隻頭如笆斗，腰廣百圍的大蟲，倒在血泊裡，不禁嚇得倒抽一口冷氣，一齊回身要走。

有一個喊道：「牠已經死了，怕的什麼呢？」

眾人齊道：「你不用來搗鬼，那大蟲是不曾死，休要去白送了性命罷。」

那人笑道：「你們難道全是瞎子嗎？兀的那地下的不是大蟲的下頷麼？牠如果是一隻活的，見你們來，還這樣的聞風不動麼？」

眾人聽他這話，很有道理，便一齊立定了腳步，再仔細一看，那大蟲的身旁邊睡著一個人，手裡還執著一把雪亮的青鋒劍呢。有一個說道：「怪不道這大蟲丟了性命，差不多一定是這個人將牠刺死的。」

眾人齊聲道是。

第一〇〇回　落花有意

眾人在月光之下，只見那一隻已死的大蟲左邊，還有一個人臥在地下。有個家丁用手一指道：「兀的那地上不是一支寶劍麼？這人一定是與這畜生奮勇惡鬥的。如今是受了重傷，倒在那裡，不知死了不曾。」

眾人道：「管他死不死，我們且去看看。」

說著，大家一齊攏近來，七手八腳。先將一隻死大蟲拖在一邊，然後有一個人走過來，在陸曾的心口一探，忙道：「人沒有死呢，心口還不住地跳哩。」

他說罷，又在陸曾的嘴上一摸，果然還有一些游氣。大家便分開來，一面抬著大蟲，一面抬著陸曾，一徑向前面而來。

不多會，走到百客廳後面的一間小書房門口，就有一個人說道：「你們可將這人先抬到書房裡的榻上放下來，先去到太太那裡請示辦法。」

眾人稱是，便將他送到書房裡的榻上安置下來，那大蟲就擺在書房門口的階沿下面。有兩個家丁，飛也似地上樓去報告了。

不多時，童老夫人帶著壽娥和一群婢女慢慢地走了近來，見了那隻死大蟲，不禁倒退數步。那群僕婦嚇得忙不迭地就要回身躲避。

有個家丁喊道：「老虎死了，請你們不要害怕罷。」

眾婢女才止住腳步，一齊說道：「天哪！出身出世，從未看見過這樣大的老虎呢。」

童老太太攙著壽娥的手，向眾人問道：「你們將那打虎的漢子，放在哪裡去了？」

眾人一齊答應道：「放在書房裡面呢。」

童老太太聽說，不覺勃然大怒道：「你們這些奴才，真不知高下，憑空地將那個漢子放到小姐的書房裡去做什麼呢？隨便將他放到什麼地方就是了。」

眾人嚇得互相埋怨著，不應將他抬了進來的。

倒是壽娥開口說道：「娘啊，你老人家這話未免忒也冤枉人了，女兒的書房又不是繡房，人家命在呼吸，別的地方也沒有床，放在這裡，也沒有什麼不是之處，難得人家有這樣的好心，肯出力為眾人除害，難道我們這一點功德反而不能做嗎？」

她說罷這番話，童老太太連連說道：「我的小姐，這話果然有見識，而且又有良心，倒是我錯怪了他們了。」

她聽罷，取出手帕，將櫻口一掩，向眾家將嫣然一笑，隨著童老太太走進書房。

只見臥榻上睡著一個二十內外的男子，頭戴六楞英雄帽，上身穿著一件豹皮密扣的緊身小襖，下面穿著一件繡花褌褲，足上登一雙薄底的快鞋，腰裡懸著一把空劍鞘，一張英俊秀麗的臉，著實惹人憐愛。可是緊閉雙目，半聲不響。

她打量了半天，不禁將一股純潔的戀愛，從足上一直湧到頭頂的上面。她不由地開口問道：「這人究竟死與未死？」

眾人一齊答道：「心頭尚跳，嘴裡還有一絲熱氣呢。」

她便向童老太太說道：「如今既然將人家抬到這裡，當然救人救徹底，須要趕快想出一個法子來，將人家弄活了才行呢！」

童老太太道：「那個何消你說得，我自有道理。」

童老太太便對一個家將說道：「你快些去到西村，去將白郎中請來。」

她這句話還未說完，壽娥忙道：「我的太太，你老人家又亂來了。」

童老太太道：「他這個樣兒，不請先生來替他診視診視，難道就會回生麼？」

她急道：「我們太太遇事真會胡纏，人家又不是生病，需不著郎中先生來診視，眼見這人是與大蟲鬥了多時，受了重傷，或是有別有原因，也未可知。」

童老太太笑道：「我真老糊塗了，還是小姐這話說得是。我看如真受了重傷，我樓上還有參三七，這東西能夠舒筋活血的，要是拿出來給一點他吃吃，倒也很好的。」

她點頭笑道：「這法子倒不錯，但是人家命在頃刻，就請老人家去拿罷。」

童老太太連忙答應，走出了門，徑上樓去取參三七了。

這裡壽娥忙指點眾人，將他扶了坐起來，自己便走到榻前，一歪身子坐了下來，捏

著一對粉拳，在他的背上輕輕地敲個不住。

不多一時，陸曾才微微地舒了一口回氣，將眼睜了一睜，復又閉起，又停了一刻，才算將那股飛出去的魂靈收了轉來，睜眼仔細一看，只見自己坐在一張極其精緻的繡榻上。

那屋裡擺設得金光燦爛，華貴非常，還有多少人挺腰凸肚地站在榻前，自己好不詫異，暗道：「這算奇了，我方才不是倒在那家花圃裡的草地上麼，怎的一昏迷，就會到這裡來呢？不是碰見了鬼麼？」

他正要開口問話，猛的覺得後面有人替他捶背，不由得回頭一望，只見一位千般婀娜、萬種豔麗的女郎坐在他的身後，正捏著粉似的拳頭，給他背上輕輕地敲著呢。

他不禁大吃一驚，心中不住地突突亂跳，忙問道：「小姐何人，救我性命？」

她見他問話，便住了手，立起來，婷婷嫋嫋地走在臥榻對面一張椅子上坐下，先用那一副水瑩瑩的眼睛向他一飄，然後說道：「你休問我，請將你的名姓說與我聽聽看。」

他忙說道：「小子姓陸名曾，只因昨晚村上鬧著捉虎，我也就出來幫助了，不想那一班捉虎的人都是些衣架飯囊，一點用處都沒有，只是在一起吶喊示威，卻沒有一個膽大出來和那畜生見個高下。當時小子見那畜生已經傷害二人，若不上去奮勇擒捉，恐怕那畜生得步進步，那麼全村的人都要受牠的影響呢，所以將生死置之度外，上前和那畜生廝拼，滿想一劍將那個畜生結果了，也好替大家除害。不料那畜生竟厲害非凡，和牠一衝一撞，足足鬥了八十餘合，莫想近牠的跟前。牠以後便奔到了一家花圃裡，我也跟著牠趕到花圃裡，那時我也就下了決心，非要將那個畜生結果了才回去呢。在花圃裡鬥到分際，被我一劍將牠的下頷削去，可是那畜生受了痛，沒命地向我一撲，我避讓不及，竟被牠撲倒在地下。那時我也不指望有性命了。昏昏地不知何時到這裡，請問小姐尊姓大名？」

眾家丁便搶著將上面的事情說了一遍，又將她家姓名告訴與他。他十分感激，正要下床拜謝，剛一抬身子，那兩肋下面奇痛異常，禁不住復又坐了下來。

她坐在他的對面，見他這樣，已猜到要拜謝，見他方要下床，眉頭一皺卻又坐了下去，便料定是身上哪一部分受了重傷，忙道：「將軍奮威，將這畜生除掉，村上受惠非淺，奴家也感激無地了。不要拘那些無謂的禮節，反使奴家心中難受，請靜養身體罷。」她說罷，香腮帶笑，杏眼含情，不知不覺地又向他打過了一個照面。

陸曾抱拳當胸，口中說道：「垂死蒙救，再生大德，不知何時才能報答於萬一呢！」

她忙答道：「將軍哪裡話來，請不要如此客氣。」

她剛剛說到這裡，童老太太扶著一個丫頭走了進來。見他已經蘇醒過來，自是歡喜，忙向壽娥說道：「參三七我記得樓上有一大包的，不知道被他們拖拉到什麼地方去了，我尋了半天竟沒有得著。這裡帶來三錢老山西參，我想這東西，他也可以吃的。」

壽娥道是。

陸曾正在與她說話的當兒，瞥見走進一個六十多歲滿面慈祥的老太太來，他便料瞧著一定是童夫人了，他便說道：「太太駕到，小子身受重傷，不能為禮，萬望太太恕罪。」

童夫人忙道：「不須客氣，不須客氣。你是個病人，趕緊睡下去躺著，養養精神，我決不怪你的。」

陸曾又千恩萬謝地告了罪，才躺了下來。

童太太忙命丫頭將老山西參拿去煎湯，自己將椅子拉到榻前坐下，問道：「你姓什麼？」

陸曾道：「承太太問，賤姓陸。」

她又問道：「你叫什麼名字？家裡共有什麼人？」

他道：「小子名曾，家嚴家慈，在小子三歲的時候棄世了。」

她道：「可憐可憐！你們的父母棄世得早，可是誰將你撫育成人的？」

他流淚道：「自從家父母歸西之後，小子那時人事還未知，終日地嗷嗷啼哭，要飯要茶的。那一班鄰居，因為年歲荒歉，俗語說得好，只添一斗，不添一口，誰也不肯將人家的子孫拉到自己家裡去撫養，後來連餵養的奶媽都走了。小子在赤地上啼哭了幾天，一粒米珠都沒有下肚，忽然來了一個老和尚，將我抱去，抱到他們的廟中，朝茶暮水的一直將我撫養到十三歲。」

他說到這裡，童老太太合掌念道：「阿彌陀佛，天下竟有這樣的好和尚，還怕他不成佛麼？」

陸曾見她念著，便住口不說。

她忙道：「以後怎樣的？你再說下去。」

陸曾繼續說道：「那和尚法名叫修月，生成一身好武藝，他在沒事的時候，便教我各種武藝。我到了十四歲以後，便漸漸地知道人事了，以為修月老和尚待我這樣的恩情還能忘卻麼，便三番兩次的和他說，我是一個沒爹沒娘的苦鬼，承師父將我撫育到這樣大，天高地厚的恩情，真是無法報答的了，但願削髮入山，隨師父做一個供應驅使的徒弟，聊報洪恩於萬一。誰知他道：『你不要如此，我看你這個樣兒，並非是空門中人，將來富貴場中不難得著一個相當的位置。我們出家人，慈悲為本，方便為門，施恩於人，還望報答麼，下次千萬不要如此才好呢。』

「那時我再也不去相信他這些話，仍然請他收我做門下的生徒，他再也不肯，並且對我說道：『你這孩子，太也不自省悔了，我幾曾和你說過一句空話。我的徒弟也不計多少了，難道單獨就不肯收你麼？因為這入空門的一流人物，都有些道理的，你本是名利場中的客，怎能夠自入空門呢？我就強自將你收錄下來，不獨滅你的壽算，而且又違及天意，雙方均蒙不利呢。』我聽他這些話，料想他是一定不肯收我了，只得將入空門的

一層事情，高高擱起。

「到了十七歲的當兒，修月老和尚便向崑崙山去修道了，那時我又要隨他一同去，他再也不准我去，只得留在他的廟中。整日沒事可做，便到各處山裡去打獵。打了些野色，便到洛陽城裡去換些米和酒，苦度日月。在去年八月裡，遇著一個姓吳的，他也是個打獵的，端的十分好武藝，而且待人又十分和藹可親，也和我一樣的無爹無娘，一個人兒。他的性情和我卻合得來，二人便結拜了，他便教我搬到他的家裡和他居住。我們兩個人，差不多在一起有一年多了，雖然是異性兄弟，比較同胞的確還要親近十分呢。」

他將這些說完了，童老太太光是點頭嘆息不止。

這時有個丫頭，手裡托著一個金漆的茶盤，裡面放著一隻羊脂玉的杯子，捧進來向童老太太說道：「西參已經煎好了。」

童老太太忙道：「捧與這位陸哥兒，叫他吃了罷。」她說罷，便回過頭來向他說道：「哥兒，這西參茶最補人的，你可吃了罷。」

陸曾忙謙謝著，要坐起來。

壽娥忙道：「不要坐了，現在不能動彈，還經得起坐睡下去麼？」她說罷，便起身將杯子輕輕地接了過來，走到榻前，將杯子送到他的唇邊。陸曾慌忙用手來接，她笑嘻嘻地說道：「你可不要客氣了，就在我手裡吃了罷。」

陸曾見她這樣，倒不覺十分慚愧起來，被她這一說，又不好伸手來接，滿臉緋紅，只得就在她的手裡三口兩口地吃完，便向她謝道：「罪過罪過。」

她乜斜著眼向他一瞄，笑道：「用不著客氣了。」她說著，退到原位上坐下。

大家又談說了一會子，不覺天色大亮。

這時卻忙壞了吳古了，見陸曾出去打野獸，一夜沒有回來，他在夜裡因為酒吃得太多了，倒還未十分在意，再等他一覺睡醒，已是東方日出了。他見陸曾未有回來，不禁大吃一驚，一骨碌跳起來，出門去尋找。

他出了門，由東村尋到西村，哪裡見陸曾一些影子。他真著忙。那村上的人家，差不多還未有一家開門，都是關門大吉，估量著還只當大蟲未死的呢。

吳古尋了半天，仍然未見他一些蹤跡，心中焦躁到十二分，不禁大聲喊道：「誰看見我的兄弟陸曾的，請你們告訴我！」

誰知他喊得舌枯喉乾，再也沒有一個人出來答應他一聲的。他可急壞了，又兜了一個圈子，轉到西邊的樹林子裡，瞥見一個半截屍首倒在那裡，頭和肩膀都不知去向了。他不禁嚇得一大跳，料想這屍身一定是陸曾無疑了，他不管三七二十一，蹲下來抱著下半截屍首，大哭如雷。

不多時，猛的有一個人在他的肩頭上一拍，說道：「你這漢子，發什麼瘋病，這屍首是我家兄弟，昨晚被大蟲咬死的，要你在這裡哭什麼？」

他聽說這話，便仔細一看，果然不對，不禁站起來說道：「晦他娘的鳥氣，別人家

的死人，我來嚎啕，恐怕除了我，再也沒有第二個了。」

他說罷，垂頭喪氣地走了。

再到村裡，只見家家已經開門，三個成群五個作伴的，在那裡交頭接耳地談個不住。這眾人的裡頭，有一個癩痢頭晃著腦袋向大家笑道：「誰不知大蟲的厲害，偏生那個牛子滿口大話，他要去充大頭蝦，如今大蟲也不見了，那牛子也不見了，我想一定到閻王那裡去吃喜酒了。」

又有一個說道：「那個傢伙未免忒也不自量，我們還勸他不要去的呢，偏是他要去送死，卻也怪不得別人了。」

又有一個道：「話不可以這樣的說法，他如其果真沒有本領，還敢這樣的大膽麼？死沒死，還沒有一定。」

那個癩痢頭將禿腦袋一拍，說道：「你還在做夢呢，那隻大蟲何等的厲害，十個去，包管十一個送終。」

那人道：「送終不送終，也要算人家一片熱心，萬不能說人家自己討死的。」

吳古聽眾人議論紛紛，一頭無著處。他正要向眾人詢問昨晚的情形，瞥見有兩個人從西邊飛也似地奔了過來，對他們大聲說道：「好了好了，昨夜大蟲被那個小英雄在孫家花圃裡打殺了，現在孫府裡面呢。」

眾人聽說，一齊搶著問道：「這話的確麼？」

他道：「誰來哄騙你們呢！如果不信，孫府又不是離這裡有一百里地，你們何妨就去看個究竟呢。」

大家聽了，也無暇多問，一齊蜂擁向孫府而來。更有那吳古跑得一佛出世，二佛涅槃。不多時，進了孫府，見大蟲果然打死，眾人七舌八嘴地說個不住，誇讚的，佩服的，不一而足。

吳古聽孫府的家丁說陸曾未死，受了重傷，現在書房裡面，不禁滿心歡喜，大三步小兩步地走進書房。

見陸曾躺在榻上，好像陡得一方金子似的，搶過來，一把扯著他，口中說道：「我的兄弟，尋得我好苦啊！」

陸曾見他來，心中也甚歡喜，便將以上的事情告訴與他，他便問道：「童老太太現在什麼地方，讓為兄的先替你去謝謝人家要緊。」

陸曾用手一指道：「坐在對過炕上的就是她老人家。」

他聽了，便轉過身子朝著童老太太撲通跪下，磕了一陣子頭，口中說道：「承太太的盛情，將我的兄弟救活，我在這裡給太太磕頭。」

童老太太忙教他起來，對他笑道：「你也不用客氣，你們兄弟有這樣的好心，為眾人除害，我們難道連這一點兒都不能效勞嗎？」

吳古又千恩萬謝地一回子，便轉過身子對陸曾說道：「兄弟，你在人家這裡終有許

多不便，倒不如背你回家去養息罷。」

童老太太正要開口，壽娥搶著答道：「吳大哥，你這話未免忒沒有見地了，他是個身受重傷的人，怎能給你背回去呢？而且你們家裡除了你，還有第二個人來服伺他麼？在我家雖然伺候不周些，比較你家，我敢說一句，總要稍好一些的。如果陸大哥見疑，或是我們這裡蝸仄，那麼我們也不敢過於強人所難，即請回府罷。」

陸曾忙道：「小姐哪裡話來，感蒙大德，報答有時，小子一向不喜裝模作樣的，辜負人家一片好心，小子就老實在府上叨擾幾天罷。」

她聽說這話，不禁滿臉笑容，說道：「對呀！要這樣才好呢。」

童老太太便對吳古道：「吳大哥，你請過來，我要與你商議一件事情。」

第一〇一回　義膽護花

童老太太用手向吳古一招，嘴裡說道：「你且走過來，我有話與你商量。」

吳古便走到她的跟前，躬身問道：「太太有什麼話，只管請講罷。」

童老太太笑道：「我有件事要奉請，不知你們兩位肯與不肯呢？」

吳古道：「老人家有什麼事情說出來，我們只要辦得到，沒有不答應的。」

她道：「我們這裡保家倒不少，可是要有十分真正的本領，卻很少的。在我意思，想請兩位不要回去罷，就在我們這裡，不過是怠慢一些吧，每年也奉贈點薄酬。」

她說到這裡，吳古忙道：「你老人家趁早不要講酬贈不酬贈的，我們不在府上效勞便罷，既在這裡，還望太太賞賜麼？不過我雖然肯在府上效勞，可是我的兄弟，未知他的意下如何呢，待我先去問問他，如果他答應，我是無可無不可的。」

他說著，轉身向陸曾笑問道：「兄弟，你方才聽見麼，太太要留我們在府上效勞，這事你看怎麼樣呢？」

陸曾笑道：「你是個哥哥，什麼事情全由你，我還能作主麼？你答應，我就答應。」

壽娥拍手笑道：「倒是兄弟比較哥哥來得爽快。」

她說著對吳古笑道：「你也無須盡來推三阻四的了。」

吳古道：「只要我們兄弟答應，我還不答應？」

童太太見他們全答應了，不禁滿心歡喜，便向吳古說道：「你可以回去將屋子裡的東西一齊送到這裡罷。」

吳古笑道：「不瞞太太說，我們的家內，除卻四面牆壁而外，卻再沒有什麼要緊寶貴的東西了，我回去將門鎖一鎖，就是了。」

他便辭了童老太太回去。將門鎖好，回到孫府。童老太太便命在自己的樓下，收拾出一個房間來與吳古居住；又在壽娥的樓下，收拾出一個房間，給陸曾居住。她的用意，不過因為他們兩個本領實在不錯，所以將他們的房間設在樓下，如果有了變動，以便呼應，陸曾便送到壽娥的樓下居住。

這一來，卻是有人在背地裡埋怨了。你道是誰，原來是眾保家的中間有一個名叫盛方的。他本是一個落草的強盜出身。在去歲八月裡的時候，聽說孫府要請他保家，他暗想自己做這個不正的勾當，終非了局，便投奔在孫府裡面效力。

他本來是個無賴之輩，見了她家這樣的豪富，眼裡早已起了浮雲，三番四次的想來施展手腕，露出本來的猙獰面目來，無奈童太太待人寬厚，沒有地方可以尋隙。而且還有那一干保家的，雖然沒有什麼本領，但是比較平常人，終有些三腳貓，所以他雖然有這樣的野心，可是受著種種不能昧良的逼迫，只得打消他的壞意。

但是他見了壽娥這樣的姿色，而且舉止風騷，沒有一處不使人傾倒，試想這樣的匪徒，能不轉她的念頭麼？成日價遇事都在壽娥面前獻殷獻勤的，可是自己的品貌生得不揚，憑她怎樣去勾搭，壽娥總是淡淡的，正眼也不去瞧他一下子。

看官們試想，壽娥雖然是個淫蕩性成的女子，但是尚未破瓜，對於個中滋味尚未領略，而且還有一個喜美惡醜的心呢，她就肯毅然和這個言語無味、面目可憎的粗貨勾搭了麼？但是這盛方見她不理，還只當她是個未知事務的女子，含羞怕愧呢，兀的嘻皮涎臉地和她纏不休。

她本是一個楊花水性的人，有時也報他一笑。這一笑倒不打緊，那盛方只當有意與他的呢，渾身幾乎麻木得不知所云。其實她何嘗是實心與他顏色的，不過是見他那一副尊容，不由得惹人好笑罷了。盛方竟得步進步的來勾搭了，有時竟將那心裡的說不出的話，和她很懇切的求歡。

她本想要大大給他一個拒絕，無奈自己的生命財產，完全繫在他們一班人手裡，所以不敢過於決裂，只得若即若離地敷衍著。這樣的混下去，把個盛方弄得神魂顛倒，欲罷不能，那一股饞涎，幾乎拖到腳後跟。

可是日子久了，她仍是飄飄忽忽，不肯有一點真正的顏色露了出來，盛方不免有魚兒掛臭、貓兒叫瘦之感，真個望梅止渴、畫餅充饑。每每的碰見了她，恨不能連水夾泥

吞了下去，每在背後，自己常常地打著主意，決定去行個強迫手段，可是見了她，賽如吃了迷魂藥似的，就失了原有的主意，消滅到無何有之鄉了，再等她走了，就後悔不迭的自己埋怨自己。這個玩意兒，不知弄了多少次數，仍然是湯也沒有一湯，他可急煞了。

有一晚上，盛方吃了飯，正要上夜班去守後門，他剛剛走到百客廳的後面，三道腰門口，瞥見有一個人從樓上下來，他在燈下仔細一看，不是別人，卻原來就是急切不能到手的她。

他可是先定一定神，自己對自己說道：「盛方，你的機會到了，今天再不動手，恐怕再也沒有這樣的好機會了。」

他正自嘰咕著，不防被她句句聽得清楚，嚇得連忙回身上樓而去，盛方一毫也未知覺，低著頭只在那裡打算怎樣動手咧。

不一會，只聽得有個人蹬蹬蹬地由樓梯上走了下來，背著燈光，一徑向他面前走來，他可是一時眼花，不管三七二十一，上前一把將她往懷中一摟，口中說道：「今天看你可逃到哪裡去？」

他剛說了一句，猛聽得一聲顫巍巍的聲音，向他說道：「盛方！你將老身抱住，意欲何為？」

盛方仔細一看，不禁倒抽一口冷氣，趕緊將手放下，呆若木雞地站在一旁，垂手侍立，半晌說不出一句話來。

你道她是誰，卻原來就是童老太太。停了半晌，童老太太開口問道：「盛方，你方才是什麼意思呢？」

他眼珠一轉，計上心來，便對她撒謊道：「我剛吃過晚飯，預備後面去上班的，瞥見一個黑影子從後面出來，還當一個竊賊呢，所以上前來擒捉，不想原來是太太，我實在是出於無心，萬望太太恕我魯莽之罪。」

他這番話竟將童老太太瞞過去了，連道：「我不怪你，這是你們應當遵守的職務。」她又獎勵盛方一番，才到前面去。

盛方嚇得渾身冷汗，不禁暗暗地叫了一聲慚愧，不是我撒下這個瞞天大謊，今天可不是要出醜了麼，真奇怪了，我明明地看見她下樓的，怎的一轉就不見了，莫非是到後面去了麼？他疑神見鬼地到後面又尋了一會子，哪裡有一些蹤跡呢？他十分納悶。

到了第二天的飯後，只見她又從樓上走了下來，他便涎著臉上去問道：「小姐，你昨晚是不是下樓來的麼？」

她聽說這話，心中明白，便正色地答道：「我下樓不下樓與你何關，要你問什麼呢？」

她說罷，盛方滿臉緋紅，停了半天，才搭訕著笑道：「我昨晚似乎看見你從樓上走下來的，怎麼一轉眼就不見了，我心中疑惑不決，所以問你一聲的。」

她也不答話，下了樓，徑向後面而去。

盛方萬不承望她竟這樣正顏厲色的，心早灰了半截，但是停了半天，忽然又想起她那一副聲音的笑貌來，不禁又將那個念頭從小肚子下面泛了起來，暗道：「大凡女子要和我們男人勾搭，萬萬沒有一撮就成功的道理。她既然給了我多少顏色，或者是有意與我，也未可知呢；如果說她真正有意與我，那麼她今天見了我，又為什麼這樣的冷如冰雪呢？」

他躊躇了半天，忽然轉過念頭，自己對自己說道：「盛方！你忒也呆極了，這一點過門，你竟不能瞭解，還在風月場中算什麼健將呢，我想她一定是用著一種欲擒故縱的手段來對我的，心上確然有意，可是她終是個女孩子家，不好意思向我怎樣的擺出什麼顏色來呢。她不是向後面去了麼，我且去和她著實地碰一下，如果真沒意思，那時我自然看得出來的。」

他打定了主意，一徑向後面尋蹤而來，一直尋到後面的花園裡，只見她和兩個丫頭在那園內遊玩，兩個丫頭一齊在假山石下，坐在那裡猜數作耍；她一個人卻在綠晴軒的東邊，背著手，正在那裡賞玩梅花。

他躡足潛蹤地溜到她的後面，一把將她往懷中一摟，笑道：「你今天可要依從我一件事情，如不然，我決不放你動身。」

壽娥正在那裡玩賞梅花，哪裡提防從後面猛的被他一摟，大吃一驚，轉過粉頸正要開口，又是一吻。把個壽娥氣得柳眉倒豎，杏眼圓睜，厲聲問道：「盛方！你作死了，越來膽越大了，竟來調戲我了。還不放手，休要嘔得我氣起，馬上喊人，就叫你死無葬身之地。」

他笑嘻嘻地說道：「小姐，請你不要拿大話來嚇我，須知我盛方也是個花月場中的老手，什麼玩意兒，我都瞭解明白，無須再來裝腔作勢的了。請你快一些答應我吧，我也不是一個不知趣的，只要小姐可憐我，雖然粗魯些，斷斷叫你滿意就是了。」

壽娥暗想道：「我要是不答應他，他一定是不肯甘心將我放了；如其答應他，我就能輕輕地失身與這個不尷不尬的匹夫嗎？」她柳眉一鎖，讓上心來，便對他說道：「你真有心愛我麼？」

他聽說這話，真個是喜從天降，忙道：「我怎麼不愛你呢，不瞞你說，自從見了你，差不多沒有一時一刻將你忘掉了。」

她笑道：「既是這樣，你且放手，我有兩樁事告訴你，隨你自己去斟酌好麼？」

他聽說這話，就如奉到聖旨一般地諾諾連聲，忙將她放了。

她道：「你今天要和我怎麼樣，那是做不到的，因為我們爹爹死了還沒有三年呢；你果真愛我，目下且不要窮凶極惡的，等到三年過去了，我自願嫁給你，如何？不獨你我了卻心願，就是你也白白地占著一份偌大的產業。你不從我的話，今天一定要強迫我做那些勾當，老實對你講一句罷，你就是將我殺了，莫想我答應的。」

他聽說這話，便信以為真，忙答道：「多蒙小姐的一片好心，我盛方也不是畜生，

不知好歹的；小姐的好意，難道我就不曉得麼？照這樣說，就遵小姐的示便了。」

她又對他說道：「但是還有一句話要交代你，你可要遵辦？」

他連忙問道：「什麼事，只要小姐說出來，我沒有不遵辦的。」

她道：「就是你這鬼頭鬼腦的，不管人前背後烏眼雞似的，都要動手動腳的，自此以後，不再犯這個毛玻」

他忙道：「遵示遵示。」

她說罷，便喊兩個小丫頭，一徑回樓去了。

他見她去了之後，那一副狂喜的樣子，可惜我的禿筆再也描不出來。他自言自語道：「我本就料到我那心肝，小性命，小魂靈，一定有意與我了。等到三年之後，不獨和小魂靈在一起度快活日子呢，還有許多屋房田地，騾馬牛羊，錦衣玉粟。我的老天哪，還有一庫的金元寶、銀元寶，一生一世也受用不盡，留把兒子，兒子留把孫子，千年百代，我盛家還不是永遠發財麼？」

他夢想了一陣子，不禁歡喜得直跳起來。

他正在這得意的當兒，不提防有個人在他的腦袋上拍了一下子，然後笑道：「你發的什麼瘋，盡在這裡點頭晃腦的。」

他被他拍了一下子，倒是一噤，忙回頭看時，原來是同伴魯平。

他不禁笑道：「我快活我自快活，我有我的小鼻子，小心肝，小肉兒，與你有什麼相干呢？」

他數蓮花似地說上一大陣子，魯平笑道：「你看他不是數貧嘴了麼，今天究竟為什麼事情，就快活得這樣的厲害啊？」

他將頭搖得好像撥浪鼓一般地說道：「沒事沒事，與你沒有什麼相干。」

魯平笑道：「不要著了魔啊，且隨我去吃老酒。」

他便高高興興地隨他去吃老酒了。

光陰易過，一轉眼到了第二年的臘月了。他度日如年的，眼巴巴地恨不得三年化作三天過去，好早些遂了欲望，不料憑空來了一個陸曾，起首他還未十分注意，後見壽娥步步地去趨奉他，將自己理也不理，才大吃其醋，但是表面上，還不敢十分過露神色，心裡本已恨之切骨了。

再等到陸曾的臥房搬到她的樓下，那一股酸火，從腳心裡一直湧上泥丸宮，再也按捺不下，暗暗地打定了主意，便對同伴說道：

「你們看見麼?這姓陸的與姓吳的，是現在才來的，太太和小姐什麼樣子的恭維他們，將我們簡直看得連腳後跟一塊皮還不如呢，試想我們在這裡還有什麼趣呢？」

眾人道：「依你怎麼辦呢？」

他道：「依我辦，太太和小姐恭維他們，不過是贊成他們的武藝，別的沒有什麼；我想今天飯後，將姓陸的姓吳的一齊帶到後園，明是請他們指教我們的武藝，暗裡在他

們不提防的當兒，把他們殺死，不是顯我們的本事比他們好麼？等他們死了，還怕太太不轉過來恭維我們嗎？」

眾人聽他這話，一齊道好。到了飯後，他便去請吳、陸到後園去教導武藝。陸曾、吳古哪裡知道他們的用意不良，便一口答應下來。

這時童太太和壽娥聽說陸、吳二人今天在後園裡教導大家的武藝，便也隨來看熱鬧，到了園裡，十個家將兩旁侍立。陸曾對吳古道：「大哥，你先教他一路刀法罷。」

吳古笑道：「偏是不巧，這兩天膀子上起了一個癤，十分疼痛，你的武藝卻也不錯，就是你去教，也是一樣的。」

盛方本來是不注意吳古，見推舉他，正中心懷，忙對他道：「就請陸將軍來指教，也是一樣的。」

陸曾不知是計，便走了過來，向他們抱拳當胸說道：「兄弟粗知幾手拳腳，幾路刀槍，並不是十分精練的，承諸位老兄看得起，一定叫兄弟出來獻醜，兄弟只得應命了，可是有多少不到之處，還請諸位原諒一些才好呢。」

眾人都道：「陸將軍請不要客氣，你的武藝諒必不錯，就請賜教罷。」

陸曾笑道：「哪一位仁兄請過來，與兄弟對手？還是兄弟一人動手呢？」

他還未說完，盛方手握單刀，縱身跳入圈子，口中說道：「我來領教了。」他說著，冷不提防迎面一刀刺去。

陸曾大吃一驚，便知道他們一定是不懷好意了，趕緊將頭一偏，讓過一刀，飛起一腿，正中在他的手腕，只聽得嗆啷一聲，一把刀落在地上。陸曾何等的靈快，趁勢一把將盛方領頭抓住，一手揪著他的腰鞭，高高地舉起，走了數步，將他往地下一放，笑道：「得罪得罪。」

他滿面羞慚，開口不得。那一班人嚇得將舌頭拖出來，半晌縮不進去，誰也不敢再來討沒趣了，面面相覷。陸曾挨次耍刀弄槍的一陣子，大家散去。童老太太滿口誇讚，壽娥更是傾心佩服。

到了晚上，盛方早打定了主意，暗想：「自己今天被陸曾丟盡臉面，料想那壽娥愛我的一片心，必然是移到他的身上去了，此時再不設法，眼見這個天仙似的人兒要被別人佔據了。」

他暗自盤算了多時，猛的想出一條毒計來，暗道：「今天直接到她的樓上，用一個強迫手段。她肯，已經失身與我，木已成舟，料想那個姓陸的也沒有辦法了；萬一不肯，一刀將她結果了，大家弄不成。」

他打定了主意，背插單刀，等到三鼓的時候，悄悄地直向她的繡樓而去。

再說陸曾日間受了他們一個牢籠計，幸虧他的手腳快，不然，就要丟了他的性命。他暗自沉吟道：「照這樣的情形，難免有岔子出來，他們這樣的來對待我們，一定是懷著妒嫉心了，萬一深夜前來行刺，那才措手不及呢。」

他想到這裡，不由得打了一個寒噤，坐在床邊，又想了一會子，越想越怕，便將單刀取下，擺在枕頭旁邊和衣倒下。

誰知心中有事，一時也不能入夢，翻來覆去總莫想睡得著，到了三鼓以後，正要起身小解，瞥見一個黑影子從門隙裡一閃，他曉得不對，連忙從床上輕輕地坐起，取了單刀下床，輕輕將門一開，只見那一條黑影子直向樓上而去，他更不敢怠慢，握著單刀，跟著也徑上樓來。

到了樓門口，只見那條黑影子立在房門口，用著刀在那裡撬門，從背後看去，好像是日裡那個人，他暗道：「如果是他到此地來，是想什麼心事呢？」

第一〇二回　暗箭難防

陸曾見他那裡用刀撬門，心中暗想道：「他到她這裡準是轉什麼念頭的了，但又帶著刀來做什麼呢，莫非與她有什麼仇恨麼？且不管他，在這裡但看他怎麼樣。」

他打定了主意，身子往後樓的板壁旁邊一掩，悄悄地看他的動靜。

他此刻已經將門撬開，大踏步走了進去。只見房裡的燈光還未熄去，繡幕深沉，靜悄悄地只聽得有鼻息之聲，他輕輕地溜到她的床前，那一陣子的蘭麝香氣從帳子裡面直發了出來，使人聞著不禁魂銷魄蕩，不能自持。

盛方此時恍若登仙，用手輕輕地將帳子一揭，只見壽娥面朝床外，正自香息微呼，好夢方濃。左邊一隻手露在虎皮被的外面，墊著香腮。那一種可憐可愛的狀況，任你是魯男子柳下惠復生，也要道我見猶憐，誰能遣此哩！

何況盛方是個好色之徒，不消說身子早酥了半截，不知怎的才好，心中一忙，手裡的刀不知不覺的嗆啷一聲，丟落在地板上。

他大吃一驚，忙要蹲身去拾刀，瞥見她星眸乍閃，伸出一雙玉手，將眼睛揉了一

揉，瞥見他立在床前，不禁一嚇，霍的坐了起來，厲聲問道：「盛方！你半夜三更的到奴家的繡房裡來做什麼的？識風頭，快些兒下去；不要嘔得我氣起，馬上聲張起來，看你往哪裡逃。」

盛方笑嘻嘻地說道：「小姐，我實在等不及了，今天無論如何，都要小姐可憐我一片真誠，了卻我的夙願，我就感激不盡了。遲早你總是我的夫人，何必定挨到那時做什麼呢？」他說罷，虎撲羊羔似地過來，將她往懷中一抱。

她抵死撐著說道：「盛方！你敢是瘋了嗎？誰是你的夫人呢？你不要做夢罷！從前我不過是被你逼得沒法，給個榧子你吃吃，想你改過的，誰想你這匹夫賊心未改，竟敢闖到我的樓上，用強迫的手段來對我。須知你愈是這樣，奴家越是不遂你的獸欲，看你這匹夫怎樣我便了。」

盛方聽她這些話，只當春風過耳，仗著一身蠻力將她按下，伸手便去給她解去下衣。她急得滿面通紅，拚命價地喊道：「強盜！強盜！」盛方忙伸手堵住她的嘴，一面自己忙著解衣。

陸曾在門外看到這會，將那股無名的業火高舉三千丈，按捺不下，一個箭步跳進房去，大聲喝道：「該死的奴才，膽敢在這裡做這樣欺天滅主的事情！可知我陸曾的厲害麼？」

盛方聽到陸曾兩個字，嚇得倒抽一口冷氣，連忙預備下床逃命。說時遲，那時快，後領頭被陸曾一把抓住，撲地摜下床去，摔得他眼花肉跳，跟著又被一腳踏在小腹之上。陸曾喝道：「你這個奴才，主人待你哪樣薄，竟敢幹出這樣的事來。」

盛方被他踏著小腹，深恐他一著力，肚子裡貨色就要搬家了，動也不敢動，見他說話，不禁計上心來，口中說道：「小人知罪，求陸將軍饒我初犯，下次再也不敢了。」

陸曾正要答話，冷不提防他一個鯉魚跌子，將右腿一屈，左腿一撓，直向陸曾的左肋踢來。好個陸曾，手明眼快，趕緊使了一個水底撈月的勢子，將他左腿抓住，隨手取出單刀，指著他冷笑道：「頗耐你這個狗頭，還敢在老爺的面前弄鬼麼？你如果再動一下子，登時請你到外婆家去了。」

盛方此時明知難以活命，便潑口對壽娥罵道：「我恨你這個賤人，見新忘舊；我盛方雖然死了，也要追你的魂靈，總不得讓你這個賤人在這裡快活的。」

陸曾聽到這話，倒弄得丈二和尚摸頭不著，便厲聲說道：「你這個刁惡的奴才，自己做下這喪心病狂的事情，還兀的不肯認錯麼？」

他大聲說道：「姓陸的！我和你也是前世的冤家，現在也用不著在這裡多囉唆了，請你趕快結果了我，到來世我們再見就是了。」

陸曾聽到這話，更是莫名其妙，便向他喊道：「盛方！據你這樣說，敢是我和你作對，錯了麼？」

他冷笑一聲道：「誰說你錯的，要殺便殺，不要提東畫西的；我盛方死後，都不能

讓你們兩個人在一起快活就是了。」

陸曾聽他這話，心中才明白過來，不禁勃然大怒道：「好雜種，你將咱老子當著什麼人，不給個厲害，你還要信口亂咬呢。」他說罷，用刀向他的大腿上一連搠了兩下子。好個厲害的盛方，連哼未曾哼一聲，咬緊牙關，向他說道：「姓陸的是英雄漢子，就將俺一刀丟了，不要用小錢，俺盛方是捨得的。」

陸曾冷笑一聲道：「那樣一刀請你回去，倒便宜你這個奴才了。」他們正在鬧得不可開交的當兒，壽娥從床上一骨碌起來，飛奔下樓去報信了。不多一時，眾家將聽說她的樓上有賊，一個個擎著兵刃趕上樓來。童老太太扶著丫頭，也跟上樓來。

眾家將見被陸曾捉住的，不是別人，卻正是盛方，大家不禁吃了一驚，面面相覷，不知道究竟是一回什麼事，只聽得盛方向他們大家說道：「我盛方死了，千萬請諸位要替我伸冤報仇，我就是在九泉之下，也就瞑目了。」他說罷，眾家將一齊向陸曾責問道：「盛方犯的是什麼法，你就將他捉住了，腿上搠的這樣？」

陸曾見眾人問話，便答道：「諸位休問，我陸曾也是寄人籬下，常言道，吃主子的飯，救主子難；如果無緣無故，我陸曾也不是發瘋病的，就來戕害同伴了的。」

他說完這話，眾家將齊聲說道：「他究竟是犯了什麼罪，你也該宣布出來，不能含含糊糊的就置他於死地。」說罷，一個個的怒目相向，拔刀在手，大有一觸即發之勢。

這時猛聽得外面發著顫巍巍的聲音，罵道：「盛方你這個奴才，我哪樣怠慢你的，竟敢做這些禽獸的事情。」

說著，大家回頭一看，不是別人，正是童老太太和壽娥等一大群子人走了進來。

眾人聽她這話，又見壽娥滿臉怒氣，星眸含淚，大家就料瞧著五分了。

她們走到盛方的面前，壽娥纖手一指，潑開櫻口罵道：「你這個匹夫，三番兩次在我面前鬼頭鬼腦的，我總沒有去理你，全指望你改過自新的，不想你這匹夫油蒙了心，膽大包天，竟闖到我的臥室裡來，要不是陸將軍……」她說到這裡，卻哽哽咽咽地哭將起來。

童老太太更氣得一佛出世，二佛升天，喘吁吁地對陸曾說道：「陸將軍！趕快給我將這個匹夫結果了。」

她說罷，眾家將一齊跪下來央求道：「求太太從寬發落，他雖然一時之錯，還求太太念他前功才是。」

童老太太聽了這話，更加生氣，便道：「好好好！眼見你們這些匹夫都是互通聲氣的，顯係想來謀奪我們孤兒寡婦的財產罷了。」

童老太太說罷，禁不住雙目流淚，嗚嗚啕啕地哭將起來。

眾人見老太太動氣，誰也不敢再開口了。

陸曾對她說道：「請太太暫且息怒，容我一言。」

童老太太拭淚問道：「陸將軍有什麼見教，請講罷。」

他道：「這盛方的罪惡，論理殺之不足以償其辜；但是上天有好生之德，還望太太稍存惻隱之心，暫將他的雙眼挖去，使他成個廢人就是了。」

他說罷，太太含淚說道：「老身昏邁，謀事不能裁奪，幸得將軍垂憐孤寡，遇事莫不重施恩澤；先夫在九泉之下，也要盛激將軍盛德的。今天的事，隨將軍怎麼辦，我無不贊成就是了。」

陸曾也不答話，用刀向盛方的右眼一挖，霎時眼珠和眼眶宣告脫離了，隨手又將左邊眼挖了下來，登時血流滿面。陸曾在身邊取出一包金瘡藥，替他敷上，就命人將他抬到後面的一間空房子裡面，日給三頓，豢養著他一個廢人。這樣一來，眾家將沒有一個不提心吊膽，一絲也不敢有軌外的行動了。

陸曾到了第二天，吃過午飯的時候，正要去睡中覺，剛剛走到大廳的東耳房廊下，迎面碰見了吳古，便笑問道：「大哥！你飯吃過了沒有？」

吳古道：「吃過了，你此刻到哪裡去？」

他笑道：「因為夜來被那個狗頭鬧得一夜沒有睡，現在精神疲倦，正想去睡覺去。」

吳古笑道：「且慢去睡，我有兩句話要問你。」

陸曾忙道：「什麼話？」

吳古道：「昨天夜裡，究竟是為著一回什麼事情呢？」

他笑道：「你真呆極了，這事還未明白麼？」
他搖頭道：「不曉得是什麼一回事呢。」
陸曾笑道：「那個盛方卻也太沒有天良了，吃人家的俸祿，還懷著野心去想壽娥的心事，昨夜便到她那裡去，想用一個強迫的手段，不料碰著我了，這也許是他晦氣罷了。」
吳古聽他這話，不禁將屁股一拍笑道：「兄弟，我真佩服你，遇事都比我來得機警。」
他笑道：「還說呢，不是有個緣故，我夜來也不會知道的。」
吳古笑道：「什麼緣故，你敢是也想去轉她的念頭的麼？」
陸曾聽他這話，不禁面紅過耳，忙道：「呸，還虧你是我的哥哥呢，這句話就像你說的麼？」
他笑道：「那是笑話，兄弟你千萬莫要認真，究竟是為什麼緣故呢？」
他道：「昨天我們在後園裡指導他們武藝的時候，有個破綻，你看出沒有？」
他俯首沉吟了一會子道：「我曉得了，莫非就是那個盛方用冷刀想刺你的不成？」
陸曾笑道：「正是啊！」
吳古道：「我倒不明白，我們究竟和他們有什麼仇恨呢？」
陸曾道：「你哪裡知道，他們見我們在這裡，眼睛裡早起了浮雲了，估量著一定是嫉妒生根，所以我昨天受了那次驚嚇，夜裡就步步留神，在床上再也睡不著。到了三鼓

的時候，就見他提刀上樓去了。還有一個笑話，那個狗頭，自己存心不良，倒不要說，還要血口噴人，疑心生暗鬼的，誣別人有不端的行為，你道好笑麼？」

吳古笑道：「他誣誰的？」

陸曾道：「我細聽他的口氣，竟像我奪了他的愛一樣，這不是以小人之心，度君子之腹麼？」

吳古道：「凡事都不能過急，急則生變，譬如一隻狗，你要是打牠一兩下子，牠還不致就來回頭咬你的；你如果關起門來，一定要將牠打死，牠卻不得不回頭咬你了。」

陸曾道：「可不是麼？現在的人心，真是非常地靠不住。就像盛方這一流人物，還不是養虎成害麼？」

吳古嘆了一口氣，然後說道：「兄弟，你的脾氣未免也忒拘直了，就像這個事情，不獨與你毫無利益，而且和這起奴才彰明較著的做對了，要是被外人知道，還說你越俎代庖呢。而且那起奴才，誰不與盛方是多年的老夥伴呢，你如今將他的眼睛挖去，他們難免沒有兔死狐悲之嘆，勢必不能輕輕地就算了，面上卻不敢有什麼舉動，暗地裡怎能不想法子來報復呢。天有不測風雲，人有暫時的禍福，萬一上了他們的當，你想還值得麼？」

他這番話，說得陸曾半晌無言，停了一會，才答道：「我何嘗不曉得呢，可是情不自禁，見了這些事情，不由得就要橫加干涉了。但是他們這些死囚，不生心便罷，萬一再有什麼破綻，被我們看了出來，爽性殺他一個乾淨，救人救到底，免得叫她們母女受罪。」

吳古道：「你可錯極了，人眾我寡，動起手來，說不定就是必勝的。」

陸曾笑道：「這幾個毛鬼，虧你過慮得厲害；輪到我的手裡，一百個送他九十九，還有一個做好事。」

吳古將頭搖得撥浪鼓似地說道：「不要說，明槍易躲，暗箭難防。在我看，這裡斷非你我久居之處，孤兒寡婦，最易受人的鼓弄，而且我們是堂堂的奇男子，大丈夫，到了沒趣的時候再走，未免名譽上要大大地損失了。」

陸曾道：「這個也不能，我們不答應人家便罷，既答應替人家照應門戶，憑空就走，不叫人家寒心唾罵麼？而且人家待我們還不算仁至義盡嗎？我們撒手一走，那一起奴才沒有懼怕，還不任意欺侮她母女兩個麼。總而言之，我行我素，人雖不知，天自曉得，既錯於前，不該承認人家，應不悔於後。我們有始有終，替人家維持下去就是了。」

吳古也沒有什麼話說了，只得對他道：「兄弟，你的話原屬不錯，但是我們向後都要十分小心才好呢。」

陸曾說道：「無須兄長交代，兄弟自理會得。」說罷，轉身回房去睡午覺了。

再說壽娥見陸曾奮勇將盛方捉住，挖去眼睛，自是不勝歡喜，把愛陸曾的熱度不知不覺地又高了一百尺，心中早已打定主意，除了陸曾，憑他是誰，也不嫁了。

她命丫頭將樓上的血跡打掃乾淨，燒起一爐妙香，她斜倚熏籠，心中不住地顛倒著陸曾，何等的勇敢，何等的誠實，何等的漂亮。那心裡好像紡車一般，轉個不住，暗道：「我看他也不是個無情的人物，不要講別的，單說盛賊到我這裡來，只有他留心來救我，畢竟他的心中一定是愛我了。」

她想到這裡，不禁眉飛色舞，一寸芳心中，不知道包藏著多少快樂呢。

她想了一會，猛的自己對自己說道：「你且慢歡喜著，我與他雖然是同有這個意思，但是還有我的娘，不知道她老人家做美不做美呢；如果她沒有這樣的意思，卻又怎麼樣呢？」

她說到這裡，柳眉鎖起，不禁嘆了一口氣，默默的半天，忽然轉過念頭說道：「我也太愚了，我們娘不過就生我一個人，什麼事情對我，全是百依百順的，而且又很歡喜他的。這事只要我一開口對她說，還怕她不答應麼？」

她想到這裡，不禁躊躇滿志，別的願望也沒有了，只望早日成就了大事，了她的心願就是了。

這時有一個小丫頭，上來對她說道：「小姐，太太請你下去用晚飯呢。」

她便答應了一聲道：「曉得了，你先下去，我就來了。」

那小丫頭下樓去了。她對著妝臺晚妝了一會子，便婷婷嫋嫋地走下樓來，到了陸曾的房門口，故意慢了一步，閃開星眼，向裡面一瞟，只見陸曾在床上酣睡未醒，那一副惹人憐愛的面孔，直使她的芳體酥了半截，險些兒軟癱下來。那一顆芳心，不禁突突地跳個不住，恨不得跑進去，與他立刻成就了好事才好呢。

這時候，突然有個小丫頭跑來對她說道：「太太等你好久了，還在這裡做什麼呢？」她連忙隨著小丫頭到了暖套房裡，胡亂用了些晚飯。此刻雖有山珍海味，也無心去領略滋味了。一會子晚飯吃過，她便忙不迭地回樓，走到陸曾的房門口，只見他正起身，坐在床前，只是發愣。她見了，不由得開口問道：「陸將軍，用了晚飯不曾？」

他道：「還未有用呢，多承小姐記念著。」

她聽了這兩句話，也不好再問，只得回樓去了。

不多時，夜闌人靜，大約在三鼓左右，她在榻上輾轉反側，再也睡不著，眼睛一閉，就看見一個很英俊的陸曾，站在她的面前。她越想越不能耐，竟披衣下床，輕輕地開了房門，下樓而來。

到了他的房門口，只見房門已經緊緊閉起，房裡的燭光尚未熄去。她從門隙中窺去，只見陸曾手裡拿著一本書，正在燭光之下在那裡看呢。她見了他，不知不覺地那一顆芳心，不禁又突突地跳了起來，呼吸同時也緊張起來，便輕疏皓腕，在門上輕輕地彈了兩下子。

陸曾聽見有人敲門，便問道：「誰呀？」

她輕輕答道：「我呀！」

陸曾又問道：「你究竟是誰呀？」

她答道：「我呀，我是……」

陸曾聽著好生疑惑，便站起來，將門開了，見是她，不禁吃驚不小，忙問道：「小姐！現在快到三鼓了，你還沒有睡麼？」

她見問，先向他瞟了一眼，然後嫣然一笑，也未答話。

陸曾見她這樣，便知來路不正，便問道：「小姐，你此刻到我這裡來，有什麼事情嗎？」

她掩口笑道：「長夜如年，寒衾獨擁，太無生趣，憐君寂寞，特來相伴。」

陸曾聽到這話，正色答道：「男女授受不親，小姐既為閨閣名媛，陸某亦非登徒之輩，暗室虧心，神目如電，勸小姐趕緊回去，切勿圖片時歡樂，損失你我終身名節要緊。」

他說到這裡，猛聽得一陣足步聲音，從窗前經過，霎時到了門口，原來是一班守夜的家將正從後面走來，瞥見陸曾和她在房裡談話，一個個怒從心上起，惡向膽邊生，一齊圓睜二目，向房裡盯著。

第一〇三回　白做傀儡

一班上夜的家將剛走到陸曾的臥房門口，瞥見壽娥笑容可掬地也在房裡，大家不由地停了腳步，數十道目光，不約而同地一齊向裡面射去。

這時把個陸曾弄得又羞又氣，他本來是個最愛臉面的人，怎禁得起這眾目睽睽之下，現出這種醜態來呢，暗自悔惱不迭地道：「早知今日，悔不當初了。我一身的英名，豈不被她一朝敗盡了麼？」

他想到這裡，不禁恨的一聲，向她說道：「小姐，夜深了，請回罷！」

她見那班家將立在門口，那灼灼的眼睛向裡面盡看，登時一張梨花似的粉臉泛起紅雲，低垂螓首，也沒有回話，便站起來出了門，扶著樓梯，懶洋洋地走一步怕走一步地上樓去了。

這裡眾家將見了這樣的情形，不由得嘁嘁喳喳的一陣子，離開房門，到了後面。有一個名叫滑因的，向眾人先將大拇指豎起，腦袋晃了兩晃笑道：「諸位今朝可要相信我的話了罷，我姓滑的並不是誇一句海口，憑他是誰，只消從我眼睛裡一過，馬上

就分別出好的醜的來，就是螞蟻小蟲，只要在我眼睛裡一過，就能辨出雌雄來呢。前回這姓陸的和盛大哥作對，我便說過了，無非是爭的一個她，那時你們卻不肯相信我的話，都說姓陸的是個天底下沒有第二個的好人，今天可是要相信我不是瞎嚼了。」

他說罷，洋洋得意。

有兩個猛的將屁股一拍，同聲說道：「我們錯極了，方才這樣的好機會，反而輕輕地放棄了，豈不可惜麼？」

眾人問：「是什麼機會？」

他們倆答道：「方才趁他們在房間裡，何不闖進去，將他和她捆個結實，送到太太那裡去，但看她怎生的應付法，這也可以暫替盛大哥稍稍地出一口惡氣。」

眾人聽得這話，一齊將舌頭伸了一伸，對他們倆同聲說道：「你們的話說得風涼，真個吃燈草的放輕屁，一些也不費力，竟要到老虎身上去捉蝨子，佩服你們的好大膽啊！不要說我們這幾個，便是再來一倍，只要進去，還有一個活麼？」

他兩個又道：「你們這話，未免太長他人的志氣，滅了自己的威風，憑那個姓陸的能有多大的本領，一個人一刀，就將他砍成肉醬了。」

眾人都道：「只有你們的膽大，武藝高，可以去和陸曾見個高下，我們自知力量小，不敢去以卵擊石，自去討死。」

滑因笑道：「你們這些話，都是不能實行的話。依我看，不若去將老太太騙下樓梯，叫她去看個究竟，那時既可以揭穿他們的假面皮，並且那個姓陸的，就是通天的本領，到了理虧舌頭短的時候，估量他雖明知是我們的玩意，卻也不敢當著太太和我們為難的了；等到太太見此情形，還能再讓他在這裡耀武揚威的麼，可不是恭請出府呢。」

眾人聽了他這番話，一個個都道：「好是好，只可惜是太遲了，現在已經沒有效力了。」

還有一個說道：「我看今天還是未曾與他為難的為上著，如果和他為起難來，不獨我們大吃苦頭呢，而且太太平素很歡喜他的，暗地裡難免沒有招贅的意思，就是鬧得明了，太太倒不如將計就計，就替他們趁此成了好事，我們倒替他們白白地做一回傀儡呢。我們現在未曾揭破他們的私事，倒無意中和姓陸的做一個人情，明天我們再碰見那姓陸的，倒不要過於去挖苦他，免得惱羞變怒，轉討沒趣，知道還只當不知道，淡淡的還同當初一樣。他也不是一個不明世理的，不獨暗暗地感激我們十分，便是平素的架子，說不定也要卸下了。誰沒有心，只要自己做下什麼虧心的事情，一朝被人瞧破，不獨自己萬分慚愧，且要時時刻刻地去趨那個看破隱事的人，深恐他露出來呢。」

眾人聽他這番話，都道：「是極，事不關己，又何必去白白地惱人做什麼呢？」大家七搭八搭的一陣子，便各自巡閱去了。

不料陸曾見眾家將一陣嘻笑向後面而去，料想一定要談出自己什麼不好的去處了。不由得躡足潛蹤地隨著眾人聽了半天，一句句的十分清楚，沒有一字遺漏，他怎能夠不

生氣呢，咬一咬牙齒，回到自己的房裡，取了單刀，便要去結果他們。

他剛剛走出房門，猛的轉念道：「我也忒糊塗了，這事只怪那賤人不知廉恥，半夜私奔到我這裡來，萬不料被他們看見了，怎能不在背地裡談論呢。而且他們又不明白內中情形，當然指定我與她有染了。我此刻去將他們就是全殺了，他們還不曉得的。」

他說著，復又回到房中，放下單刀，往床邊上一坐，好不懊悔，暗道：「吳大哥今天和我談的話，我還兀的不去相信，不料事出意外，竟弄出這一套來，豈不要被人唾罵麼？如今不要講別的，單說那幾個家將，誰不是嘴尖腮薄的。成日價說好說歹的，無風三尺浪呢，還禁得起有這樣的花頭落在他們的口內麼？豈不要謅得滿城風雨麼？到那時我雖然跳下西江，也濯不了這個臭名了。那童老太太待我何等的優厚，差不多要將我作一個兒子看待了，萬一這風聲傳到她老人家的耳朵裡，豈不要怨恨我切骨麼？一定要說我是個人面獸心之輩，欺侮她們寡婦娘兒，我雖渾身是嘴，也難辯白了。」

他想到這裡，不禁深深地嘆了一口氣道：「童老太太，你卻不要怪我，你只可恨自己生下這不爭氣的女兒，行為不端，敗壞你的家聲罷了。」

他胡思亂想的一陣子，不覺已到五鼓將盡了，他自己對自己說道：「陸曾，也是你命裡蹭蹬，和吳大哥在一起度著光陰，何等的快活！不知不覺地為著一隻大蟲，就落在這裡來，將一身的英名敗盡了，明天還有什麼顏面去見眾人呢？不如趁此走了，倒也乾淨。隨便他們說些什麼，耳不聽，心不煩。」

他打定了主意，便到床前，渾身紮束，一會子停當了，握著單刀，走出房來，迎面就碰著那一班家將，撞個滿懷。

眾人見他裝束得十分整齊，手執單刀，預備和誰動手的樣子，大家大吃一驚，互相喊唔道：「不好，不好，我們的話一定是被他聽見了。如今他要來和我們廝拼了，這卻怎麼好？」

有幾個膽小的聽說這話，嚇得撲通一聲跪了下去，接著大家一齊跪下。

滑因首先開口說道：「陸將軍，今天千萬要請你老人家原諒我們失口亂言之罪。」

陸曾出門碰見大家，正愁著沒有話應付呢，瞥見大家一齊跪了下來，不禁心中暗喜道：「既是這樣，倒不如趁此表明自己的心跡了。」

他便對眾家將問道：「諸位這算是什麼意思呢？」

眾人一齊答道：「望將軍高抬貴手，饒恕我們的狗命。」

陸曾正色對眾人說道：「諸位且請起來，兄弟現在要和諸位告別了。不過兄弟此番到童府上效勞，也不過是因為她家孤兒寡婦，乏人管理家務起見，所以存了一個惻隱之心；不想在這裡沒有多時，就察破那個盛方不良之徒，兄弟不在這裡則已，既在這裡，焉能讓他無法無天妄作妄為呢，不得不稍加儆戒，不料諸位倒誤會我爭權奪勢了。」

他說到這裡，眾人一齊辯道：「這是將軍自己說的，我們何敢誣陸將軍呢？」

陸曾笑道：「這也無須各位辯白了，方才兄弟我完全聽得清清楚楚的了，不知道是

哪一位老兄說的？」

眾人一齊指著滑因說道：「是他說的，我們並沒有相信他半句。」

嚇得滑因磕頭如搗蒜似地道：「那是我測度的話，並不一定就是指定有這回事的。」

陸曾笑道：「不問你測度不測度，總而言之，一個人心是主，不論誰說誰，我有我主意，卻不能為著別人的話，就改了自己的行為的。天下事要得人不知，除非自不為。自古道，路遙知馬力，日久見人心，就如今天這回事，兄弟我也未嘗不曉得諸位不明白內容的，可是背地裡議論人長短，就這一點，自己的人格上未免要跌落了。但是諸位眼見本來非假，我又要講一句翻身話了，人家看得清清楚楚的，而且半夜三更，她是一個女孩子家，在我的房中，究竟是一回什麼勾當呢。難道只准我做，就不准別人說麼，豈不是只准州官放火，不許百姓點燈麼？恐怕天底下沒有這種不講情理的人罷。是的，諸位的議論原是有理，兄弟我不應當駁回；但是內裡頭有一種冤枉，兄弟現在要和諸位告別了，不得不明明心跡。」

眾人道：「請將軍講罷。」

他道：「我昨天夜裡為著那個盛方，我一夜沒有睡覺，所以日裡有些疲倦，飯後就要睡覺了。偏生她不知何時，在我的房中，將一部《春秋六論》拿去，那時我也不曉得。到晚上我因為日裡已經睡過了再也不想睡了，一直到三鼓左右，我還未登床，不料她在這時候，在樓上將書送了下來。此時我就不客氣很嚴厲地給她一個警告，男女授受不親，夜闌人靜，尤須各守禮節，不應獨自下樓。即使送書，也該派個丫頭送來就是了，何必親自送來呢？她被我這一番話說得無詞可答。這也難怪，她雖是名門閨秀，嬌生慣養，而且未經世務，不知道禮節，也是真的卻斷不是有心為此的。我陸曾堂堂的奇男子，大丈夫，焉能欺人暗室，做這些喪心病狂的事呢？我的心跡表明了，諸位相信也罷，不相信也罷，皇天后土，神祇有眼。但是兄弟去後，一切要奉勸諸君，無論何人，不拘何事，皆要將良心發現，我希望全和陸曾一樣，那就是了，千萬不要瞞天昧己，欺孤滅寡，免得貽羞萬代，這就是兄弟不枉對諸君一番勸告了。現在也沒有什麼話說了，再會罷。」

他說罷，大踏步直向吳古房中而去。

這裡眾人聽他這番話，誰不佩服，從地下爬起來，互相說道：「還是我們的眼淺，不識好人，人家這樣的見色不迷，見財不愛，真不愧為大英雄，大豪傑哩！」

不說眾人在這裡議論，再說陸曾到了吳古的房中，只見吳古已經起身，正在那裡練八段錦呢，見他進來，渾身紮束，不由得一驚，忙問道：「兄弟，你和誰動手，這樣的裝紮起來？」

他嘆了一口氣道：「兄長，悔不聽你的話，致有今日的事。」

吳古忙問是什麼事情。他便將以上的事情細細地說了一遍。

吳古跌腳嘆道：「我早就料到有此一齣了。那個丫頭，裝妖作怪的，每每的在你的

面前賣俏撒嬌的，你卻大意，我早已看出她不是好貨了。為今之計，只好一走了事，這裡再也不可停留了。」

他說罷，也略略的一裝紮，便要動身。陸曾忙道：「大丈夫明去明來，我們也該去通知童老太太一聲，才是個道理呢！」

吳古忙道：「那可動不得，我們要走便走，如其去通知她，料想她一定是要苦苦地挽留，我們那時不是依舊走不掉麼？」

陸曾道：「你的話未為不是，但是她們是寡婦娘兒，又有這極大的財產，我們走雖然一文未取，但是被外人知道，他們也不知道究竟是為著什麼事情走的，如此不明不白，免不得又要人言嘖嘖，飛短流長了。」

吳古聽他這番話，很為有理，俯首沉吟了一會子，便對他笑道：「那麼何不去騙她一下子，就說我們現在要到某處某處投親去，大約在一月之內就來了。我想這樣，她一定不會阻止的了。」

陸曾搖頭說道：「不妥，不妥，還不是和暗地走一樣的嗎？我想這樣罷，也不要去通知童太太，只消我們寫一封信，留下來就是了。」

吳古道：「好極了，就是這樣的辦罷。」

他說罷，便去將筆墨紙硯取了過來。

陸曾一面將紙鋪下，一面磨墨，一會子提起筆來，上面寫著道：

僕等本山野蠢材，除放浪形骸外，無所事事。謬蒙青眼，委為保家，俯首銜恩，何敢方命！兢兢終日，惟恐厥職有疏，致失推崇之望。但僕等閱世以來，早失怙恃，所以對於治家之道一無所長，所經各事，頗多舛誤，惶愧莫名。自如汗牛充棟，誤事實深，不得已留書告退，俾另聘賢者。負荊有日，不盡欲言！

僕吳古、陸曾叩同上

他將這封信寫完之後，吳古便道：「寫完了，我們應該早些動身了，免得童太太起身，我們又不能動身。」

陸曾道是。說著，便與他一躍登屋，輕如禽鳥，早已不知去向了，從此隱姓埋名，不知下落。小子這部《漢宮》，原不是為他兩個著的，只好就此將他們結束不談罷。

閒話少說，再表童太太。到辰牌時候才起身，忽見一個丫頭進來報道：「吳將軍和陸將軍不知為著什麼事情，夜裡走了。」

童太太聽說這話，大吃一驚，忙問道：「你這話果真麼？」

那個小丫頭忙道：「誰敢在太太面前撒謊呢？」

童太太連忙下樓，到了吳古的房裡，只見一切的用物和衣服一點也不缺少，桌子上面擺著一封信。童太太忙將信拆開一看，不禁十分詫異地說道：「這真奇了，他們

在這裡所做的事十分精明強幹，沒有一些兒錯處，怎麼這信上說這些話呢，一定是誰得罪了。」

說罷，便將家中所有的僕婦家丁一齊喊來，大罵一頓，罵得眾人狗血噴頭，開口不得，受著十二分委屈，再也不敢說一句。

童太太罵了一陣子，氣衝衝扶著拐杖徑到壽娥的樓上。只見壽娥晨妝初罷，坐在窗前，只是發愣，見了童太太進來，只得起身迎接。童太太便向她說道：「兒呀，你可知道吳、陸兩將軍走了？」

她聽說這話，心坎上賽如戳了一刀，忙道：「啊喲，這話果真麼？」

童太太道：「還不是真的麼，我想他們走，一定是我們這裡的傭人不好，不知道什麼地方怠慢了人家，也未可知，天下再也找不出這兩個好人了。唉！這也許是我孫家沒福，存留不住好人罷了。」

壽娥聽說陸曾真正地走了，那一顆芳心不知不覺地碎了，但是當著她的母親，也不敢過露形跡。等到她走了之後，少不得哽哽咽咽地哭泣一陣子，自嘆命保誰知傷感交加，不知不覺地病倒了，百藥罔效。眼見病到一月之久，把童老太太急得一點主意也沒有，終日心肝兒子的哭個不住。

她的病，卻也奇怪，也不見好，也不見歹，老半明半昧的，不省人事，鎮日價嘴裡終是胡說不已。童老太太不知道費了多少錢，請過多少醫生，說也不信，一點效驗也沒見。童老太太的念頭已絕，只得等著她死了。

有一天，正到午牌的時候，家裡一共請了有三十幾個先生，互相論症用藥。到了開飯入席的當兒，只見眾人的當中，有一個二十幾歲的道士，頭戴綸巾，身穿紫罩一口鐘的道袍，足蹬雲鞋，手執羽扇，面如豬肺，眼若銅鈴，但見他也不推讓，徑從首席上往下一坐，眾醫士好不生氣。

孫府裡眾家將和一班執事的人們見他上坐，還只當他是眾醫生請來替小姐看病的呢，所以分外恭敬，獻茶獻水的一毫不敢怠慢。

眾醫士見孫府的人這樣的恭敬道士，一個個心中好生不平，暗道：「既然是將我們請來，何必又請這道士做什麼呢？這樣的恭敬他，想必他的醫術高強，能夠將小姐的病醫好了，也未可料定。」

不說大家在那裡互相猜忌，單表那道士拖湯帶水的大吃特吃，嘴不離匙，手不離箸，只吃得滿桌淋漓。眾醫生不覺十分討厭，賭氣爽性一筷子不動，讓他去盡性吃。他見眾人不動手，卻再也不會客氣一聲，仍舊大張獅子口，啍嘓啍嘓的不停手。

一會子席散了，童老太太從屏風後面轉了出來，向眾醫士襝衽說道：「小女命在垂危，務請諸位先生施行回天之術。能將小女救活，酬金隨要多少，不敢稍缺一點的。」

眾醫士異口同聲地說道：「請太太不要客氣了，你家已經請得回天之手，我們有何能幹？」

童太太驚問：「是誰？」

眾醫士一齊指著那個道士說道：「不是他麼？」

第一〇四回　仙人寵眷

眾醫士聽得童老太太這兩句話，便一齊向那道士指著道：「他不是太太請來的回天手麼？小姐的病，就請他診視，還怕不好麼？」

童老太太展目朝那道士一看，不禁暗暗納罕道：「這真奇極了，這個道士是誰請他來的？」

忙對眾人說道：「這位道師爺，我們沒有請啊，還只當是諸位請來的呢。」

眾醫士忙道：「啊，我們沒有請，誰認得他呢？」

童老太太聽說，更加詫異。那一班家將聽說這話，便一齊搶著說道：「太太還猶豫什麼，這個道士一定是來騙吃的。如今既被我們察破，也好給他一個警戒。」

大家說了，便一齊伸拳捋袖的，預備過來動手。童老太太忙喝道：「你們休要亂動，我自有道理。」

眾人聽這句話，便將那一股火只得耐著，看他的動靜。

童老太太走到那個道士面前，深深的一個萬福。可怪那個道士，正眼也不去瞧一下

子，坐在那裡，文風不動，這時眾人沒有一個不暗暗生氣的。

童老太太低頭打一個問訊，口中說道：「敢問道師爺的法號，寶觀何處呢？」

那道士把眼睛一翻，便道：「你問我麼？我叫松月散人，我們的觀名叫煉石觀，離開洛陽的西城門外，大約不過三里多路罷。」

童老太太又問道：「道師今天下降寒舍，想必肯施慈悲，賜我家小女的全身妙藥的。」

他笑呵呵地說道：「那是自然的；不過我看病與眾不同，卻無須三個成群，五個結黨的，我是歡喜一個人獨斷獨行的好。」

童老太太忙道：「那個自然，只請道師爺肯施慈悲，也不須多人了。」

他笑道：「要貧道看病，須要將請來的先生完全請回去，貧道自有妙法，能將小姐在三天之內起床。」

童老太太聽說這話，真是喜從天降，忙命人送出許多銀兩與那些醫士，請他們回去。眾醫士誰也不相信他這些鬼話，一個個領著銀子嘻笑而去。

看官，這道士來得沒頭沒尾的，而且又形跡可疑。他究竟是個什麼人呢？小子趁諸醫士走的當兒，也好來交代明白，免得諸位在那裡裡胡猜瞎測，打悶葫蘆。

這洛陽城西，自從和帝以下，就有這煉石觀了。那起初建造這煉石觀的時候，究竟又為著什麼事呢？原來自從明帝信崇佛教後，道教極大的勢力不知不覺地被佛教壓下去了，在十年之內，百個之中沒有十個相信道教呢。誰知到了章帝的手裡，百中只有一兩個人了，人人都以佛教為第一個無上的大教，反說道教是旁門左道了，誰信道教，馬上大家就乘機笑他迷信，唾罵他腐舊，誰教不肯去親近，真個是一入道教，萬人無緣了。

在和帝時代的永元四年的時候，天時乾旱，八月不雨，民收無望，赤地千里，萬民饑饉，看看有不了之局。而洛陽的周近又鬧著蝗蟲，一般饑民將樹皮草根吃完了，便來吃衣服書籍，苦不勝言。和帝見這樣的天災，不禁憂慮得日夜不安，如坐針氈。

尤其那長安城內的饑民，餓得嚎啕震地。和帝親出東郊，昭告天地，只求甘露，連求三天，一滴雨也沒有求下來，便出榜召集天下的高僧，作法求雨。眾和尚誦經念佛，烏亂得一天星斗，一連求了好幾天，結果一點效力也沒有，依然赤日當空，毫無雨意。和帝大為震怒，便將這班吃俸祿的和尚，一齊召來，大加責罰，一面又出皇榜召求天下有道之士來求雨。

未上半天，來了一個仙風道骨的羽士，自稱是喜馬拉雅山紫荊觀裡的道祖，今見天下大災，所以來大發慈悲，普救萬民的。和帝本來重佛輕道，到了這時，卻也無計可施，只得恭恭敬地請他作法。那道士卻要求和帝，他求下雨來之後，要將道教原有勢力和信仰完全要恢復起來，和帝只望他求下雨來，什麼事情都一口承認。

那道士擇了吉地，搭臺作法。未上兩時，果然是烏雲滿布，大雨滂沱，一共下了有一尺二寸有奇，滿河滿港，萬民歡悅。和帝更是十分歡喜，便恭請他做國師，那道士再也不肯。和帝便在洛陽城西造了一座煉石觀，把那道士做下院。那道士便收了許多徒

弟，在觀裡修煉。

到了永元八年的三月裡，那道士將觀內所有的道士完全帶走了，一去不知去向，只留下兩個服侍香火的道人，這兩個道人見他們走後，便將一座煉石觀和一百頃御賜的田，完全視為己有，也收羅弟子，自己大模大樣地居然做起道祖來了。成日價和一起掛名的弟子，大吃大喝，私賣婦女，任意尋樂。有什麼官員經過煉石觀，拜訪那個求雨的老道祖，他便說回到喜馬拉雅山去證道了。眾官員二次三次都碰不著，後來也不來了。日子既久，便沒有人提起了。倒是那一班山野孤禪的，倒得著實惠不少。

不料被一班無賴之流，窺破內中私情，便來要挾那兩個假道祖分點潤。他們見這班凶神似的流氓，早已矮了半截，滿口答應。那班流氓聽見答應，便邀了許多的羽士，在觀內吃喝嫖賭，為所欲為，一種放浪的範圍，簡直沒有限制，勢將喧賓奪主了。

眾道士見形勢漸漸的不對，卻也無法可想，只怪當初一著之錯，悔不該開門揖盜的。鬼混了四十多年，竟沒有一個人知道他們的內幕。

不料有一天，忽然來了兩個道士，自稱是喜馬拉雅山紫荊觀的嫡派，特地來傳道的，他們便到洛陽城內去報告官府，請官府將觀收回與他們修煉。官府當然是准他們的請求，立即收回，將一班流氓、假道士趕得一乾二淨的。這兩個道士進了觀，又召集十幾個徒弟，鎮日價地燒丹煉汞，倒也十分起勁。

可是這兩個道士，又何嘗是喜馬拉雅山的嫡派，原來是兩個妖術迷人的蟊賊。他們早就知道煉石觀的內容了，便來使一個空谷傳聲的法子，果然不費一些口舌，竟將一座煉石觀攫為己有，鳩占鵲巢，趁此好慢慢地施法迷人。

這兩個道士，一個名叫水雲居士，一個名叫松月散人。水雲的妖法多端，能料知百里之內的酒色財氣，然後使松月去按地址尋訪得實在，便使妖法去攫財攝人。

有一天，他卻算到孫壽娥的身上了，便差松月去打探壽娥的年庚八字。這松月刁鑽異常，眼珠一轉，主意上來，便請一個老婆子，到孫府上去假裝一個算命的道婆，在無意之中將壽娥的生辰八字完全哄騙了去，告訴松月，松月忙又告訴與水雲，水雲便用紙剪成一個女人的模樣，將她的年庚八字寫在上面，施動妖法，將一個如花似玉的壽娥立刻弄病了。停了一月之後，他打聽孫府裡差不多周近的醫士全請到了，心灰了，他才打發松月前去的。

再說童老太太打發眾先生去後，便向松月散人問道：「道師！小女的病還有什麼法子想呢？」

他道：「須我先去望望，才能作法醫治呢。」

童老太太聽說這話，忙將他領到壽娥繡樓內。揭開帳子，松月一看，不禁魂飄魄蕩，暗道：「怪不道水雲費了這一番苦心，這貨色果然是生得十分漂亮！」他便伸手在她的頭額上抹了兩把，對童老太太道：「正是正是，四十多天了。」

他故將眉頭一皺，說道：「我只能醫三十天以內的病，過了三十天，我卻沒有法子

可以挽救了。」

童老太太聽了這話，不禁將一塊石頭依舊壓在心頭，不由得哭道：「道師，無論如何都要望你大發慈悲，救一救小女的命，老身就感謝不盡了。」

他道：「那麼，這樣罷，我們師父他的法力高強，太太可捨得將她送到我們觀裡去，請他醫治，不消半月，包管你家小姐一復如初。」

童老太太聽說這話，忙道：「有何不可，有何不可？只要我家小姐病好，莫說半個月，便是一個月，老身也就感謝不盡了。」

他道：「事不宜遲，我先回去求我師父，你家趕緊用暖轎送去，萬勿延誤，要緊要緊！」

童老太太滿口答應。他便告辭，回到觀裡見了水雲，便將以上的一番情形說了一遍。水雲便將眼珠一轉，計上心來，頭點了點說道：「只要貨色進門，不愁她不賣的。」不多時，童老太太和她乘著兩頂暖轎，帶領了許多的家丁從僕，前呼後擁地到了煉石觀裡。松月忙將她們接入東廂。童老太太便命人將她從轎裡扶了下來。但見她雙頰緋紅，星眼微餳，弱不禁風地扶在兩個婢女身上，走下轎來。

童老太太便向松月道：「你們老神仙現在哪裡？可能引老身前去參拜麼？」

松月忙道：「我們的師父一向是不肯與凡人接近的。只因為你家小姐不是凡人，乃是天上雎鸞星下凡的，現在不能不替她救災救難的，你卻千萬不要去。」

童老太太諾諾連聲地答應，忙著又道：「老神仙說的，我家小姐的病，能在幾天才好呢？」

他道：「十天之內吧。」他說罷，便教兩個婢女扶著壽娥跟他進去。

走過第二道殿，他便將那兩個婢女打發她們回到前面去。這時來了兩個小道士，將她彎彎曲曲地扶到一個極其秘密的室裡。松月趕緊回到前面，對童老太太道：「你老人家是住在我們觀內，還是回府呢？」

童老太太道：「如果在十天之內，老神仙將小女救活，老身在這裡有許多不便，不如先且回去，好在離這沒有多遠的路，有什麼事情，一呼就到。」

松月便道：「太太回去倒也不錯，不過七八天的當兒，小姐的病就好了，到那時再請過來，也不為遲哩。」

童老太太又道：「我的小女，現在什麼地方呢？」

松月道：「現在練功室裡，師父替她醫治和懺悔呢，太太請放心罷。在我們這裡，什麼事都要比府上來的周到呢。」

童老太太深信不疑，告辭登轎，留下兩個僕婦預備叫喚，其餘都帶了回去。

再說水雲見了壽娥，早已魂不附體，忙去將紙人子燒了。不多時，壽娥如夢方醒，微開星眼，只見自己坐在一張虎皮的軟墊子上面，再朝四下裡一打量，不禁大為詫異，只見房內的擺設倒也十分精緻，可是不是她平日所居的繡樓了。她暗暗地納罕道：「我

現在到一個什麼地方了，我倒不解。」

這時靜悄悄的一點聲音也沒有，她好生疑惑，便站起來走到門邊，意欲去將門放開，看個究竟；不料用盡平生之力，莫想得動分毫，好像外面鎖了一般。她萬般無奈，只得又重行回到那沉香榻上坐了下來。

偶一抬頭，猛見帳子裡懸著一個錦緞的荷包，她取下來，放開一看，一陣香味直噴出來。她嗅著這股香味，不由得信手取了一粒紅色的丸子出來，大約有豆子大小。她暗道：「這丸藥是做什麼用的？」放在嘴內一嘗，不嘗猶可，這一嘗卻大不對了。

那丸子卻也古怪，到了她的嘴裡，一經津唾便化了。她覺得又香又甜，便咽了下去。停了一會，口乾舌燥，春心搖盪，周身火熱得十二分厲害。

這時突然聽得外面有人啟鎖，不多時，門呀的一聲開了，走進一個二十多歲的公子來。她正在這渴不能待的時候，瞥見有個男子進來，她也顧不得什麼羞恥，便站起來將那男子往懷中一抱，說道：「你可肯與我……」

那男子微笑點頭，霎時寬衣解帶，同入羅幃，容容易易地將一個完璧女郎成為破瓜了。

一度春風之後，把個壽娥樂得心花大放，料不到世上還有這種真趣，便要求那少年重演第二次。那少年欣然不辭，騰身上去，重行鏖戰了多時，真個是雲迷巫峽，雨潤高唐，枕席流膏，被翻紅浪，陽臺縹緲，恍登仙境。

一會兒雲收雨散，她抱著那少年問道：「你叫個什麼名字？」

他笑道：「我名字叫水雲。」

她又笑問道：「我們不是天緣巧遇麼，我記得在家裡的，怎的就會到這裡來呢？」

他忙低聲說道：「此地並非凡地，乃是仙府，你休高聲浪語的，要一班仙人知道了，你我就樂不成了。」

她連忙噤住半天，才悄悄地對他說道：「照這樣說來，你也是個仙人了。」

他微笑點首道：「我不是仙人，怎能將你攝得來呢？」

她聽說這話，心中十分榮幸，暗自說道：「我的運氣真正不壞，竟邀仙人寵眷，將來還怕不成仙麼？」

她想到這裡，不禁眉飛色舞起來，摟著水雲，又吻了幾吻。

水雲笑問道：「你餓了不曾？」

她忙道：「不餓不餓，先前倒覺得有一點兒，現在一些兒也不覺得餓了。難道這個玩意兒，還能當飽麼？」

他笑了一笑，也不答話，便起身坐起。

她忙問他：「到哪裡？」

他道：「此刻仙府裡要點卯了，要是不到，便要受罪的。」

她忙又問道：「你去幾時來呢？」

他笑道：「馬上就來了。」

他說著，將衣服穿好，開門出去。他又將門鎖起。

她在榻上，此刻十分疲倦，不知不覺地沉沉睡去。到了天晚，水雲命人送些酒菜和飯進來，自己將門關起，走到榻前，將她輕輕地推醒。她睜眼看時，只見房裡擺著一桌酒席，他坐在她的身邊。她笑問道：「你幾時來的？我怎麼不曉得？」

他笑道：「你這樣的熟睡，哪裡能知道呢。」

她也不客氣，竟和他手攜手並肩坐下，低斟淺酌的起來，吃的那些小菜，也不過是些雞魚肉鴨之類，她不禁疑惑地問道：「久聞仙人茹素，怎麼你們也動起葷來呢？」

他笑道：「你哪裡知道天上何異人間呢！不過對於葷的一道，不常有罷了。不瞞你說，我怕你仙府裡的東西吃不來，特地差人到下界去辦的。」

她聽他這話，足見他愛己的心切了，那一股熱烈的愛情陡增了百倍，便覺除了水雲，再也沒有第二個親人了。一會子，兩個人都有了些酒意，忙攜手入幃，重整旗鼓，大戰一番，不能細述。

就這樣朝朝尋樂，夜夜貪歡，一轉眼三四天飛似地過去了。

這時卻氣壞了一個人。你道是誰？卻原來就是松月。他們的常規，在外面騙到錢財同用，弄到婦女同樂。松月見壽娥生得十分嬌嬈出色，早已垂涎萬丈了，滿心期望輪流消受，不料被水雲視為己有，一些兒也不分潤與他，於是將那一股醋火直衝至泥丸宮之上，忍耐到第四天，還指望水雲給他解解渴呢，誰知水雲連房門都不出了。

他可氣壞了，等到未牌的時候，還未見他出來，正想打門進去和他廝拼，瞥見他滿臉春風，從後面走了出來，匆匆地走進房去。松月忍無可忍，便跳起來向他說道：「水雲，你可記得當初的盟約麼？」

水雲聽他這句話，明知他要分自己的肥，他怎肯甘心將一位天仙玉美人送給他受用呢，自然是不肯退讓，忙道：「什麼盟約不盟約，只憑自己的本領；老實對你說一句，這個貨色，你休要想了，讓給我罷。」

他大怒道：「好，管教你快活就是了。」他說罷，便到壁上去取刀。

水雲忙搶著也取了一把刀，向他說道：「松月！你想拿刀來嚇我麼？須知你愈是這樣，愈不答應，咱也不是個省油燈，今天死活隨你。」

他也不答話，迎面就是一刀。水雲舉刀相迎。兩個人大戰了十餘合，猛的跳出圈子，水雲照定松月的頭上砍去。松月也打定了主意，掄刀往他的左脅刺來。

這時水雲的刀先到，早將松月的頭顱劈了兩爿，松月的刀也跟著刺進他的右脅，水雲嗚的一聲，霎時也隨他一同到閻王那裡去交帳了。

不說這兩個萬惡的道士一齊結果，再說壽娥在房中悶得慌，便想出去逛逛，幸喜門沒有鎖，開了門走出來，剛剛轉過偏殿，瞥見兩個屍首倒在西邊的耳房裡。

她大吃一驚，忙近前來一看，卻正是水雲和一個不認得的人。她魂不附體，便知道

身陷匪徒的窩裡了。她摸出後門，只見外邊夕陽西下，和風陣陣的，一片田禾，萬頃青青，她慌不擇路地邁著金蓮，沒命地亂走。

大約走了二里多路的光景，耳朵裡突然衝著一片笑聲，她展開秋波一望，只見一群十五六歲的小孩子正在草地上玩耍。

第一〇五回　雲迷巫峽

她慌不擇路地跑了多時，高一步低一步，險些兒將柳腰折斷。好不容易走了半天，才走到一塊芳草平地，這一塊平原，一眼望去，足有三四里寬闊，青毿毿地夾著無際的菜花，金黃得和朝霞一樣的。

還有許多不識名小鳥兒，在草地上跳來躍去，鳴著一種叫罵的聲音，似乎牠們知道她被歹人騙去，復又逃出來的樣子。還有幾棵細柳，夾著桃杏，排列四圍，微風吹來，送過許多的香氣。

她此刻正急急如喪家之犬，漏網之魚，哪裡還有心去領略這些春色呢？仍舊低著頭，只往前走，不多會，耳朵裡突然衝著一股嘈雜的聲音，她不由得粉頸一抬，只見前面一帶杏林的左邊，有許多十五六歲的小村童，在那裡趕圍場呢。她心中暗道：「我這樣的胡衝瞎撞地亂走，究竟不是個長久之計，終要問問人家，回去從哪條路走，才不致摸錯了路呢。」

她打定主意，便含羞帶愧地向這林子左邊走，不多時到了林子裡面，只見桃杏根下

栽著許多的野薔薇，針刺刺地遮得去路。她正想轉道前去，不料裙子似乎被人抓住一把。她打了一個蹭蹬，立定了，倒是一噤，連忙回頭看時，說也好笑，卻原來是一個鋸去的樹根，將她的裙子絆住。

她驚出一身冷汗，忙蹲下柳腰，將裙子揭提在手裡，走出樹外，伸著粉頸四處盼望了一回。瞥見順著這林子，有一條尺寬的小道，已被蕪草埋掩得半明半昧，只留下一線路徑。她便順著這條小道，直向南走去，不多時，到了林子盡頭之處，不覺足酸腿軟，不能再走了。

試想她本是個深閨弱質，從來沒有受過這樣的奔波，這樣的驚恐，無怪她疲倦得不能動彈了，她還兀的不服氣，偏生將銀牙咬了一咬，復行向前面走去，未到幾步，渾身香汗，嬌喘細細，再也不能移動一步了。她只得將手帕取了出來，鋪在路旁的草地上。

她一探身往下一坐，撩起袖子，不住地在粉腮上拭汗，她到了這會子，才想起她的生身的老母來，不禁珠淚兩行，滴濕春衫，微微地嘆了一口氣道：「娘啊，你老人家見你的女兒不見了，不知要怎樣的傷心斷腸呢？可恨這些賊子，起心不良，不知在何時將奴家騙到那牢獄裡去的！」

她哽哽咽咽自言自語的一會子，百無聊賴。

這時候，一輪紅日漸漸地和遠山碰頭了。那黃燦燦的光華反射過來，映在她那一張粉龐上，還掛著幾點牽牽的熱淚，可真和雨後桃花一樣的。她見日已含山，天色漸漸地要入暮了，暗自焦急道：「如此便怎麼好呢？眼見快要入暮了，舉目無親，棲身何所呢？而且這兩隻腿再也不能走了，坐在這裡，馬上昏黑起來，冷風刺骨，豈不要活活地凍死了麼？就不凍死，萬一遇到豺狼虎豹，落草強徒，也難逃性命了。」

她想到這裡，憂愁交集，那一顆芳心中，好似十五個吊桶打水，七上八下，惶恐的毫無一些主意。

停了一會，只見日沒西山，野雀兒撲喇喇的直向樹林裡爭先恐後地飛著，蒼莽長郊登時起了一片白靄，呈出一種真正的暮景來了。她暗道：「不好，不好，此刻再不走，難道真個坐在這裡一夜麼？」

她說罷，從地上按著盤膝，慢慢地立了起來，兩眼發花，頭暈心悸，趕緊按著心神，閉著星眼，定心一會，才將芳心鎮住，便展開蓮步，進三步退兩步地向前慢慢地走去。

剛剛走到一棵夾竹桃的跟前，猛聽得忽喇一聲，飛出一個五色斑斕的東西來，朝她怪叫兩聲，騰空飛去，她嚇得倒退數步，閃著星眼隨著那個飛去的東西一望，卻原來是一隻錦毛山雞。

她可是暗暗地又叫一聲慚愧，正要向前走去，猛的想起鋪在地上的那一塊手帕未曾帶來，便又轉到原處，那塊手帕不知去向，她暗暗懊惱道：「這準是被風吹掉了，且不管它，先去問路去。」

她重行向前邊走來。不多一刻，到了那一群村童的面前，又要去問路，又怕羞，正在這進退兩難的當兒，忽聽得一片笑聲，震天價地喊道：「神仙姐姐來了，神仙姐姐來了！我們大家快些朝拜她，她有仙桃仙果賞給我們呢，你們趕緊跪下來罷。」說著，一群的小孩子撲通撲通的跪下一彎來，把個壽娥嚇得手足無措，趔趄著金蓮只往後退。

那一群村兒之中，有一個說道：「她要走了，她要走了，我們趕緊將她扯住；不然，她馬上就得騰雲上天了。」

眾孩子聽這話，一個個連忙從草地上一骨碌爬起來，蜂擁前來，七手八腳扯裙拉襖地將她纏住，一齊央告道：「神仙姐姐，請你不要走，給我一人一隻仙桃果，我們吃下去，成了老神仙，和你一同到天上玩耍如何？」

壽娥見他們不分皂白，硬將自己纏住，不禁沒有主意，喊又沒有用，走又走不掉，被他們纏得玉容失色，粉面無光，淚光點點，嬌喘微微。

正在這萬分危急的當兒，從後面突然有人喊道：「夥計們！你們在這裡和誰打架啊？」說著，飛奔到壽娥的面前。

壽娥忙展秋波仔細一看，卻原來是兩個放牛的牧童，頭戴箬笠，身穿老藍布的直裰，足登多耳麻鞋。

他兩個原是一樣打扮，站在東邊的一個，大約在二十左右，生得伏犀貫頂，虎背蜂腰，面如古鏡，雙目有神，雖是粗妝淡抹，那一股英氣兀自掩不下去，愈是這樸衣素裳的，愈顯出雄赳赳氣昂昂的樣子來；站在西邊的一個，大約總在十六七歲的樣子，生得比東邊的一個還要來得俊俏。目如朗星，眉如漆刷，面如傅粉，粗看上去，哪裡還像是田舍人家生的子弟，簡直是官宦人家的後裔。

不說她在這裡打量，再表那兩個牧童的來歷，卻也很長，一個二十左右的名叫薛雪兒，那個十六七歲的名叫張慶兒，他兩個都是寧圩的人氏，只因為家中困苦，他們的父母養不起，便賣給梁冀做螟蛉子。這梁冀就是現在的梁太后的兄長，漢順帝的大舅子。他的為人卻詭譎不正，在順帝時代還安分些，後來順帝駕崩，他的老子梁商死了，又當他的妹子梁太后臨朝攝政，他便野心勃勃，為所欲為。

他所做的事，沒有一件不欺君罔上，百官誰不側目相看，無奈他的威重勢大，根基深固，所以百官敢怒而不敢言，只得由他橫行霸道的了。他見眾僚不去和他為難，越發目無紀律，獨斷獨行，順者生，逆者死，真個是第二個竇憲。

梁太后見他這樣的行為不正，每每欲按律治罪，究竟礙著同胞情分，不忍見他受罪，而且他的威勢著實不小，萬一他不服從，豈不要急則生變了嗎。所以梁太后沒有辦法，只好閉一隻眼睜一隻眼，聽任他去。這一來，將個梁冀愈驕縱得不可收拾了，鎮日價沒有別的事情，專門占妻奪產，剝削民資，弄得天怒人愁，怨聲載道。

他在洛陽左右，共買沃田三百頃，一班佃戶，終年血汗，無論多寡，均歸梁冀受

用，從未和眾佃戶按地均分過一次，萬一有了水澇旱災，那班佃戶卻要倒楣了。這梁冀收不到莊稼，他不說是天災，偏說是一班佃戶將他的種子偷去了，鞭抽斧砍把一班佃戶打得沒處去叫屈，辭還辭不掉，只得伸長脖子受罪。

這梁冀除了以上這些惡事以外，還有一種慘無人道的玩意兒，便是那班佃戶，誰家有兩個兒子，便要送他一個給做螟蛉子，在名譽上不是再榮耀沒有了麼？可是內容卻不是這樣了。

他將這些人收了去，二十歲以外的，都派他們到各處開墾，每日兩頓飯，每頓飯三人兩碗，還要限制，每人每天一定要做及格的苦活，如不及格一次，便少吃一頓。試想這些做苦工的人，每天攤派吃四碗飯，哪裡還有力氣去做呢，越是不做越晦氣，不獨沒有飯吃，那一班監工的魔頭，還要任意毒打。去了三個月，不知道被他們打死多少，餓死多少。

誰不是父母生養的，那班佃戶，怎能不傷心呢？可是怕梁冀知道，沒有性命，連大聲都不敢哭出來，眼淚往肚子裡淌。

還有一班未曾過二十歲的小童，他們卻教他們去放馬牧牛，組織許多的隊來。一隊裡面有個首領，管五十頭牛，五十匹馬。他們的待遇，卻比較大人倒好些，每日三餐，四色小菜，他們衣服也由梁冀賜給。

他為什麼待遇這些小孩子反而厚呢？卻原來有個緣故。他的心理想將這些小孩子一齊培養出來，將來一旦用到他們，都可以得著他們的真心；二十歲向外的人，隨便怎樣去優待他們，總怕買不到他們的心，因此就重小輕大了。

這薛雪兒與張慶兒，本是這群孩子中的兩個正副首領。他們這時正由村南走來，領他們回去，走到桃杏樹的旁邊，瞥見一塊手帕，雪白的鋪在草地上，雪兒搶上去一把從地下抓起，擺在鼻子上一嗅，震天價的只嚷好香，慶兒便伸手去奪，雪兒飛也似地跑了。

慶兒隨後追來，一直追到一群孩子跟前，只見他們團團地圍著，噪的笑的鬧得一天星斗。雪兒、慶兒近前仔細一看，原來他們圍著一個年輕的女子。

只見那女子生得十分美豔，萬種風流，可是被一群孩子纏得粉面通紅，淚拋星眼。雪兒此刻，不禁又憐又愛，忙對眾孩子大聲喝道：「你們這些小狗頭作死了，好端端的和人家鬧的什麼呢？」

眾孩子見他們兩個到了，嚇得頓時一齊放了手，排班立著，大氣也不敢喘。

雪兒問道：「是誰領頭和人家取鬧的，趕緊說出來！」

眾孩子到了這時，好似老鼠見貓一樣，頓時將那一股活潑天真的態度完全消滅了，好似泥塑木雕的一樣，垂手低頭動也不動。

慶兒道：「如果不說，嘔得我性子起來，一個人給你們一頓皮鞭子，看你們裝愚不裝愚咧。」

孩子聽說這話，嚇得你推我，我推你，大家都不肯承認。雪兒道：「用不著推諉，

這主意一定是小癩痢出的。」

眾孩子聽說，便一齊指著那個小禿子說道：「是他是他。」

雪兒又問道：「他說些什麼呢？」

眾孩子搶著答道：「我們正在這裡趕圍場玩耍，他憑空就喊神仙姐姐來了，他又教我們將人家圍著，要仙桃，要仙果。」

慶兒便走到那個小禿子面前，還未開口，那小癩痢頭聽他們說了出來，已經嚇得尿撒在褲子裡面了。見慶兒走過來，更嚇得魂不附體，撲通往下一跪，閃著一雙烏溜溜的眼睛，盯著慶兒，一面伸手在耳朵旁邊打個不住。

慶兒喝道：「頗耐你這個小雜種，無風三尺浪，什麼花頭你都幹得出，今天可又見你娘的什麼鬼。」

他急得那張麻而且黑的臉上，現出一重紫醬色的顏色來，一面用袖子去揩鼻涕，一面吞吞吐吐地說道：「二隊長不要怪我，看見她和我家供的那個菩薩一般無二，她不是菩薩變的麼？」

慶兒和雪兒聽他這話，不禁嗤的一笑，便道：「既是這樣，還好，下次小心，如再領頭闖禍，就要打了。」

那小禿子聽說這話，連忙從地下一骨碌爬起來，嘴裡連說：「不闖禍，不闖禍，再闖盡你打。」

此時壽娥見他們這番做作，不禁看呆了，暗道：「這真奇了，這許多的孩子，見了他們，怎的就這樣的怕呢？想必是他們的長輩罷了。」

她正自在那裡猜測，瞥見雪兒從懷裡取出一隻亮晶晶的銅螺來，放在嘴裡瞿瞿瞿吹了幾聲。不多時，許多的散韁的牛馬從四處奔來，到了他們跟前。說也奇怪，一齊抵耳停蹄，站在那裡文風不動。那些小孩子一個個猢猻似地飛身上去，一人騎著一匹，排行列隊向西慢慢地走去。

壽娥見他們要走，便不能再緩，忙向雪兒一招手。雪兒見她招手，忙趕過來問道：「你這位姐姐，招呼我有什麼事嗎？」

她瞥見他手裡拿著一塊手帕，卻正是自己的，便向他笑道：「你手裡的一塊絹頭，原是我的，請你還給我罷。」

他笑道：「怎見得是你的？」

她道：「我在南邊的樹林下面憩息的，臨走就忘記在地上了。」

他向她一笑，將手帕往懷中一揣，說道：「要想手絹，是不容易了。我且問你，你從哪裡來的，現在要到哪裡去，你告訴我，我便還給你。」

她聽說這話，才自提醒，忙將問路的來意告訴與他。他道：「媚茹村離開這裡有二十多里呢，現在天已晚了，哪裡來得及呢？」

她皺眉不語。雪兒便道：「姐姐，你此地有親眷沒有？」

她搖著頭道：「有親眷倒無須問你了。」

他很爽快地答道：「那麼，我看你今天是去不成了，不如老實些隨我們去住一宵，明天我送你回去好麼？」

她早就看中雪兒了，聽他這話，趁口笑道：「那就感謝不盡了。」

雪兒見她答應，滿心歡喜，便對她道：「姐姐，你就跟我走罷。」

她隨著他走了，眼見前面的牛馬隊已去得遠了。他兩個一前一後走了半天。她突然要小解，便提起羅裙，走到一個土墩子的後面，蹲下身子，撒個暢快，雪兒正走之間，偶然不見了她，心中好生詫異，連忙回頭來尋找，口中喊道：「姐姐！你到哪裡去了？」

她答道：「我在這裡解手呢。」

列位，這孫壽娥，她不是一個女子嗎，難道就不知一些羞恥麼，自己解手何必定要告訴雪兒呢。原來她的用意很深，諸位請將書合起來，想一想，包你瞭解她的用意了。

這雪兒雖生長十八九歲，卻是一個頂刮刮的童子雞，尚未開知識呢。今天見了她，不知不覺的那一縷小魂靈被她攝去了。聽說她在那裡小解，便大膽走了過來，蹲下身子，面對面，又要說，又不敢，那一副不可思議的面孔，實在使人好笑，她還不是個已經世務的嗎？見他這樣，心中早已明白，便向他說道：「兄弟，現在天晚了，早點走罷。」

他吞吞吐吐地說道：「姐姐，我要……」

她嗤地笑道：「你要做什麼？你儘管說罷！這裡又沒有第三個人，怕什麼羞？」她說罷，乜斜著星眼朝他一笑，把一個雪兒笑得骨軟筋麻，不由得將她往懷中一摟。她也不推讓，口中說道：「冤家，仔細著有人看見，可不是耍的。」嘴裡說著，手裡卻早就將下衣卸去了，他兩個便實地交易起來。

正在這一髮千鈞之際，猛聽得有人在後面狂笑一聲，說道：「你們幹得好事啊！」他兩個人大吃一驚，豁地分開，雪兒定睛一看，不是別人，正是慶兒。壽娥滿面羞慚，低著頭，恨不得有地洞鑽了下去。慶兒哈哈地笑個不住。雪兒忙道：「兄弟，你也忒促狹了，從哪裡來的？」

他笑得打跌道：「我早就看出你們倆的玩意來了，現在也沒有別的話，我馬上回去，替你宣布宣布。」

雪兒聽這話，嚇得慌了手腳，忙道：「好兄弟，那可動不得，你一吵出來，我還想有性命麼？」

他道：「這話奇了，難道只准你做，不准我說麼？」

雪兒忙道：「好兄弟，今天也是為兄一著之錯，千萬望你不要聲張，你要我怎麼，我便怎麼。」

慶兒笑道：「那麼，要樂大家樂，不能叫你一個人快活。」

雪兒沒口地答應：「就是就是，只要你不聲張，咱們兄弟分什麼彼此呢！」

慶兒道：「光是你答應，總不能算數，還不曉得她的意下如何呢？」

雪兒忙道：「我包她答應就是，現在天也不早了，你先回去，將我們屋子裡的孩子們發放到別處去，我們三個人一張床好麼？」

慶兒點頭道好。他說罷，邁開大步，飛也似地先自跑了回去。

這裡雪兒和她慢慢地走來，不多一會，到了一個所在，一間一間的小茅亭，中間一座極大的牛皮帳，大約有一里多路長。

在月光之下，一眼望去，裡面一式全是牛馬，黑白相間，煞是有趣。

走過牛皮帳，到了一所茅亭門口，早見慶兒立在門口，向他們笑道：「你們來了麼，我已將他們打發到別處去了。」

雪兒便和她進去，只見裡面擺好飯菜。雪兒將門關好，三人將晚飯吃過，同攜手登床，車輪大戰。

第一〇六回　將軍下馬

壽娥和雪、慶二人並睡一床，其中的滋味，過來人誰不會意。真個青年稚子，乍得甜頭，黃花少女，飽嘗滋味，歡娛夜短，永晝偏長，曾幾何時，又是紗窗曙色。

這時慶兒和壽娥交頸鴛鴦，春眠正穩。惟有雪兒心中忐忑，深怕被眾孩子撞進來，洩漏私情，那可不是耍的，忙喊她和他醒來。

誰知他們這一夜，辛苦得過分了，所以兩人一時總不能醒。

雪兒急了，便用手將慶兒著力一揪，慶兒啊喲一聲，在夢中痛得醒了，一骨碌坐了起來，揉開睡眼，只見雪兒笑嘻嘻說道：「你的膽也忒大了，自己幹這些勾當，還不知警防別人，大模大樣地睡著了，萬一他們走進一兩個來，便怎麼得了呢？」

慶兒笑道：「不知怎樣，起首我倒十分精神，後來就渾身發軟，不知不覺地沉沉睡去，要不是你來喊我揪我，還不知到什麼時候才醒呢？」

說時，壽娥雲髻蓬鬆，春風滿面地也從被窩裡坐了起來。

雪兒笑道：「姐姐，今天對不起你了。」

她聽說這話，乜斜著眼向他盯了一下子笑道：「不要油嘴滑舌的了，趕緊起來送我回去，不能在這裡再延挨了。」

他忙道：「那個自然，要送你回去啊！」

她微微地一笑說道：「我真糊塗極了，和你們在一起半天一夜，到現在還不知你二人的名姓呢。」

雪兒笑道：「你的芳名大姓，我們倒曉得了。你不提起，我們竟忘記了，姐姐弟弟的混喊一陣子，如果下次再碰見，姐姐弟弟還能當著別人喊麼？我告訴你罷，我姓薛，名字叫雪兒。」

他說罷，又指著慶兒道：「他姓張，名字叫慶兒。」

她聽罷，詫異地問道：「照你這樣說，他姓張，你姓薛，不是嫡親兄弟麼？」

雪兒含笑搖頭道：「不是不是。但是我們雖然是異姓兄弟，可是感情方面，比較人家同胞弟兄來得好咧！」

她道：「你們有父母沒有？」

他笑道：「怎麼沒有？」

她道：「既然有父母，現在何不與父母在一起住呢？」

他笑道：「你不知道。」

她搶著說道：「我怎麼不曉得？這一定是你們和父母的性情不合，分居罷了。」

他笑道：「不是這樣，你這話也太不近情理了。無論性情合與否，但是我們的老婆還沒有呢，就能和父母分居了麼？」

她道：「那麼，你們一定是逆子，被父母逐出來的，也未可知吧！」

雪兒笑道：「更是胡說了！我與慶兒現已成丁，有什麼不好的去處，被父母逐出，還在情理之中。但是還有那一班未到十六歲的眾孩子們，他們也和父母分居，難道也被父母逐出來的麼？」

壽娥聽得，不禁很詫異地問道：「怎的那一班孩子，沒有和父母在一起住麼？」

他笑道：「不曾不曾，也是和我們二人一樣。」

她搖頭說道：「這卻不曉得了。」

雪兒便將梁冀的一番話，原原本本地告訴與她。她皺眉說道：「這梁冀也太傷天害理的了，誰家不愛兒女，偏是他依權仗勢的，活活地教人家父子家人離散。這事何等的殘酷，但是你們何不逃走呢？免得在這裡像獄犯似的，何等難過！」

雪兒聽她這話，嚇得將舌頭一伸。

慶兒接口說道：「不要提起逃走還好，提起逃走的一層事，告訴你，還要教你傷心呢。去年有兩個孩子，因為想家，回去住了十幾天，不料被梁冀知道了，活活地將那兩個孩子抓了去，砍成肉泥，你道兇狠不兇狠呢？」

她道：「可憐可憐！那些小孩子還未知人事呢，殺了他們還未曉得是為著什麼事

情，死得不明不白的，豈不可嘆！但是我有句話，倒要對你們說，就是你們現在沒有什麼錯處，他才待你們好一點，如果度下去，誰沒有一著之差呢，到那時，還愁不和他們一樣的麼？你們與其拿性命換一碗飯吃，吃得也太不值得了，不如遠走高飛，隨處都好尋得著生活，何必定要拘在這個牢籠裡面呢？」

他們一齊說道：「我們何嘗沒有這種心，但是離了這裡，至少要到五百里之外，方可出他的範圍；若是在他的範圍之內，仍然逃不了。我們到五百里之外，舉目無親，地異人殊，又有什麼生活好尋呢？」

她笑道：「那麼，何不隨我一同回去呢？在我府裡，憑他是誰，也不會知道的，豈不是千穩萬妥麼？」

雪兒笑道：「那就更不對了。你們府上，離開此地不過二十多里路，他的耳目眾多，豈有不曉得的道理？萬一他搜查起來，還不是罪加一等。到那時，說不定，恐怕連你還要受罪呢！」

壽娥聽說，將酥胸一拍說道：「請放寬心！我們府上，莫說是梁冀，便是萬歲爺，只要我們沒有做賊做盜，誰也不好去搜查的。萬一這梁冀搜查起來，我自有道理，你們且放寬心就是了。」

雪兒便問慶兒道：「兄弟，你的意下如何呢？」

慶兒戀著她，巴不得地忙答道：「妙極妙極！事不宜遲，說走便走，省得被他們知道，畫虎不成，可不是耍的。」

雪兒見他願意去，自己也樂於附議。三人略略地整頓，開門便走。

這時殘星熒熒，曉風習習，霧氣迷浪，春寒料峭。雪兒領著他們認明了路，徑直向媚茹村而來。不多時，那一顆胭脂似的紅日，從東方高高升起。霎時霧散雲消，天清氣爽。那郊外的春色，越發日盛一日了。

他們三人，一路上談談笑笑，一些兒也不寂寞。走到辰牌時候，雪兒用手向前面一指說道：「兀的那前面的一座村落，大約就是媚茹村了。」

壽娥忙展目仔細一看，只見自家的樓臺直矗矗立在眼前，不禁滿心歡喜，便對雪兒、慶兒道：「那村西的樓房，便是我家的住宅了，你們看比較你們的茅亭如何？」

雪兒見她家有這樣的闊氣，不禁滿心歡喜，忙道：「比較我們那裡，高上不知多少倍數呢！」

慶兒向她笑道：「你家這樣，還不能算十分好，最好要數我們那死鬼乾爺的府中了，差不多除了皇宮金殿，就要數他家的房屋為第一了。」

雪兒道：「且慢說閒話，我倒想起一件事來了，現在我們將你送到府上，萬一有人問起來，我們拿什麼話去回答呢？」

壽娥笑道：「需不著你們多慮，我自有道理。」

說著，離家不遠，瞥見大門外面高搭著孝帳，不禁大吃一驚，暗道：「我家除了我們的娘，也沒有第二個了，莫非她老人家升天了麼？」

她想到這裡，不禁芳心如割，禁不住兩眶一紅，流下淚來。

你道是什麼緣故呢？原來昨天童老太太得著信，趕緊到觀裡，只見那兩個道士臥在血泊當中，連忙命家將搜尋，整整地鬧了半天，連一些影子都沒有，倒抄出無數的女人用品來，便料知壽娥凶多吉少了。

童老太太哭得肝腸寸斷，到洛陽官府裡去告狀。洛陽令見她來告狀，當然不敢怠慢，隨後命人將煉石觀所有的道士一併鎖起，嚴拷了一頓，那些道士吃不住刑，遂一五一十地完全招了出來。

原來松月、水雲自從到這煉石觀，不知道害殺多少婦女了，因此童老太太料她也難免了，不禁心肝肉兒大哭一場，回府便設靈祭奠。

左鄰右舍聽說壽娥被道士強姦害死，誰不嘆息，說她是個官宦後裔，三貞九烈的佳人，死得實在可惜，一時東村傳到西村，沸沸揚揚，喧說不了。

這時壽娥進了村口，把一班鄰居嚇得不知所云，都說她一定是魂靈不散，回來顯魂的了，頓時全村皆知，膽大的墊著腳兒，遠遠地張望；膽小的閉戶關門，深怕她是殭屍，早有人飛也似地跑到州府去報信。

童老太太正在她靈前兒天兒地的痛哭，聽見這個消息，再也不肯相信，扶著丫頭，正要出門去瞧望個究竟，瞥見門外走進三個人來，為首一個，卻正是壽娥。

眾賓客正自上席吃得熱鬧的時候，猛的見她回來，不約而同的一噤，忙道：「今天日腳不好，殭屍鬼來了，快些逃呀！」一聲喊，人家爭先恐後地一齊向後逃去，有的往桌肚裡鑽，頓時桌翻椅倒，乒乓乒乓的秩序大亂。

惟有童老太太一毫不怕，顫聲問道：「兒呀！你是活的？還是死的？如果死了，千萬不要如此驚世駭俗的，鬧得別人不安，愈增你自己的罪過，為娘的已經替你伸冤超度了。」

壽娥見此情形，才知大家誤會了，忙道：「娘呀！你老人家不要悲傷，女兒沒有死啊！」

童老太太又驚又喜地問道：「心肝！你果真沒有死麼？」

她忙將出險遇救的一番話說了一遍。

童老太太喜得險些瘋了，忙命人將孝帳撤去，靈牌莫物一齊燒了。

這時眾人在後面聽得果然沒有死，才敢出來，你問我答的一陣子，才曉得她逃出來的真相，大家不禁讚嘆一番，各自要走，童老太太誰也不准，一面將他們留下，一面派人去將全村的人全請來，大排宴席，酬謝他們掛念之恩。

宴散後大家回去。童老太太便對壽娥道：「這兩位哥兒是你的救命恩人，千萬不能怠慢人家的。」忙命人取出些上等綢緞的衣服，替他們換了一個新。

壽娥見他們換了新衣，愈顯出十分清秀英俊來，果然人是衣裳，馬是鞍子，她不禁

將愛他們的熱度，無形中又高了百尺，由不得對童太太說道：「太太，你老人家知道麼，我與他們已經結為兄妹了。」

童老太太聽說這話，更加歡喜，忙將他們摟到懷中，笑道：「我哪世修的，憑空的得著兩個粉琢玉砌的兒子，我什麼都不要了。」她說罷，呵呵大笑，那一種得意的情形，簡直描不出來。

到了晚間，壽娥早命人在她的樓下，收拾出兩個房間來，給他們住，明修棧道，暗渡陳倉，其中的曖昧情事，我也不能去細說了。

再表梁冀停了幾天，奉旨到洛陽調查戶口，從寧圩經過，當有人將慶、雪兩兒逃走的話，報告與他。梁冀倒十分注意，因為他在眾孩子之中，最歡喜的就是他們二人，聽說他們走了，好生著急，忙派一班爪牙在四處尋訪。

未上三天，竟被他們訪著了，便去報知梁冀。梁冀更不怠慢，帶了一隊人，直撲縣府而來。

進了媚茹村，就有一個侍尉，向他說道：「將軍！你知道這孫府是何人？」

梁冀道：「不曉得。」

他道：「便是老王爺面前的首輔大臣孫扶。」

梁冀聽說是孫扶的府，卻也暗暗地吃驚，轉想自己威勢，便不怕了，而且孫扶早已死了，他想到這裡，毫無顧忌，領著眾人，一徑闖進孫府，命人搜查。

童老太太不知何事，忙出來喝道：「何處野人，竟敢闖到我家來亂動。」

那些侍尉揚聲答道：「你休問我，我們是驃騎大將軍部下的侍尉，聽說你家私藏人犯，我們特地來搜查的。」

說話時，梁冀挺著肚子，騎著高頭大馬，一直闖到百客廳前，揚眉問道：「搜到沒有？」

話還未了，只見眾侍尉簇擁著雪兒、慶兒從裡走了出來。

他兩個見了梁冀，嚇得魂飛天外，魄散九霄，趕緊一齊跪下。梁冀冷笑一聲，也不說話，只道：「好好，帶了走！」

童老太太忙趕來討回，早被侍尉攔住。這時壽娥正在樓上早妝，得了這個消息，她卻早打定主意，不慌不忙地走到欄杆的旁邊，閃著秋波一看，只見梁冀坐在馬上，正在那裡指著眾人要走了。她心生一計，忙在頭上拔下一根金釵，往地下一拋，正拋在梁冀的馬前，噹的一聲。

梁冀先是一驚，接著又聽得鶯聲嚦嚦地喊道：「小梅，我頭上的釵落下去了，你趕緊下去給我取上來。」

梁冀聽得這種妙音，不由得心神皆醉，由不得仰起面來一看，把個梁冀看得眼花繚亂，噤口難言，不禁脫口叫了一聲好。

她乜斜著星眼，朝他一瞟，連接著又是嫣然一笑，冉冉地退到裡面去了。梁冀此時，三魄少二，七魄去五，趕緊飛身下馬，將那落在地下亮晶晶的一支金釵，搶到手中，上馬帶著眾人便走。到了洛陽，急不能待，便請洛陽縣前去求親。

童老太太勃然大怒道：「我家世世清白，代代忠良，誰肯和這欺君罔上的狗奸賊做親呢？請你回去對他說，叫他趕緊將念頭打斷，少要妄想罷！」

她說到這裡，洛陽縣滿臉堆下笑來，對她說道：「請太太不要動氣，下官有一言奉勸，梁將軍今天來吵鬧府上，惹太太生煩不安，他心中很抱歉的。可是偏巧又得著你家小姐的金釵，在他的意思，以為是天緣巧遇，他家中雖有許多的夫人，卻缺少一個正室，所以他很願意高攀。如果太太答應，隨要多少奠雁，總不缺少。在下官的意思，還請太太答應罷！梁將軍的威勢，你老人家又不是不曉得的。」

童老太太聽罷，越發火上加油，厲聲罵道：「放你娘的屁！梁將軍熱將軍的，老身沒有這些眼睛看見。我家女兒，莫說不和他結親，即使和他結親，誰道我沒有看見過他那幾個臭錢麼？莫雁奠鵝的，又不是賣給他的，趕快給我滾出去，不要嘔得我性起，先將你這狗頭打了一頓，然後再去和他拚命。」

洛陽縣被她罵得一佛出世，二佛升天，開口不得，忙起要走。

這時屏風後面轉出一個人來，蓮步婷婷走到童老太太面前，折柳腰施了一個常禮，啟朱唇對童老太太道：「方才這位縣大人的來意，你老人家誤會了。他本是好意，女兒倒請母親平平氣，三思而行罷！」

洛陽縣見了她，便料知一定是壽娥了，不禁暗暗喝彩道：「不怪梁將軍這樣戀慕，果然是個絕色的女子。」又聽她說出這兩句話來，不禁心中大喜。

接著童老太太說道：「兒呀，依你的意思怎樣？」

她便老老實實對洛陽縣說道：「可煩你回去對梁將軍說，要想我和他結婚，須准我三件事，如有一件不遵，趁早不要癲狗想吃天鵝肉。」

洛陽縣聽罷，忙道：「哪三件事？請道其詳，讓下官好回去答覆。」

她道：「第一件，貴縣方才說他沒有正室，這句話，我是絕對不相信。他如不想和我結婚，隨他有沒有，我都不管；既想和我結婚，不是正室，趁早休提。」

洛陽縣忙道：「這頭一件，我可以替他代准了，因為他自己說的。請講第二件。」

她道：「第二件，教他趕緊將慶、雪二人送到我家，成婚之後，還要稱他們為舅爺。第三件，我們老太太年紀高了，並且就是生我一個人，一個月裡至少要在家裡住十天，別的話也不要煩屑了，請縣太爺回去覆罷。」

洛陽縣忙答應出門，回到洛陽將以上的話說了一遍。

梁冀道：「這三件之中，我答應了二件半，還有半件，我卻不能答應的。」

洛陽縣忙問道：「哪半件呢？」

他吞吞吐吐地說道：「這第二件，忒也為人所難了。這雪兒、慶兒，本是我的義子，

我怎能叫他們做舅子呢？將他們放了，倒辦得到，可是照她的話，一定要實行喊舅子，未免太也難為情了。」

洛陽縣聽他這話，拍手大笑道：「將軍此話錯極了，既能放了，何不先爽性去答應她，等到成婚之後，答應不答應，喊與不喊，還不是隨你麼？」

梁冀聽了，心中大喜，便道：「畢竟還是你的見識高，我真及不來你。還煩你的清神，替我就送齎奠雁聘禮前去，擇定三月初七吉日。」

洛陽縣道：「下官替將軍將媒做成功之後，有什麼酬勞呢？」

梁冀將胸口一拍道：「你放心就是了，事成之後，少不得另眼看待就是了。」

洛陽縣歡歡喜喜地買了許多彩銀爵和金帛等，徑送到孫府上，將梁冀的話又說了一遍。童老太太本來最疼愛她的女兒，今見她自己答應，便也順水推舟地不加阻止了。

飯後梁冀連忙將雪兒、慶兒親自送到孫府，又在童老太太面前磕頭謝過。童老太太雖是一個正直無私的人，到了這時，也沒有什麼話了；而且又溺愛女兒，足見是個婦道毫無成見的。

光陰過得飛快，一轉眼到了吉期了，車水馬龍，自有一番熱鬧。成親之後，倒十分恩愛，打得火熱，不能稍離一時。可是壽娥哪裡是和他真心廝守的，不過為著雪、慶二人，不得不犧牲自己的色相與他去敷衍；但是每月至少要在家裡住上半個月，和雪、慶二人尋樂。

不料事機不密，這風聲漸漸有一些傳到梁冀的耳朵裡，勃然大怒，立刻派人將她帶轉來，見了面，可是那一股無名火早已消滅於無何有之鄉了。

第一〇七回　醋海生波

壽娥自從彌月之後，迫不及待地就回娘家，與雪、慶兩兒去尋樂了。在家裡共住了十多天，把個梁冀守得乾著急，因為她是初次回家，不能急急地就邀回來，只得度日如年地守著。

好容易到了二十幾天，她才回來，紅綃帳裡，少不得重敘舊情。誰知壽娥心有別念，梁冀雖然極力望承色笑，她總是懶懶的不肯十分和他親熱。梁冀不知就理，還當她初到這裡，總有些陌生生的，所以不去疑惑她有什麼軌外行動。

壽娥雖身子住在他的府中，可是心神沒一刻不在家裡和他們倆接觸。

轉眼到清和月四日，她卻不能再挨了，便對梁冀道：「我們太爺正是今朝忌辰，我要回去祭掃。」

梁冀道：「好！請你回去罷，不過此番回去，千萬要早一些回來，不要叫人守得舌苦喉乾的。」

她聽了這話，便向梁冀道：「啐！誰和你來說這些不相干的話呢？你又不是個三歲

的小孩子，不能離乳娘的。」

他笑道：「我的心肝，我隨便什麼皆可以離開，但是你一天不在家，我便是比一年還要難過呢。」

壽娥嗤地笑道：「少要放屁。」她說罷，上轎回去了。

這一去，足足又住在家裡二十多天。梁冀像煞狗不得過河似的，在家裡搓手頓腳，抓撓不著。又耐著性子等了幾天，仍然未見她回去，再也不能耐了，便打發一個侍尉到她府上去請。

到了第二天，侍尉回來對他說道：「上覆將軍，小人奉命前去，夫人有話對小人說過，非要在家將老太太的壽辰過了，才得有空回來呢。」

梁冀聽說這話，心中十分不悅，暗道：「她家的事情實在不少，冥壽過了，馬上又鬧著陽壽。」

他便向侍尉問道：「她可曾告訴你老太太的壽辰在何時？」

他道：「便是五月十八日。」

梁冀聽罷，好生不快，暗道：「現在還離壽期十幾天呢，她在家裡有什麼事，不肯回來呢？」

這時，那侍尉忽然很奇異地向梁冀說道：「我們寧圩的牛馬隊隊長慶兒、雪兒幾時到她家裡的？」

梁冀道：「這事你還不曉得麼？早就去了。」

那侍尉笑著說道：「我看大夫人和他們倒十分親熱，呼兄稱弟的……」他說到這裡，忙噎住了，滿臉漲紅。

梁冀見他這樣，不禁疑雲突起，連忙問道：「你怎見得他們親熱呢？」

他撲地往下一跪，忙道：「小人該死，失口亂言，萬望將軍原宥。」

梁冀本來是一個刁鑽之徒，見了這種情形，心中豈有不明白的道理，料想用大話去嚇壓反成僵局，不如施一個欺騙的手段，定可套出他的實話來。

他打定了主意，便和顏悅色地向他說道：「你快起來，好好地說，我又不是個野人，怎能為你說了兩句話，便要治你的罪，也沒有這種道理的。」

那侍尉見他毫無怒色，心中才放了下來，便站起來說道：「小子有一句話，要對將軍說，但是萬望將軍先恕我死罪，我才敢說呢。」

梁冀聽他這話，更加溫和地說道：「你有話肯直說，這是你的忠實之處，我不獨贊成你，並且還要賞賜你呢，你可趕緊說罷。」

那侍尉說道：「昨天我到她的家裡，進了百客廳，和她家的執事談了兩句話，就看見大夫人和慶兒從裡面手牽手兒走了出來，有說有笑的，慶兒見了我，忙一撒手回頭溜到後面去了。那時大夫人見了我，臉上也現出一種不大愜意的樣子來，所以我到現在心中還未曾明白，她和慶兒究竟還有什麼關係呢。」

他說罷這番話，把個梁冀氣得三屍神暴躁，七竅裡生煙，但是他一點不露聲色，只笑嘻嘻地說道：「你哪裡知道，她們的老太太現在已經將雪、慶兩兒認為義子了，所以他們在一起很是親熱，這也不足為怪的。」

刃附尉笑道：「這更奇了，他們不是將軍的義子麼？怎麼又與童老太太拜為義子呢？這名義上卻是將軍的義舅爺了，可不是陡跌一代麼？」

梁冀冷笑道：「管他娘的，他不是童老太太親生的，義子乾爺有什麼重要的關係呢。」他說罷，一揮手那侍尉退去。

梁冀越想越氣，暗道：「怪不得她要賴在娘家過日子，原來還有這些玩意兒呢。好，好，好，管教她樂不成就是了。」

他隨後喊了一個家丁，寫了一封信，叫她急要回來，刻不容緩。那家丁帶了信，到了孫府。壽娥見信，知道梁冀動怒，也就不敢怠慢，忙收拾回來。

進了門，耳朵裡只聽得眾人七舌八嘴的私下裡議論不休。她還未知道他們是議論自己的，一徑到了自己的房中。眾人沒有一個不替她捏著一把汗。

誰知梁冀本是火高萬丈，預備等她回來，一刀兩段了事。等到她進了房，見了那一副可憐可愛的梨花面，早將心中的醋火消去十分之九了。

她進了房，瞥見梁冀按著劍，滿臉怒色，心中大吃一驚，暗自打算道：「不妙不妙，莫非那件事情被他知道了麼？」

她想到這裡，十分害怕，忙展開笑靨，對梁冀深深地一個萬福，口中說道：「久違了。」

梁冀忙伸手將她拉起，答道：「家裡不須常禮，夫人請坐吧！」

她輕移蓮步，走到他的身旁並肩坐下，含笑低聲問道：「今天將軍著人去將妾身接了回來，有什麼緊急的事呢？」

梁冀冷笑一聲道：「有什麼要事呢，不過是多時未有請你的安，特地將你接回來給你請安的。」

她見話頭不對，暗自打算道：「今天的事頭著實不對，要是一味讓給他，反而教他疑心，不若硬起頭來，將他的威風挫下去，下次他才不敢再來依威仗勢的擺架子了。」

她打定了主意，便也冷笑著答道：「將軍，哪裡話來，自家夫妻有什麼客氣呢？」

梁冀道：「夫人！這幾天在府上還稱心麼？」

她笑道：「這不過是因為我們的娘，現在年紀老了，她老人家也未生三男四女，不過就生妾身一人，所以不得不時時回去，替老人家解解愁悶。這不過是聊盡我們子女的道理罷了，又有什麼稱心可言呢！」

梁冀冷笑道：「你回去，恐怕不是安慰你的老太太一個人吧！」

她道：「你這是什麼話！我不安慰我的娘，別的還有誰呢？」

梁冀道：「就是那一班哥哥弟弟，大約也安慰得不少罷。」

她聽說這話，料知春色已漏，再也不能隱瞞了，反而使一個欲擒故縱的手段來應付了。她便將臉往下一沉，問道：「將軍！你方才說些什麼話，我沒有聽得清楚，請你復說一遍。」

梁冀很爽快地重新又說了一遍。

她登時玉容慘淡，杏眼圓睜，霍地站了起來，伸出纖纖玉手，向梁冀一指，潑口罵道：「我看你是個禽獸，這兩句話，就像你說出來的麼？怪不到三日一次，五天一趟，著些追命鬼的到我家裡去，定要接我因來，乃是這種玩意兒呢。我且問你，你家有沒有姐姐妹妹，她們回來可是安慰你的麼？」

梁冀聽得這幾句話，啞口無言，垂頭喪氣坐在床邊，左腿撓上右腿，一起懸空，兩手托腮，上眼睛皮和下眼睛皮做親。她見他這種情形，便曉得他的威風已被挫了，趁此爬上頭去，弄他一個嘴落地。

她想罷，放聲大哭，一面哭一面說道：「好，好，好，奴家自命不凡，待字閨中，年過二八，多少人家來求親，奴家久慕將軍的大名，卻未肯和他人貿然訂婚，天也見憐，得償夙願。滿望隨著將軍博得一個官誥，替父母揚眉吐氣；萬料不到今生不幸，碰到你這個不尷不尬的鬼，這也許是奴家生來薄命，應該罷了。你既然疑心生暗鬼的，不妨就請你將我結果，免得存在世上敗你的英名，惹得人家談說起來，堂堂的一位驃騎大將的夫人，竟做出這些無恥的事來，豈不要沒辱你家三代的先靈麼？不錯，人家是不曉得內中情形的，我是個三貞九烈的，人家也要說我是個狗彘不知的賤貨了。好賊子，我一身的貞名賣給你了，我還有什麼顏面在世上呢，不如當著你這殺坯，將一條性命攢掉了罷。」

她說罷，手理羅裙，遮著粉面，認著粉牆便欲撞去。

梁冀嚇得慌了手腳，趕緊跳過來，一把將她扯住，口中央告道：「夫人！也是我一句話說得不好，惹得你誤會了，我本來是句無心話，不料你竟誤會我是個壞意了。」

她哭道：「你可不要來花言巧語的了，我又不是三歲孩子，可以隨你哄騙的，請你快些放手，讓我死了倒是安逸。」

梁冀急道：「夫人，你再不信，我可以發得誓。」

他說罷，死天活地地賭起咒來。

她哭道：「無論你賭什麼咒，誰還來相信呢？」

這時梁冀的母親正在後園賞牡丹，猛聽得丫頭們來報告，說老爺和夫人不知為著什麼事情，在房裡拼死拼活的，老太太趕緊去，遲一步兒就要出岔子了。

梁母聽得，吃驚不小，忙扶著丫頭，跌跌撞撞地向壽娥的房中而來。到了房外，只聽得裡面嚎啕叫噪，沸反盈天。

她進了房，梁冀見母親進來，忙起身迎接，口中說道：「太太請坐。」

壽娥見婆婆來到，格外放刁撒賴地大哭不止。

梁母忙問道：「是什麼事？」

梁冀忙答道：「沒有什麼事，請太太不要煩神。」

梁母道：「沒有事，難道就吵得這樣的天翻地覆的麼？」

壽娥搶進一步，撲的往梁母面前一跪，掩面痛哭道：「孩兒今天冤枉死了，要求婆婆給我伸冤呢！」

梁母忙命僕婦將她從地上扶了起來，說道：「壽娥！你有什麼冤枉，盡可來告訴我，讓我好來責問這個畜生。」

壽娥便一五一十加油加醬的說了一遍，把個梁母氣得只是喘氣，厲聲罵道：「我把你這個不肖的畜生，枉做了一位大將軍，連三綱五常都不曉得，成日價雞頭扭到鴨頭，亂來尋著人，我可問你，究竟是誰告訴你的？毫不忖度，就對人家這種樣子，你說她做下這些不端的事，你的臉上有什麼光榮？休說人家是個官宦後裔，便是平常的女孩子，也不能義兄義妹做那些禽獸勾當的。我曉得了，你這畜生向來是個見新忘舊的，現在差不多又搭上什麼鹹雞臘鵝了，回來鬧得別人不得安生了。」

梁冀忙陪笑躬身說道：「請太太不要動怒，這事總怪我不是，我給夫人賠罪就是了。」

梁母說道：「賠罪不賠罪，倒沒有什麼要緊，可是下次如果再這樣子，我就不答應了。」

梁冀受著一肚子屈，不敢回嘴，只是諾諾連聲的答應道：「遵示遵示，下次不敢。」

梁母又向壽娥說道：「你也不要氣了，下次他如果再這樣委屈你，盡可到我那裡來說，我一頓棍子打他個爛羊頭，看他改不改脾氣了。」

壽娥拭淚道：「太太請回去吧，今天勞動，孩兒心中實在不安，我又不是不知好歹的，只要他不尋著我，再也不敢教太太生氣的。」

梁母笑道：「好孩子，你進了我家門，我就疼你，隨便什麼事情，都比人家來得伶俐，從不像人家撒嬌撒癡的不識體統。」

她說罷，扶著丫頭走了。

這裡梁冀見太太走了，滿指望她從此消氣。誰知她仍舊柳眉緊蹙，杏眼含嗔，俯首流淚。

梁冀火已熄了，也顧不得許多，便走過來，涎著臉笑道：「夫人！方才我們太太來給你打過不平，也該就此息怒了。」

她也不答話，仍舊只有嗚咽的分兒。

梁冀見她哭得雙眼腫得和杏子一樣，梨花帶雨，可憐可愛，情不自禁地挨肩坐下，向她低聲說道：「夫人！誰沒有一些錯處呢，就是我亂說了一句話，我們娘也來替你消過氣了，我在這裡賠罪，也該算了，為什麼兀的哭得不休呢？萬一傷感過度，弄出毛病來，便怎麼辦呢？」

她下死勁朝他一瞅，說道：「誰要你在這裡囉嗦沒了，我死了，與你有什麼相干呢？

我橫豎是一個下賤的人，要殺要剮還不是隨你的嗎？」

梁冀忙道：「夫人，你又來了。你再這樣一口氣不轉來，我就要……」

她道：「你要殺便殺，我豈是個怕死的？」

梁冀急道：「你又誤會了，我哪裡是這樣呢。」

她道：「不是這樣，是怎樣呢？」

他也不回答，便撲通往下一跪，口中說道：「我就跪下了。」

她才微微地露出一點笑容，用手在粉臉上羞著道：「梁冀，羞也不羞！枉把你做個男子漢大丈夫，竟做得出來。」

梁冀笑道：「好在是跪在活觀音前的，又不是去亂跪旁人的，便又怕誰來羞我呢？」

她暗想道：「勁也使足了，再緊反要生變，得著上風，便可住了，休要自討沒趣。」她便將他從地上拉了起來，梁冀又千不是，萬不該的賠了一番小心，總算將她的一肚子假氣哄平了，心中十分慶慰。

過了幾天，梁母因為看花受了一些寒涼，究竟年紀大了，經不起磨折，不知不覺地生病了。梁冀連忙請醫診視，誰知將太醫差不多請過了，仍然未見有一些效驗。到了五月初九，竟一命嗚呼。

梁冀大開孝帳，滿朝的文武，誰不來趨承他呢？一時車水馬龍十分熱鬧。

到了第四天的早上，中常侍曹騰帶了許多奠禮，許多從僕，擁簇著一輛車仗到了梁府。梁冀聽說是曹騰，連忙親自出來迎接。曹騰見面，先和他行了一個喪禮。

梁冀便道：「常侍太也客氣了。」

曹騰答道：「豈敢豈敢，下官此番到府，一來是奠唁太夫人，二來還有一件事，和將軍商議。」

梁冀忙問：「是什麼事？」

他悄悄地笑道：「尊太爺在日，不是進過一個美人與老王爺麼？」

他道：「莫非是友通期麼？」

曹騰道：「不是她，還有誰呢？」

他道：「久聞她的豔色，尚未見過面，不知是個什麼樣子的人。後來聽說老王爺沒有中意，竟將她退了，那時我很替她可惜。現在你提起來，難道這人有了下落了麼？」

他道：「你且慢著急，我來慢慢地告訴你。」

他道：「你說你說。」

曹騰道：「老王爺將她退了之後，我便暗暗地將她留在家中，那時她只有十四歲，現在已經有二十三歲了。但是徐娘半老，她的丰姿卻仍不減豆蔻梢頭，真個是傾國傾城，沉魚落雁。她的心志，卻非常的高傲，常常的對我說，非像將軍這樣，她才肯下嫁呢。我便對她說，你如果願意，我便替你去做媒。她聽我這話，心中已是默許了，所以我今天已將她帶來，請將軍親眼一看。如果合適，收下來做個妾媵，也未為不可。」

梁冀聽他這話大喜，問道：「現在哪裡？」

曹騰便將他領到車前，打開簾子。梁冀仔細一看，禁不住身子酥了半截，果然是位絕色的麗姝，較孫壽娥尚要占勝三分呢。把個梁冀險一些兒喜得瘋了，忙附曹騰的耳朵吩咐道：「如此如此。」

曹騰點頭會意，忙命回車仗而去。梁冀又送了一程才回家料理喪事，好容易挨了四十九天，七期一過，他便對壽娥說道：「夫人！我現在要將太太的靈柩搬到西陵去安葬，開槨築墓，至少要有三月的工程，家中我卻不能兼顧了，我要到西陵去監工，府裡的事情，都要請你照應才好呢。」

壽娥哪知就裡，便滿口答應。他又上朝告假三月。桓帝本來是他一手托出來的，而且他的妹子又是現在的六宮之主，什麼事都是百依百順的，准假三個月，復又御賜許多奠典。

他便到西陵，一面著人修造槨墓，一面尋了一所幽靜的去處，築了一座香巢，將友通期安放在裡面，朝夕尋樂。人不知，鬼不覺的一個多月。

壽娥在家裡好不寂寞，暗自猜道：「他就是監工，夜間也應該回來的。為什麼一去一個多月，竟是連晃都不回來晃一下子呢？說不定這人莫非有了什麼外遇了麼？而且我離他一月半旬的，還不見得怎樣。但是他從來不是這樣一個人，就在這個地方，便可以看出他的破綻來了。」

她越想越疑惑，便派幾個心腹人，在暗地裡四下打聽。可是天下事，要想人不知，除非己莫為。未到三天，居然被他們將根底完全摸去了，回到府上，一五一十地對她說了一個究竟。

把個壽娥只氣得渾身肉顫，那一股醋火酸溜溜地從腳心裡一直衝到頭頂上。便不延挨，點齊一班有力的僕婦，大隊娘子軍，浩浩蕩蕩，只向西陵進發。

到了香巢之內，湊巧梁冀又不在家，壽娥便吩咐眾僕婦，將友通期拖了出來。仇人相見，分外眼紅，不由得喝了一聲打。

第一〇八回　梁冀詭謀

壽娥領了一班娘子軍，長驅大進，直搗香巢。進了門，恰巧梁冀又不在內，只有兩個僕役在外邊灑掃，只見她們凶神似地直往裡擁進，忙大聲喝道：「何處的野婆娘，膽有天大！你可知此地是什麼地方，擅自闖進來？」

他還未說完，壽娥嬌聲喝道：「給我掌嘴。」話猶未了，猛聽得劈啪幾聲，又輕又脆，早將那兩個僕役打了一個趔趄。

有個丫頭潑口罵道：「你這死囚，開口罵誰，不要說你這兩個狗頭，即便是梁將軍來，我們奉著太太的命令來，誰也不敢來干涉的！」

那兩個僕役聽說這話，嚇得倒抽一口冷氣，趕緊一溜煙地走了。

壽娥忙喝道：「這兩個狗頭不要准他走，他一走，馬上就要報信去了。」

眾人連忙喊他站住。他們只得努著嘴，直挺挺地站在那裡。

壽娥罵道：「我把你們這班助紂為虐的畜生，今天誰敢走，先送誰的狗命。」

那兩個僕役也不敢翻嘴，只得暗暗地叫苦。

壽娥此刻火高萬丈，領著眾女僕徑到友通期的臥房門口。

壽娥將簾子一揭，瞥見友通期坐在窗前，正自梳洗，壽娥不見猶可，一見她，把那一股無明的醋火，高舉三千丈，再也按捺不下，潑口喊道：「來人，給我將這個賤人打死了再說。」

話猶未了，門外轟雷也似的一聲答應，霎時擁進了一班胭脂虎，粉拳玉掌，一齊加到友通期一人的身上。

友通期見了她們，已經嚇得手顫足搖，不知所措，哪裡還有能力去和她們對抗呢，只好聽她們任意毒打了。不一刻，將一個絕色的美女打得雲鬢蓬鬆，花容憔悴，滿口哀告不止。

壽娥打了半天，還未出氣，忙命僕婦將她的八千煩惱絲，完全付諸並州一剪。霎時牛山濯濯，醜態畢露。

友通期此時被她們一班人毒打，要怎麼便怎麼無法退避，欲生不得，欲死不能。壽娥見她仍是哀告不止，霍地將剪刀搶到手中，向她的櫻口中亂戳，惡狠狠罵道：「我把你這個不要臉的賤貨，強佔人家的男子，在這裡成日價貪歡取樂，可知撈到你太太的手裡，你這條狗命，也許是要送掉了。」

她一面罵，一面戳，只戳得友通期滿嘴鮮血，不一會，連喊也不喊了，嗚的一聲，向後便倒。

眾僕婦勸道：「這個狗賤貨，差不多也算到外婆家去了，太太請息怒回去罷。」

壽娥點點頭，復又用手向她一指，罵道：「頗耐你這個不要臉的東西，在老娘的面前還裝死呢！今天先饒你一條狗命，識風頭，趕緊給我滾開去，不要和我們梁將軍在一起廝混，老娘便和你沒有話說。萬一仍要在一起，輪到老娘的手裡，料想你生翅膀也飛不去的。」

她說罷，便領著眾僕婦，打著得勝鼓回去了。

再表梁冀早上本來是要到工程處去監工的。他到那裡指揮著眾人，搬磚弄瓦，手忙腳亂的，一些兒也不讓眾人偷閒。到了巳牌的時候，肚子也餓了，正要回去用飯，瞥見一個守門的僕役，飛也似地奔來。氣急敗壞跑到梁冀的跟前，張口結舌，只是喘個不住。

梁冀見他這樣，料知事非小可，忙問道：「什麼事情，便這樣的驚慌？」

他張著嘴，翻起白眼，停了半天才冒出一句來道：「不不不好了。」

梁冀又追問他什麼事情？他漲紅了臉，費了九牛二虎的氣力，吞吞吐吐地說道：「不好了，夫人被大夫人帶了許多女人，不由分說打死了，請將軍回去定奪。」

梁冀聽說這話，好似半天裡起了一個焦雷，驚得呆了，忙問道：「你這話當真麼？」

他急道：「這事非同小可，怎敢撒謊？」

梁冀飛身上馬，霎時騰雲價地回到香巢，下了馬，趕到房裡，瞥見她睡在地上，滿口流血，一頭的烏雲已經不翼而飛了。

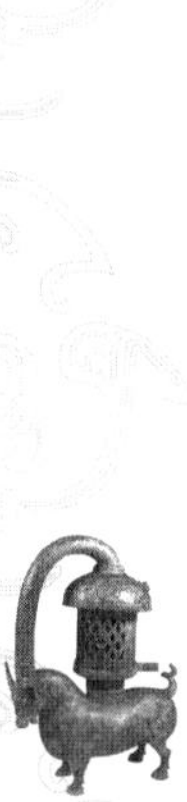

梁冀見了這種情形，好不心疼肉痛，又不知怎樣才好，像煞熱鍋上的螞蟻一般，團團轉得一頭無著處，蹲下身子，用手在她的嘴上一摸，不禁叫了一聲慚愧，還有一絲游氣呢。

他命人將她從地上移到榻上，又命人去買刀瘡藥替她敷傷口，喊茶喚水的半天，才聽得她微微地舒了一口回氣。

梁冀見她甦醒過來，不禁滿心歡喜，忙附著她的耳朵旁邊，輕輕地喚道：「卿卿！你現在覺得怎樣？」

她微開杏眼，見梁冀坐在她的身邊，不禁淚如雨下，絕無言語。梁冀又低聲安慰她道：「卿卿！這都是我的不是了，如果我家教嚴厲，她們又何敢這樣的無法無天呢？」

她嘆氣答道：「將軍休要自己引咎，只怪奴家的命該如此罷了。」

梁冀忙問道：「卿卿！你現在身子上覺得怎麼樣了？」

她柳眉緊蹙地答道：「別的倒不覺得怎樣，可是渾身酸痛和嘴上脹痛罷了。」

梁冀千般安慰百樣溫存。友通期本來不是壽娥等一流人物，雖然這樣的受罪，她卻毫不怨尤他人，只怪自己的苦命。隔了幾日，傷勢漸漸地平了。

因為自己的頭髮被她剪去，她便灰心絕念，決意要入空門，不願再與梁冀廝混，可是梁冀哪裡肯放她走呢。友通期求去不得，無計可施，便向梁冀哭道：「要得妾身服侍將軍，非要先和你家大太太講明了，得了她的准許才行呢，否則既來一次，難免十次百次，長此下去，是活活地將奴家的一條性命送去了麼？」

梁冀聽她這話，只氣得怒目咬牙，按劍在手，忿忿地對她說道：「卿卿！你盡放心，那個夜叉早晚都要死在我手裡。我今天就回去問問她，她如識相，暫時一顆頭寄存她的肩上，否則一劍兩段，看她凶不凶了。」

友通期哭道：「將軍事宜三思，千萬不要任性。你縱一時氣憤將她殺了，無論如何她是個正室，別人全要說我使攛掇的，居心想僭居正位呢。」

梁冀道：「誰敢來說呢？請你不要過慮，我自有道理。」

他說罷，逕自上馬回來。進了府，早有丫頭進去報與壽娥。壽娥笑吟吟從裡面迎了出來，見了梁冀便道：「將軍辛苦了。」

梁冀便笑道：「自家的事情，有什麼辛苦可言呢。」說著，手攜手兒進房坐下。

壽娥向他笑道：「前天錯聽人家一句話，帶了許多人，到友姐姐那裡一場胡鬧，過後我細細地想起來，著實無味，萬分抱歉。這兩天我本預備前去到姐姐那裡去賠個罪，一來教她消消氣，二來將軍的面子上也好過去了。不想將軍今天回來，我卻先給將軍賠個不是，明天再到姐姐那邊去賠罪罷。」

梁冀聽罷，真是出乎意料之外，哈哈大笑道：「我早就料定了，夫人是一定錯聽人家的話了，不然，永不會做出這沒道理的事來呢。既是錯了，好歹都是自己人，什麼大不了呢，明天也用不著夫人親自前去，我便替你說一聲就是了。」

她笑道：「隨便什麼人，自己做錯了事，當時都不會省悟的，過後卻能曉得錯處了。即如這事，理論起來，她不是和我合作一副臉麼？我將她糟踏了，豈不和糟自己的面子一樣麼？」

梁冀聽她這些話，真是喜不自勝，忙道：「夫人休要只是引咎，這事只怪我不好，我要是不去和她姘識，也不致惹夫人生氣了。」

她笑道：「將軍哪裡話來，一切的不是，都因我的脾氣不好，才有這場笑話的。官宦人家，誰沒有三房四室的呢？總而言之，只怪我的器量太小了，不能容人罷了。」

看官，這壽娥本來是個淫悍非常的潑辣貨。她和友通期還不是成為冰炭了麼？焉能又就說出這番講情順理的一番話來呢？讀者一定要說小子任意誇張了，原來有一個原因呢。

那天壽娥將友通期毒打了一頓，打得奄奄一息，胸中的醋火也算平了，回得府來迎面就碰見了慶、雪兩兒，壽娥誰都不怕，大模大樣的將他們帶到房中飲酒取樂。

雪兒對她說道：「我們在家裡度日如年的，何等難過！你現在也不想回去了，所以我們無法可施，只得前來就你的教了，但是長此下去，一個天南，一個地北，一朝想念起來，真要將人想殺了呢，無論如何，都要想出一個良善的方法來才好呢。」

她沉吟了半晌，便向他們笑道：「有了！你們先住在這裡，等他回來，我自有方法，將你們留在府中，好在他多半不在家裡，那時我們不是要怎麼便怎麼嗎？」

他兩個聽了大喜。

今天壽娥聽說梁冀回來，心中暗想：如今我將他的心上人兒打得這個樣子，料想他必不甘心，他回來一定是替她報復的了，我反不能去和他撐硬，只好先使個柔軟的手腕，來試驗試驗，如果他服從，那是再好沒有了，萬一不從我的話上來，再作道理。

她打定主意，見了梁冀，說了一番道歉賠罪的話。梁冀哪知就裡，喜得眉開眼笑的。她見梁冀已中圈套，趁勢又用許多想煞人愛煞人的甜蜜米湯，灌了一個暢快，把個梁冀弄得樂不可支，手舞足蹈的，對她笑道：「我梁冀並非是自己誇口，像我這樣的豔福，滿朝中除卻萬歲爺，恐怕再也尋不出第二個罷。」

她笑道：「我有一件小事，要奉煩將軍。」

他忙道：「什麼事，只管說罷！我沒有不贊成的。」

她道：「就是我們老太太，前次我在家裡的時候，她曾對我說的，我既然蒙將軍的福澤，身榮名顯，但是別人家每每因著女兒飛黃騰達的，可是我們的家裡，也沒有三兄四弟，所以也沾不著你的光。不過我們太太現在收了兩個義子，滿心想請將軍提攜提攜，他們得到個一官半職，也好教她老人家歡喜歡喜，那時我卻未敢答應，今天特地來告訴你，不知你的意下如何呢？」

他頓腳道：「你何不早說？前天我手裡還放出兩個縣缺去呢。且罷，教他們來到我府中，在這裡守候著，不上三兩月，一有缺，我隨便就替他們謀好了就是了。」

她假意謝道：「將軍肯體諒家母的心，妾身也就感謝不盡了。」

他笑道：「這又何必呢？我替你家效一點勞，還不是應當的麼？」

他們又談了一會子，天色漸晚，這夜梁冀便留在府中住宿。

到了第二天，梁冀臨走的時候，向她叮嚀道：「教慶、雪兩兒早點來要緊。」

她假意應著，其實早已到府中了，梁冀還在鼓裡呢。

光陰似箭，不知不覺又到八月間了，梁冀只戀著友通期，壽娥便與雪、慶在府中廝混著，各有所得，絕不相擾。

梁冀因為自已有了心上人，壽娥的私事也只好睜一隻眼閉一隻眼，明知故昧的讓她們一著。

壽娥在六月間得著封誥，便是桓帝封她為襄城君，儀文比長公主。這一來，壽娥越發驕橫得不可收拾了，在私第的對面又造了一宅房子，周圍二十多里寬闊，樓閣連雲，笙歌匝地，說不盡繁華景象，描不出侈麗的情形。

滿朝文武，十有八九都是梁、孫二家的私人，她心還未足，將和熹皇后從子鄧香的女兒鄧猛進到宮中。桓帝見她的姿色，足可壓倒群芳，便封為貴人，壽娥暗地裡卻教她改姓為梁，偽言是梁冀的女兒。

原來鄧香中年就棄世了，單單留下鄧猛一人，所以壽娥為保固自己的根基起見，便將她改名換姓的，進與桓帝。她只有一個親眷，便是議郎邴尊。壽娥深怕被他知道，可不是要的，暗地裡與梁冀設計去害邴尊。

梁冀道：「這邴尊生性不苟，深得桓帝的歡心，萬不能彰明較著地去陷害他，要想將這個賊子除去，只有暗中派刺客，將他結果了，那才一乾二淨的毫無痕跡呢。」

壽娥道：「這計好是好，可是有誰肯去冒險呢？」

梁冀沉思了一會，便向她說道：「我們這裡不乏有武藝的人，可是這事太險了，恐怕他們畏縮不前。依我的主意，將他們完全帶來，開了一個秘密的會議，有誰肯將邴尊結果了，賞絹五百匹，黃金一百斤，重賞之下，必有勇夫的。」

壽娥拍手道妙，隨命將府中所有的家將完全請來，梁冀將來意對大家說了一遍。那些家將好像木偶一般，誰也不敢出來承認。

梁冀好不生氣，正要發作，猛聽得一聲狂笑，屏風左邊轉出一個人來，滿臉虬髯，濃眉大眼，紫衣找紮，大踏步走到梁冀的面前，躬身說道：「不才願去。」

梁冀閃目一看，卻是侍尉朱洪，心中大喜，忙道：「將軍願去，那就再好沒有了，可是千萬要小心為好。」

他笑道，用手將胸脯子上一拍說道：「請將軍放心，只要小人前去，還不是探囊取物麼？」

他說罷，在兵器架上取下單刀，往背上一插，飛身上屋，徑向邴尊的府第而來。到了他家大廳上，他伏著天窗，往下面一看，只見邴尊和眾人正自在那裡用晚膳呢。他縱

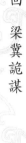

身落地，一個箭步，跳進大廳。

眾人中有一個名叫寅生的，他的眼快，忙大聲喊道：「刺客！刺客！」慌得眾人連忙鑽入床肚。

這時郗尊府內家將，聞聲各拖兵器，一齊擁了出去，接著他大殺起來。自古道：能狼不如眾犬，好手只怕人多。朱洪雖有霸王之勇，也就無能為力了，不多會，一失神，中了一刀，正砍在他的腿上。他大吼一聲，堆金山倒玉柱地跌了下去，被眾人橫拖倒拽地擒住了。

郗尊升座詢問，他起首還嘴強，不肯直說，後來熬刑不住，便一五一十地將梁冀的詭謀完全說了出來。

郗尊勃然大怒，便命人將朱洪拘起，就在燈光下修一道奏章，又將朱洪供詞抄錄一通，更不延留，立刻將朱洪帶到午朝門外。黃門官便問他何事進宮，他道：「現在有緊急的要事，煩你引我到宮。」

那黃門官見他深夜前來，料知事非小可，便向他說道：「請大人稍待片晌，等我先進去通報萬歲一聲。」

郗尊點首，那黃門官腳不點地地進去了。不一會，復行出來，對他說道：「萬歲現在坤寧宮裡，請大人進去罷。」他又吩咐御林軍，將朱洪守著，他自己一徑向坤寧宮而來。

到了坤寧宮的門口，只見桓帝與鄧貴人正在對面著棋。他搶近俯伏，先行個君臣之禮。桓帝忙呼平身，便問他道：「卿家深夜進宮，有何要事？」

邴尊道：「請屏退左右，微臣有奏本上瀆天顏。」

桓帝拂退殘棋，龍袖一甩，左右退去。邴尊便將奏章和朱洪的供詞呈上請閱。桓帝看罷，大驚失色，忙道：「卿家有什麼妙策，可以剷除這個欺君賊子呢？」

邴尊奏道：「萬歲德被四海，仁馳天下，所以將這賊子驕縱得不可收拾。現今此賊威權並重，眈眈有窺竊神器之野心，萬歲若再不施以決裂手段，恐怕向後就要不堪設想了。」

桓帝道：「孤家何嘗沒有這樣的用意，可是這賊根深葉密，耳目眾多，只怕事機不密，反生別變，所以遲遲至今都未敢貿然發作。如今這賊的野心愈熾，卻怎生應付呢？」

邴尊奏道：「依臣愚見，要除此賊，須用一個迅雷不及掩耳的計劃才行呢。最好今夜派人前去將他捉住，然後那班奸賊群龍無首，眼見得不敢亂動了，未知萬歲以為如何？」

桓帝瞿然答道：「卿家之言，正合孤意。」

邴尊又奏道：「此事刻不容緩，緩必生變，他既派人來刺微臣，再停一會，他不見朱洪回去，必起疑心；疑心一起，勢必要預防，那可就棘手了。最好請萬歲即發旨，差御林軍前去兜剿他一個措手不及，才是千穩萬安的計劃呢。」

桓帝大喜，便星夜下旨，將九城兵馬司張惲召來，命他領了三千御林軍，前去捉拿梁冀；又另命揚威將軍單超點五千御林軍，把守各處禁口。張惲帶著御林兵，直撲梁冀府而去。

再表梁冀將朱洪差去之後，便和壽娥商議道：「如今朱洪去了，能將邴尊結果了，是再好沒有；萬一發生意外，那怎麼辦呢？」

壽娥笑道：「將軍大權在手，朝中百官，誰不是你的心腹呢？就是有什麼差錯，只消動一動嘴唇皮，硬便硬，軟便軟，還不是隨你主張麼？」

梁冀聽她這番話，正要回答，猛聽得人嘶馬吼的，吶喊聲聲，不禁心中疑惑道：「這夜靜更深，哪裡來的人馬聲音呢？莫非是巡城司捕捉強盜的麼？」

他正要起身出去探看探看，瞥見一個家丁一路飛了進來，大叫禍事來了。梁冀不由得大驚失色。

第一〇九回　飛來橫禍

梁冀聽得外邊吶喊聲音，好生疑惑，正要出去查個究竟，瞥見一個侍尉，神色倉皇地跑進來，大叫道：「禍事來了，禍事來了。」

梁冀知情不妙，忙問：「什麼事情？」

他道：「外邊滿圍著御林軍，足數有幾萬人，口口聲聲是捉拿將軍的，請令定奪。」

梁冀聽說，只嚇得魂不附體，半晌答不出一句話來，朝著壽娥光翻白眼。壽娥此刻也嚇得僵了，蛾眉緊蹙粉黛無光。

梁冀道：「如今事機已經洩漏，你我活不成了，不如一死，倒比被他們捉住，明正典刑的好一些兒。」

壽娥忙道：「你也忒糊塗了，放著現成的計劃在此，不去想法子抵抗，只知道一死了事，可見你這個人膽小如豆了。」

他忙道：「現在御林軍已到府外，真如火上眉梢了，哪裡還有什麼法子可想呢？」

她道：「你何不派人從後門出去，到各處去求援呢？一面命家兵家將趕緊分頭迎

敵，事機既然洩漏，不若就此大動干戈，將這班烏男女殺去，然後將昏君在結果了，便是你來做萬民之主，兩全其美，何樂而不為呢？」

梁冀道：「談何容易，他們既然來捉拿我們，前後門還不是把守得水洩不通麼？」

他話還未了，猛聽得一陣腳步聲音從外面進來。他大吃一驚，料想一定是御林軍已進府了，忙在腰間拔出寶劍，向頸上一拖，鮮血直噴，撲通一聲，往後便倒，頓時死於非命了。

壽娥見他自刎，嚇得心膽俱碎，正要去尋死，瞥見房門一動，走進兩個人來。她仔細一看，原來不是御林軍，卻是府中的侍尉。

他們一腳跨進房門，瞥見地下橫著一個屍首，不禁大吃一驚，忙俯身一看，不是別人，正是梁冀，不由得一齊慌了手腳，便一齊向壽娥說道：「現在御林軍已經打進府中，現在正在前面搜查呢，將軍又死了，教小人們怎生辦呢？」

壽娥忙道：「你們可以各自去尋生路罷。」

有一個侍尉聽說這話，真個似罪犯逢赦的一樣，一溜煙出門逃命了。

還有一個，他見梁冀死了，不覺動了野念，他本來是久已垂涎於壽娥的，一來是懼怕梁冀，二來壽娥有了慶、雪兩兒，誰也不肯亂去勾搭了，他雖然每每在她跟前獻了不少殷勤，無奈壽娥正眼也不去看他一下子，只好害了一個單相思罷了。

如今見她這個樣子，便對她說道：「夫人，此刻還不趕緊逃難麼？馬上御林軍打進來，玉石俱碎了。」

她忙向他問道：「你可知道慶、雪兩兒現在逃到哪裡去了？」

他聽這話，便撒謊答道：「太太還問呢，我躲在大廳後面，看得清清楚楚的，他兩個被那一班御林軍一刀兩段，兩刀四段，早已了帳，我倒很替他們可惜呢！」

她聽說這話，止不住傷心落淚，那個侍尉卻假意安慰道：「夫人，人死不得復生，哭也無益，如今火燒眉毛，顧眼前罷，趕緊去逃命要緊。」

她聽說雪、慶兩兒死了，心早冷了，再也不願去逃命了，便對那個侍尉說道：「多謝你的好心，可是奴家心已灰了，決定一死了事，如今家破人亡，我一個人活著也沒趣味了，你卻快去逃命吧！不要因為我，連累你的性命都送掉了。」

那侍尉還不識她的心事，仍然勸她動身，她也不答話，順手將領口上兩個金鈕子摘了下來，便往嘴裡一送。

那侍尉見她吞金，連忙過來抱住她的臂膊，說道：「夫人，你也太不明世理了，我在這裡這樣的勸你，你還不省悟，一定要尋死，豈不是可惜麼？」

他有一搭沒一搭地在那裡說著，壽娥也不去答他，只將星眼緊閉，低頭等死。他此刻什麼大事都不管了，偎著壽娥還要勸她，隨自己逃走呢。

這時房門簾一揭，闖進四個御林軍。他聽腳步聲音，忙回頭一看，不禁失口叫道：「啊呀……」話還沒出口，刀光一亮，他的頭早和頸上脫離了關係了。

壽娥的金鈕子也在肚裡，同時作起怪來，不等他們來動手，就一命嗚呼，到九泉下陪伴梁冀去了。

眾御林軍在梁冀的府中，一直搜殺到天亮，才算肅清。事後調查，共得男屍二百五十四口，女屍一百三十七口，活捉八十四人，共抄得黃金三千斤，白銀一萬二千七百餘斤，金章玉印八十四件，大將軍印綬一顆，刀槍三千四百三十一件，馬八百匹，牛一千四百頭，田五百八十六頃，絹三千匹，糧食一萬二千八百餘合，尚有奇珍異寶五十匣，零星物件八十箱。當由張惲按件呈報桓帝。

次日下旨將河南尹梁胤、屯騎校尉梁讓、親從侍尉梁淑、越騎校尉梁忠、長水校尉梁志等，一齊拘到，斬首市曹。還有壽娥內外宗親及現有官爵者，一併誅於市曹，就連壽娥的母親童老夫人也未能免。復又將太尉胡廣，司徒韓縯，司空孫朗等，一班阿附梁冀之徒一併梟首示眾。四府故吏賓客，黜免至三百餘人。

可是這層事起得忒倉猝了，不獨滿朝文武，人人自危，就是長安的眾百姓見了這樣的大變動，免不得也個個惴惴不安。

街頭巷尾，沸沸揚揚，不可終日。

邴尊恐鬧出別樣的事故來，忙上表請下詔安民。桓帝准奏，忙下詔曉諭天下，詔曰：

梁冀奸暴，濁亂王室。孝質皇帝聰明早茂，冀心懷忌畏，私行弒毒。永樂太后（即匽皇后）親尊莫二。冀又遏絕，禁還京師，使朕永離母子之愛，永隔顧復之恩。禍深害大，罪孽日滋。賴宗廟之靈，及中常侍貝瑗、徐璜、左琯、唐衡，尚書令尹勳，動軍馬司張惲等，激憤建策，內外協同，漏刻之間，桀逆梟夷，斯誠社稷祐，臣下之力，宜班慶賞，以酬忠勳。其封超等六人為縣侯，惲另加一階，並賜黃金三十斤，良馬五匹，其有餘功足錄。尚未邀賞者，令有司核實以聞。

這詔下後，天下人心始為安定。單超復奏小黃門劉普、趙忠等，亦拼力誅奸，應加封賞。桓帝准奏，即封劉、趙以下八閹人為卿侯，從此宦官權力日盛一日了。

梁皇后見乃兄九族全誅，不由得又悲又恨，加之桓帝因為梁冀謀為不軌，對於梁皇后便不十分寵幸，連足跡也罕至淑德宮了。梁皇后氣鬱傷肝，一病奄奄，竟無起色了，未上兩月，一命嗚呼。

桓帝本來是個見新忘舊的人，見她死，毫不傷悼，只得照后妃葬禮，將她草草地入殯之後，急將鄧貴人冊立為六宮之主，鄧貴人格外逢迎，桓帝自然是恩寵有加，不必細說。

再表一班權閹將梁冀誅了之後，頓時癩狗得了一身毛，狂放到十二分，賣官鬻爵，任所欲為。桓帝向來是個懦弱成性的人，再加上耳朵又軟，經不起他們的花言巧語，將

他哄得團團亂轉，要怎麼便怎麼，百依百順。滿朝文武見桓帝和他們親密得厲害，誰不會趨炎附勢呢，你也奉承，我也逢迎，沒有一個敢去和他們走頂風的。

這一來，這班權閹格外自高自大，目無法紀了。

這時卻惱動了一位大臣，你道是誰？卻原來就是大司馬吳欣，他本是個不肯阿私的人，見他們這樣的擾亂治安，害民誤國，不由得怒從心上起，惡向膽邊生，便切切實實地修了一道本章，奏與桓帝。桓帝看罷，倒也觸目驚心，便要治他們的應得之罪。

他正在遲疑的當兒，徐璜、唐衡俯伏金階奏道：「我主萬歲，臣等訪得洛陽有女，名田聖，年才及笄，德言工容，四者俱備。臣等思我主御內，不過鄧娘娘、竇貴人為陛下所契重，然而宮闈廣大，究屬乏才料理，臣等籌思再四，敢請陛下選入掖庭，補助坤政。」

桓帝正在要究辦他們，聽說這番話，不禁滿心歡喜，忙道：「此女卿家可曾帶上朝沒有？」

二人忙奏道：「現在午門以外，候旨定奪。」

桓帝忙道：「宣進來。」

黃門官忙出去，不多一會，引進一個絕色的美人來，婷婷嫋嫋地走到殿下，折柳腰便拜，櫻口一張，吐出一種嬌嬌滴滴的聲音來，說道：「賤妾願我主萬壽無疆。」

桓帝仔細一看，那女子從容舉止，果然比花花解語，比玉玉生香，不禁龍顏大悅，忙道：「免禮平身。」隨在殿上封為貴人。她三呼謝恩。

這時擁出許多宮女，將她擁簇著進宮去了。桓帝向二人笑道：「兩位愛卿薦賢之功，真正不小，孤王也沒有什麼酬謝，只送黃金五十斤，絹彩八十匹，聊作謝媒之儀罷。」

二人俯伏謝恩。

這時可不將一個吳欣氣倒，正要復奏，哪知桓帝得了田聖，急不能待，龍袖一展，百官退朝。

吳欣忍氣回府，坐在百客廳上，唉聲嘆氣地道：「權閹擾亂政治，萬歲昏庸，國將危亡，恐無多日了。」

他正在這裡憤慨的當兒，僕從進廳報道：「太尉黃世英來了。」

他忙命請了進來，不多時，走進一個白髮皤皤的老者來，進了廳，吳欣趕著讓坐，說道：「黃老丈！今天是什麼風兒吹到這裡來的？」

黃世英將鬍鬚一抹，說道：「這兩天賤體微有不爽，所以連朝都沒有上，今天覺得稍好一點了，可是在家悶得厲害，所以特地來和你談敘談敘的。」

吳欣道：「下官連日碌碌，未曾到府去問安，反累老丈的玉趾，惶恐惶恐。」

黃世英見他雙眉緊蹙，面帶愁容，不由問道：「司馬快快不樂，有什麼事這樣的呢？」

他嘆氣答道：「老丈還問什麼？我們這班人，不久就要做無頭之鬼了。」

他聽這話，不禁吃驚不小，忙問道：「你這是什麼話呢？」

他道：「佞臣弄權，天怒人怨，國亡恐無久日了，試想覆巢之下，豈有完卵？」

黃世英忙道：「這真奇了，那梁冀不是除掉了麼，現在又是誰人弄權呢？」

吳欣冷笑道：「老丈還在夢裡呢，如今的一班賊子，其兇暴行為比梁冀恐怕還要狠十分呢。」

他忙問是何人？吳欣便將徐璜、唐衡等一班人的行為，細細地說了一遍。將一個黃世英只氣得鬍子倒豎，怒不可遏，便向他道：「你既然曉得他們這樣的胡行，為何一道本竟不上呢？」

他嘆了一口氣道：「老丈休提起奏本，說來傷心，下官今天上了一道奏章，萬歲起首倒有幾分怒容，後來那班賊子進了一個洛陽的美女，名叫田聖，生得妖嬈出色，萬歲見了，連魂都險些兒被她攝去，將我的本章不知丟到哪裡去了，連提也不提了。」

他說罷，黃世英氣衝牛斗，便道：「好好好，萬不承望我朝又出了這班佞賊呢，老夫此番和他們總要見個高下的。」

他說罷，便告辭回去了，在燈下修一封奏章，將一班權閹的厲害，切切實實地寫上一大篇，次日五鼓上朝，呈於桓帝。

桓帝見他的本章，料想定是彈劾權閹，他也好，連看都不看，往龍案下面一隻金簍裡一塞，黃世英還當他見過本章呢。

退朝之後，一班權閹將他的本章從金簍裡內查了出來，大家仔細一看，互相怒道：「頗耐這個老賊，竟和我們作起對來，好好好，包管將這老賊結果了，才見我們的本領呢！」
徐璜對眾人說道：「他固然是我們的對頭了，你們還不知道，還有一個仇人呢！」
眾人忙問：「是誰？」
他道：「便是大司馬吳欣。昨天我們進田聖之前，他也有本章彈劾我們的，不過萬歲見我們進了田聖才把這事不提的，否則萬歲要尋根究底了。」
眾人一齊發恨道：「怪不道那賊子平時看見我們，總是烏眼雞似的，我們以為河水不犯井水，不與他去較量，不想他竟不知死活，竟敢到太歲頭上來動土，豈不是自己討死麼？」
唐衡便向眾人說道：「這兩個狗頭在萬歲的面前，早就有些威信，我們如果在名義上去和他們作對，料想萬歲一定不會就將他們治罪的，不如在暗地想出一個方法來，將兩個狗頭結果，那才是一乾二淨的呢。」
眾人卻道：「你這話未嘗不是，我們要出什麼法子來結果他們呢？」
唐衡道：「這裡不是談話之所，諸位請到我的家裡再議罷。」
眾人道好，便一齊到了唐衡的府內。
賓主坐下，唐衡便向眾人說道：「如今萬歲不是待鄧后漸漸地寵衰了嗎？」
眾人都道：「不錯。」

他道：「我這條計真是三面俱到，十全十美。」

眾人便問他：「是個什麼計劃？」

他便向眾人附耳說道：「只消如此如此，還怕他們不送命麼？」

眾人聽了，一齊讚美道：「虧你想得出這條計，果然是風雨不透。」

左琯道：「我明天就進宮去，安排一切就是了。」

他們暢談了一會，才各自散去。

到了第二天，左琯便托故進宮，暗中與田聖商議，教她見機行事。

未到三天，桓帝早朝，突然對眾大臣說道：「內宮遭了竊，失去夜明珠兩粒，這珠乃是無價之寶，哪位卿家可能替孤搜查回來，加官三階。」

左琯、徐璜一齊出班奏道：「我主萬歲，微臣等願去，但是有一層，依臣等的愚見，如今珠子既然失去，料想不是禁城外的人偷的，這一定是禁城裡的人偷的，臣等搜查起來，當然是不分尊卑，一概都要搜查的。萬一有一兩位大臣，抗旨不受檢查，微臣等官卑職小，難以執行。」

桓帝不等他們說完道：「無論何人不得抗旨，如有抗旨的，孤家先賜你們一支上方寶劍，先斬後奏。」

左琯、徐璜領旨謝恩。

這時滿朝文官驚異非常，自漢家有天下以來，宮闈以內，從來沒有差少一些東西的，誰也不知道是他們的詭謀呢。

再說徐璜、左琯得著聖旨，手到擒來，將黃世英抓上。他們獻上明珠，又獻上一雙宮鞋，聲稱是在大司馬吳欣的府中查出來的。

他兩個奏罷，把個桓帝氣得一佛出世，二佛涅槃，連聲喊道：「快將吳欣抓來，一併處死。」

左琯等不待下旨，便飛也似地走去，將吳欣拿到，不由分說，和黃世英推出午門斬首。滿朝文武噤若寒蟬，誰也不敢出來保奏。

獨有邴尊怒氣填胸，越班出眾，前來保奏，剛剛俯伏下去，還未開口，說時遲，那時快，兩顆血淋淋的人頭已經捧上來，邴尊見了，不由得一陣心酸，退身下來，暗自道：「黃老伯，不承望今天和你永訣了。」他也無心去辯白了。

桓帝將他兩個殺了才稍稍的洩怒，從此任用奸佞，政治紊亂得不可收拾，苛征重稅，民不聊生。桓帝成日價和田聖等尋歡取樂，不理朝政。

這田聖為顧全自己的寵幸起見，又托人到外邊去買了十個絕色的女子進宮。桓帝得了這十個絕世的玉人，越發縱淫無度，不到三月竟染了癆瘵，骨瘦似柴，無藥可救了。好端端的一個三十六歲的皇帝，竟在德陽前殿奄臥不起，瞑目歸天了。

桓帝崩後，竇娘娘便差劉儵持節到河間，將解瀆亭侯劉宏迎入京都繼承大統，統國號建寧，稱為靈帝，尊竇娘娘為太后。

竇太后大權在手，先將田聖等一班尤物處死，除去夙怨，授竇武為大將軍，並徵用司隸李膺、太守荀昱等輔政事。起初倒還十分勤謹，誰知到後來，漸漸地不對了，任用趙嬈、王甫、曹節一班佞臣了。

這趙嬈尤為群奸中最刁惡的一個，舌劍唇槍，哄得竇太后百依百順，他們又聯絡內闈，互通一氣，賣官鬻爵，為所欲為，擾亂得不分皂白，天怒人怨，渾渾噩噩的數年，政治愈來愈亂，盜賊蜂起。

鉅鹿、張角等紛紛起事，自號為天公將軍，又號張寶為地公將軍，張梁為人公將軍，嘯聚四方民眾，群起謀叛，所到之處搶劫燒殺，無所不為。靈帝派兵遣將，前去征戰，無奈賊勢浩大，此方剿滅，彼方又起，絕不能務絕根株的。

在這黃巾攪亂的當兒，憑空跳出三個出色驚人的大英雄來，便是涿縣中山靖王的後裔劉備，和同縣的張翼德，河東解縣的關雲長，他三個領著義兵，輔助天師，將一班黃巾賊殺得五零四落，餘黨逃向關外而去。朝廷下旨，便封劉備等三人為安喜縣。他們奉旨上任，不提。

再表許昌城外高頭村，有一個異丐，生得面如傅粉，唇若丹朱，相貌魁偉，膂力過人，慷慨好義，每每遇到什麼不平的事情，馬上就得排難解紛，扶弱除暴。所以一村的人沒有一個不佩服他的。

尤其是那葛大戶家的大小姐葛巧蘇，對於他十分心折。自古道：佳人豪傑，本是一連，這話的確不錯。她由慕生愛，便暗中派她的一個心腹小丫頭，名字叫流兒的，前去喊他到後園裡一晤。

流兒得著她的命令，狗顛屁股似地去到異丐平日常住的那個土地廟裡面，向他說道：「我們家小姐慕你的英名，特地叫我來請你去，和她去會面呢。」

異丐好不驚訝，身不由主地隨她走了。

第一一〇回　世態炎涼

異丐隨著流兒轉過一個大玫瑰花簇子，瞥見一個絕代的佳人，亭亭地立在一株梧桐樹下，手裡拿著一枝銀紅色菡萏花，真個比花花解語，比玉玉生香，雪貌冰肌，柳眉杏眼，描不出千般旖旎，說不盡萬種風流，把個異丐看得眼花繚亂口難言，身子兒酥了半截。

但見她穿一件月白湖縐的小衣，下垂八幅湘裙，一雙瘦尖尖的蓮瓣，只多不過三寸吧。她見了異丐，便也出了神，暗道：「不料這乞丐裡面，竟有這樣的人材，果然名不虛傳。」

她偷眼細細地打量他，生得猿臂熊腰，伏犀貫頂，面如傅粉，唇若丹朱，身上著一件土織的衣褂，下面穿著一條犢鼻褌，赤著腳，雖然衣破衫歪，那一股英俊的氣概，兀的埋掩不了。她暗暗地自己對自己說道：

「葛巧蘇，葛巧蘇，你年已二八，還待字深閨，雖經多少人來說合，至今何曾有一個如意郎君的？要是能托身於他，真不枉為人一世了。」

她想到這裡，不由得紅暈雙頰，嬌羞欲絕。

異丐見了她，卻也在一邊暗暗地喝采道：「怪不道人家成日價地說著，美女生在葛家，今日一見，果然世間無二，若能將她娶為妻室，這豔福倒不淺哩。」

他想到這裡，忽然又自己暗笑道：「我可呆極了，人家是金枝玉葉，我是個怎麼樣子的一個人，就妄生這個念頭，豈不是癩狗想吃天鵝肉麼？」

他正自胡思亂想的當兒，猛可聽得鼓角震天，喊聲動地。他大吃一驚，急忙順著大喊的聲音望去，只見東邊煙塵大起，不多會，只見無數的黃巾賊，漫天蓋地的奔來。這異丐分毫不怯，勃然大怒道：「不料這班害民賊，竟撞到這裡來了。」

他正要回身去喊那女子叫她回去。誰知再等他轉過身來，哪裡還見那女子一些蹤跡呢。他此刻也不暇去追究，便拔步飛也似地直向村東而來。這時高頭村的一班居民，扶老攜幼，哭聲震野，四處覓路逃生。

葛時正在府中查點完稅，瞥見一個家丁飛也似地跑進來，神色倉皇，氣急敗壞，見了葛時大聲喊道：「員外爺！不好了，不好了，黃巾賊現在已經打到東村了，再不多時，馬上就要進我們的村口了。」

葛時忙到後面，對他的母親說道：「太太，你老人家曉得麼，現在黃巾賊已經打到東村了，再不逃走，就有性命之憂了。」

葛母聽說這話，勃然大怒，開口罵道：「你這畜生，無風三尺浪，又是從哪裡聽得來這些鬼話，便馬上就來烏亂得一天星斗了，趕快給我滾出去，休要惹得我性起，一頓拐杖，打得你個走投無路。」

原來這荀時是葛巧蘇的父親，平時對於他的老娘十分孝順，隨便什麼事情都要先來稟告她一聲，經她許可，然後才敢實行。今天不料碰了一個大釘子，站在旁邊，一聲也不敢多響，滿口只是唯唯稱是。

葛母又道：「我一個人，活了六十多歲，托天保佑，從來未曾經過什麼刀兵的災難，我平日但誦這《高王經》，不知誦了多少了，佛祖爺說，讀了十遍《高王經》，能免一家災難星；讀了百遍《高王經》，可免一村災難星。我們的老太爺在世的時候，他老人家一生就敬重《高王經》，那時赤馬強盜，差不多各州各縣都被他們擾遍了，獨有我們高頭村文風未動。要不是菩薩保佑，就能這樣了嗎？我數著我讀的《高王經》，差不多有三千遍了，任他是黃巾賊黑巾賊，斷不會來的。」

他剛剛說到這裡，又見一個家丁，一路滾瓜似地跑了進來，大聲說道：「禍事到了，禍事到了，賊兵已進東村口，將李大戶的房屋全點火燒了，我眼見殺得十幾個人了。」

葛母聽得，吃驚不小，忙起身問道：「你這話當真麼？」

那家丁忙答道：「誰敢在太太面前撒謊呢？」

葛時這會子也由不得葛母做主了，連呼備馬。眾家將一齊備馬伺候。葛時又命收拾出幾輛土車來，給葛母與內眷等坐。大家正在忙亂之際，瞥見流兒飛也似地奔進來，氣

喘汗急，放聲哭道：「不好了，不好了，小姐被眾賊兵搶去了。」

葛時夫婦陡聽這話，好似半天裡起了一個焦雷，連忙問道：「你和小姐到什麼地方去的。」

流兒哭道：「小姐吃過飯，因為在樓上悶得慌，她教我和她一同到後園裡去乘風涼，不想就被那起頭紮黃巾的強盜硬搶了去了。」

葛夫人聽得，便兒天兒地的哭將起來。

葛時忙道：「你可昏了，這會是什麼時候，還有閒工夫哭麼？趕緊先去逃命要緊！」

葛夫人無可奈何，只得拭著眼淚上了車子。葛母閉目合掌，念道：「南無佛，南無僧，南無大慈大悲觀世音菩薩。」她顛來倒去地不住口念著。

葛時和眾家將四面圍護著車仗出得門來，瞥見村東火光燭天，哭聲震地，吵得一團糟似的。葛時忙命人轉道直向許昌而去。

再表那個異丐跑到東村口，自己對自己說道：「我在這裡，承人家何等的厚待我，現在人家眼看著要遭劫難了，我非草木，豈得無心，難道就袖手旁觀不成嗎？」

他自言自語的一會子，便打定了主意，無論如何，拼著我一條性命去和這班賊子拼一下子罷。

他在四下裡一打量，見沒有什麼東西可以當兵器用，只有一根新橋樁豎在濠河裡，半截露出水面。他便蹲下身子，伸手一拔，用力往上一提，不料他用力過猛，那根樁被他拔起，他身子向後一傾，險些兒跌下橋去。

他趕緊立定了腳，將橋樁拿起來，仔細一看，足數有一丈二尺多長，碗來粗細，原是一根棗樹的直幹。他笑道：「這傢伙又重又結實，倒很合手呢。」

這時候，那頭隊的黃巾賊，已經離吊橋只有一箭之路了。那異丐橫著橋樁，在橋頭立定等候，霎時那頭隊賊兵，闖到濠河邊，剛要過橋，瞥見一個人握著碗來粗細的一條大木槓子，雄赳赳的站在橋頭，預備尋人廝鬥的樣子。

眾賊兵哪裡將他放在心上。有兩個先上橋來，大聲喝道：「該死的囚徒，膽敢擋住咱們的去路，可不怕咱們的厲害麼？」

他冷笑一聲道：「好狗頭，膽敢在老子面前誇口，識風頭，趁早給我滾去，不要嘔得你老子性起，教你們這班狗頭，一個個做了無頭之鬼。」

那兩個賊兵聽他這話，勃然大怒，飛身過橋，就要來和他廝殺了。他見他們上了橋，便舞動木槓迎了上來，未得還手，就將那兩個賊兵打下水去，冒了兩冒，做了淹死的鬼了。

後面大隊賊兵見了，一齊大怒擁來。他卻分毫不怯，舞起木槓，只聽得撲通撲通的聲音，霎時將賊兵足數打落有數十個下水。還有些賊兵，見他這樣的厲害，誰也不敢再來送死了，只得紮在濠河外，大喊鼓噪，不敢再送死。

停了一會，賊兵愈聚愈多，只是沒一個敢來送死。

後隊賊將見前隊不行，便知出了什麼阻礙，便飛馬趕來，向賊兵問道：「為什麼停著不走呢？」

眾賊一齊答道：「橋上那個牛子，十分厲害，前隊的兄弟們被他打落數十個下水了。」

那員賊將聽得這話，不由得哇呀呀直嚷起來，催動坐騎，舞動四竅八環牛耳潑風刀，直衝上橋，乞丐立了一個勢子等候。等他的馬到橋中間，他飛身搶上來劈頭一槓，那賊將揮刀將迎。猛聽得啷的一聲，那賊將手中的刀早被他打下水去了。

他趁勢橫槓一篩，早將那賊將連人帶馬全打下水去。眾賊兵嚇得撥頭向南就跑。說也奇怪，頭隊不利，後隊再也沒有一個賊兵來囉嗦了。

他仍舊守著不肯動身，一直等到酉牌時候，賊隊去遠，聽不見吶喊聲音，才將槓子丟下，入村而來。到了村裡，靜悄悄的雞犬不聞。

他暗自疑惑道：難道村上的人全走了嗎？他此刻肚中已經餓了，便挨次到各家門口去探聽，不獨人影子不見，連鬼影子也沒有了，他餓得肚皮裡面轆轆地亂響個不住。他暗道：這些人家準是去逃難了，但是人家去逃難，我卻怎能到人家去尋飯吃的。萬一被人家曉得了，還說我趁火打劫呢，寧可我挨餓，不做這些非禮舉動。

他想罷，復行走出村來，迎著月光，只見五穀場旁邊，種著許多香瓜，已經成熟。他便蹲下身子，摘了幾個又大又熟的香瓜，放在身邊，張口便咬。連吃了六隻香瓜，饑火頓消，涼沁心脾，他不禁說了一聲快活，他便走到那日裡睡的所在去尋好夢了。

到了第二天，眾村民打聽著眾賊兵已經去得遠了，便扶老攜幼地復又轉回村來。大家進了村口，只見屋舍儼然，分毫未動，個個好生歡喜，及到了自己家裡一查檢，不禁說了一聲慚愧，連一粒芝麻也不少。

葛時也跟著眾人回來了，到自己家裡，見一草一木未曾動過。他半悲半喜，喜的是未遭橫劫，悲的是女兒不知下落。

葛母對眾人說道：「巧兒命該如此，她是一個討債鬼，你們趁早不要去想她。她在我身邊，我不知道教她多少次數《高王經》，她只顧頑皮，一些兒也不理我。一個女孩子家，除了《孝經》，這《高王經》，一定是要讀的，如今差不多菩薩嗔怒她，也未可知。」

她說著，合掌對著佛像說道：「阿彌陀佛，要不是老身替眾人念佛消災，這次的橫劫怕免得了麼？」

葛時夫婦命人到四處察訪她的蹤跡，訪了多時，連一些影子都沒有訪到，葛時無可奈何，只好自嘆命苦罷了。

再表那個異丐聽得眾人說起葛大戶的女兒被賊兵劫去，他將那一腔無名忿火高舉三千丈，按捺不下，遂不辭而別地走了。在他的意思，預備追蹤下去，將她尋了回來。

這暫且不表，單講葛巧蘇究竟是被誰劫去的呢？

原來這高頭村有兩個無賴；一個名字叫芩祿，一個名字叫羅古。他兩個本是黃巾賊

的黨羽，久已垂涎於巧蘇了，只苦一些空子也撈不著，而且葛家門深似海，無隙可乘。他兩個使盡了千方百計，結果的效力等於零。年深日久，他兩個不免有魚兒掛臭，貓兒叫瘦之感。

卻巧黃巾賊下了一個密令，教他兩個在六月十三這天候著。他們接到這個密令，便暗暗地商量道：「如今我們的機會到了，明日大隊一到，還不是我們的天下麼？那時直接到她家，帶了就走，還怕誰呢？」

他兩個打定了主意，到了第二天午牌時候，裹紮停當，頭帶黃巾，腰懸利刀，預先埋伏在葛家的花園裡，

等了多時，瞥見她一個人出來，婷婷嫋嫋地走到梧桐樹下，岑祿便要上前動手。羅古忙攔住他道：「你且不要急死鬼似的，現在大隊還未到，萬一驚動了人，便怎麼了呢？」

岑祿道：「難得有這樣的好機會，這時再不下手，等待何時呢？」

羅古頓足道：「你又來亂動了，你心急，你一個人去罷，我卻不管。」

岑祿只得耐著性子守候了多時，瞥見流兒和異丐有說有笑的一路徑向這裡走來，兩個人不由得暗自納罕道：「難道她和這異丐有什麼曖昧的事麼？」

正在疑慮間，只見東北上煙塵大起，喊殺連天。他兩個料定大隊已到，便要出去，無奈又懼異丐來干涉，只得耐著性子看他們的動靜。

只見巧蘇嚇得玉容失色，粉黛無光，拉著流兒一頭走進一個薔薇架子的下面，動也不動，那異丐卻飛也似地向村東去了。

他們倆從芍藥叢中躍了出來，把巧蘇從薔薇架下拖了出去。巧蘇見他們凶神似的，正待要喊，岑祿用刀在她的粉頰上面晃了一晃，悄悄地道：「你喊出一聲來，馬上就請你到外婆家裡去。」

巧蘇嚇得噤口難言，只緊閉星眸任他們背走。

流兒卻早已嚇得僵了，軟癱在地，半晌不敢動彈一下子。等他們走了之後，才從地上爬了起來，飛奔回去報信了。

他們一面走，一面商量道：「如今我們得了手，萬不能入大隊了，如果一入大隊，這心肝兒一定要被首領奪去的。」

岑祿道：「可不是麼？我們費了多少心血，好容易才將這寶貝弄到手，與其替他們做一回開路神，不如我們自己去受用吧。」

他兩個說的話，巧蘇句句聽見，料知也難活，她卻一點不怕，心中也在那裡盤算著怎樣的應付他們。

他兩個足不點地的一直跑到日落西山，差不多離開高頭村五十多里了，看著天色已晚，岑祿便對羅古道：「現在天色漸漸地晚了，我們也該去尋個住處，先為住下，再作計較罷。」

羅古點頭稱是。

正是說話間，只見前面燈光明亮。他們走近一看，恰巧就是一個野店。他們便下了店，便喊堂倌教他收拾一個房間出來，讓他們住下。一面又叫了許多牛脯雞鴨之類，買了十幾斤好酒。

二人對面坐下，一齊向巧蘇說道：「你也一同來吧，既然跟了我們，就要老實些，我們向來不相信裝腔作勢的。」

巧蘇聽了這些話，真個似萬箭鑽心，但又不敢露於表面，可惜眼淚往肚裡淌，恨不得立刻尋死，死了倒覺得乾淨。她見了他們招呼自己，又不敢不應，只得含羞帶愧地走近來坐下。

岑祿便倒了一大杯酒，雙手捧到她的面前笑道：「親人！你卻不要拂了我的好意，快些兒將這杯酒吃了。」

她見了酒，柳眉一橫，計上心來，頓時換出輕顰淺笑的顏色來，將酒杯接了過來，一仰粉脖吃了，便對岑祿說道：「奴家久聞兩位將軍的英名，無緣相見，深為憾事。妾身家教極嚴，平日不能越雷池半步，今日有幸與兩位將軍得圖良晤，賤妾不勝榮幸。但是良宵不再，我們今天須要痛飲一場，以酬素悃。」

她說罷，捋起紗袖，伸出一雙纖纖玉手，便替他們滿斟了兩大觥，笑吟吟地說道：「這一杯是賤妾的微敬，蒙二位垂愛，妾感激不勝，請用了罷。」

羅古、岑祿聽她這一番又香又軟的話，不禁魂飛魄散身子早酥了半截，各人將杯中的酒，直著嗓子喝了。她又斟上兩觥，說道：「這兩觥酒，是妾身還敬的。」

他們不等她說完，便搶到手中吃了。她又斟上兩觥，說了兩句，他們又吃了。兩杯復兩杯，一直吃到夜闌人靜，將兩個人灌得爛醉如泥，即時從桌上倒了下去，人事不知。

她便在羅古的腰中將刀拔出，照定他咽喉就是一送，哧的一聲，早已了帳。順手又是一刀，將岑祿結果了。

她放了刀，將身上血跡揩抹乾淨，悄悄地出了後門，也不知東西南北，撒開金蓮，拚命價地亂走。一直走了一夜，到了第二天早上，實在不能再走，坐在道旁，呻吟著足痛。

列位，憑她這樣的姿首，又是獨身單影，坐在這大道之旁，豈有不動人歹意的道理。停了一會，果然碰上一位魔頭，你道是誰？卻就是洛陽城有名的大騙潘同，他見了她一個人坐在道旁，便起了歹意，攏近來搭訕著，問長問短了一回，便滿口應承送她回去。

她本是一個未經世路的人，哪知就裡，滿口感激不盡。潘同忙雇了一乘小轎與她坐，自己雇了一頭牲口，在路行了好幾天。

那日到了洛陽，她見三街六市十分熱鬧，不禁問道：「這是什麼所在？」

潘同謊言道：「這是許昌，離你們家不遠了。」

她滿心歡喜，隨他走進一個人家，這潘同一去杳不復來，這時鴇母龜頭才將賣與他們的一番話告訴於她。她方知身墮火坑了，但是尋死不得，求生未能，只得暫行挨著不提。

如今再表劉備領著關、張二人，到了安喜縣。誰知這安喜縣令是個百姓的魔頭，強敲硬索，無所不用其極。這安喜縣的面積又小，眾百姓的出產又甚少，哪裡經得起他來搜刮呢，真是欲哭無淚，天怨人愁。

劉備見他的行為不正，屢屢想去告誡於他，奈因自己是個縣尉，未便去駁斥上司。未到三月，朝中就有聖旨下來，凡有軍功，得為長吏的人，一律撤銷。不上二天，督郵到了，安喜縣令一路滾去迎接了。

劉備當下帶著關、張也去謁見。誰知這督郵本是勢利之徒，見他是個小小的縣尉，哪裡有眼看得起他，便回絕不見。惱得張飛性起，霍地跳起來，要去和他廝拼。

第一一一回　貂蟬顏色

張飛見督郵藐視他們，不禁將一股無名業火高舉三千丈，按捺不下，大聲說道：「什麼臭賊！敢來藐視老爺們！俺且去將他一顆狗頭揪下來，再作道理。」

他說罷，霍地站起來，就要行動。劉備忙來一把拉住，說道：「你又來亂動了，他沒有道理，他是個朝廷的命官，我們怎好去和他尋隙呢？」

張飛答道：「兄長，你無論遇到什麼事情，一味軟弱，將來還能幹大事麼？這個狗頭，讓我且去打殺他，看誰敢來和我要人？」

劉備道：「兄弟，凡事都要三思而後行，萬不可粗魯從事，任我們的性子，直要去將他打殺，無奈我們究竟寄人籬下，他是上司，看不起他，賽過看不起朝廷。」

張飛大聲說道：「這個區區的縣尉，誰希罕呢？我們就是不做，也不致使這班賊子小視了。」

雲長說道：「兄弟，你不要性急，大哥自有道理，也用不著你去亂動，好做也不做，不好做也不做，誰也不敢來強迫我們。如果依你這樣暴力，豈不要鬧出亂子來麼？」

張飛被他們兩個勸著，只得將一股火暫按在小腹下面。事又湊巧，不一會，劉備到校場裡閱兵，雲長又在後面閱史，張飛見得著這個空子，一溜煙跑到館驛門口。守門的兩個士卒認得是縣尉的義弟，便問他道：「張爺爺！到這裡有什麼事的？」

他道：「那督郵在這裡麼？」

那守門的答道：「在後面，你尋他，敢是有什麼事嗎？」

他道：「有一些兒小事。」

他道：「煩你等一會，讓我進去通報一聲。」

張飛道：「無須通報，我就進去罷。」

他忙道：「不可不可，你難道不曉得規矩麼？」

他大怒，放開霹靂喉嚨說道：「我不曉得什麼鳥規矩，俺今天偏不要你通報。」

那兩個守門的見他動了怒，早就嚇得矮了半截，忙道：「好極好極，張爺爺自己不要我們通報，也省得我們少跑一趟腿子。」

張飛也不答話，翻起環眼，朝他瞅了一下子。那兩個守門的忙嚇得將頭低下，好似泥塑木雕的一樣，連大氣也不敢喘一下子。

他大踏步走到大廳面前的天井裡，只見那督郵正擁著兩個美人，在那裡飲酒縱樂。張飛見了，不禁怒氣衝天，走進大廳，仔細一瞧，那兩個美人兒，不是別人，卻就是安喜縣令的兩個寵妾。他見了，格外火上加油，一聲大喝道：「呔！你這齷齪害民的賊，今天落到爺爺的手裡，要想活命，除非再世。」

那個督郵偎著兩個天仙似的美人兒，正在那裡消受溫柔滋味，不料憑空跳進一隻沒毛的大蟲來，他如何不怕，還仗著膽大聲喝道：「何處的野人，膽敢闖了進來！手下人，快快給我捆起來。」

他說罷，滿指望有人給他動手呢，誰知那些親兵見了張飛那一種可怕的樣子，好似黑煞神似的，早已軟了，誰也不敢出來和他響一句。

這時督郵見勢頭不對，忙將兩個美人推開要走，張飛哪肯容情，大三步小兩步地趕到他的身邊，伸手將他揪住，好像捽小雞似的，不費吹灰之力，將他按在地上，揮拳罵道：「你這雜種，狗眼看人低，居然自高自大，目無下士。今天落到爺爺的手裡，直打殺你，看你這個雜種的臭架子搭不搭了。」

他一面打，一面罵，打得那個督郵怪叫如豬。

這時劉備已經從操場裡回來，到了自己館驛裡不見了張飛，忙問雲長道：「三弟到哪裡去了？」

雲長道：「未曾看見。」

劉備頓足道：「準是去闖禍了。」他說罷，忙與雲長到了督郵的館驛門口，就聽得裡面吵成一片，鬧成一團，只聽張飛的聲音直嚷著害民賊狗頭。劉備忙與雲長趕到裡

面，只見那個督郵被其按在地下，揮著拳頭如雨點一樣，直打得那督郵一佛世出，二佛升天。

劉備大聲喊道：「三弟！快快住手，休要亂動。」

那督郵見他來了，在地下說道：「好好好，劉縣尉你膽敢目無王法，派人毆打朝廷的命官。」

劉備起首見他打得可憐，倒喝住張飛，及至聽他這兩句話，不禁又氣又忿又好笑，便冷冷地答道：「不錯，人是我派的，督郵有什麼威風，只管擺出來，橫豎我們已經無禮了。自古道，除死無大病，討飯再不窮，大不過督郵去啟奏萬歲，將我斬首罷了，其餘大約再沒有厲害來嚇我了。」

那督郵聽他這些話，便道：「只要你們不怕死就是了。」

張飛聽見劉備講出這番話來，愈加起勁，便霍地將他從地上抓起，直向後面而來。出了後門，就是一座大空場，他將督郵往柳樹上一縛，舉起皮鞭，著力痛打。

這時早有人去報與安喜縣令。他聽得這個消息，吃驚不小，忙趕到館驛裡面，只見大廳桌椅掀翻，碗破杯碎，一塌糊塗，一個也不見了。他忙向後邊尋來，走到腰門口，瞥見一個小廝蹲在樓梯的肚裡，正自在那裡探頭探腦地張望。

他忙向他問道：「你可看見他們到哪裡去了？」

那小廝忙道：「到後面去了。」

他連忙向後尋來，還未曾走到後門口，就聽見吵鬧的聲音。

他出了後門，只見督郵被張飛綁在樹上，正在用鞭著力痛打，打得那督郵皮開肉破，滿口求饒不止。

安喜縣令曉得他的厲害，不敢去碰釘子，瞥見劉備與關羽也站在旁邊，卻袖手不動，任他去毒打，他不由暗暗地疑惑道：張飛素來是個暴戾的人，劉、關兩個待人彬彬有禮，今天不知何故任他去呢？

他便走到劉備的身邊，滿臉堆下笑來，說道：「劉縣尉，你今天何故隨你們三弟去亂闖禍呢？他是朝廷的命官，豈可任意辱打？萬一被朝廷知道，豈不要誅夷九族麼？」

劉備微微地笑道：「這事一人能做，一人能當，用不著貴縣來擔憂。」

這時候卻巧張飛一轉身，見安喜縣令來了，不禁用鞭梢向他一指，罵道：「我把你這個不知羞恥的狗官，忍心害理，將自己的妻妾送給別人去開心，不怕被後世萬人唾罵麼？」

他這兩句，罵得安喜縣令滿面慚愧得無地可入。

劉備對他冷笑一聲，說道：「貴縣真會孝敬上司，竟捨得將尊夫人、如夫人送給別人，我們不可不佩服呢。」

安喜縣令聽得，張口結舌，一句話也說不出來，面如血潑。

這時那督郵被張飛打得滿口哀告劉備道：「玄德公！千萬要望救我一條狗命，下次

革面自新，永遠不忘你老的教訓了。」

劉備見他被打得體無完膚，滿口軟話，不禁將心軟了，便在懷中取出自己的印綬，走到督郵的身邊，將張飛止住，對督郵笑道：「煩你將這個勞什子，帶與官家罷，俺弟兄也不願幹了。」

他說著，便與關、張奔回館驛，收拾上馬，出城而去。

這一去，真個龍歸大海，虎入深山，到後來收了五虎將，請出臥龍，十年沙場，爭得三分天下有其一，定鼎西川，名為蜀漢。這些事，史家自有交代，不在小於這部書的範圍之內，只好從略了。

再表葛巧蘇被歹人騙入火坑，起首鴇母強迫她出來應酬客人，她抵死不從。鴇母龜頭肆意毒打，慘無人道的酷刑差不多都用遍了，無奈她心如鐵石，任你如何去壓逼她，只是不從。

鴇母無法，只得用哄騙的手段來哄騙她，教她只做一個歌妓，不賣皮肉。她究竟是一個弱小的女子，怎禁得起這萬惡的老鴇來嚇詐哄騙呢，而且那些毒刑委實又難熬，萬般無法，只得順從了。

鴇母見她答應了，不勝歡喜，便問她的名姓。她只說我是個無依無靠的孤鬼，一出世就沒有父母了，鴇母便替她起了一個芳名，叫做貂蟬。一時長安城中的一班輕薄子弟，涎著她的顏色，不惜千金召來侑酒。

未上一年，她的芳名大震，在京都的一班官僚子弟，差不多沒有一個不知道她的豔名，都爭先恐後地召來她的侑酒。

一個貂蟬，哪裡能夠來應酬這許多主顧呢。這鴇母見她的芳名日盛一日，顧客逐日增加，看著有應接不暇之勢，便想出一個金蟬脫殼的計來：如果是遠道慕名來的狎客，便在眾妓女中挑選出一個面貌與貂蟬相仿的出來，做冒牌生意。行了半年，果然人不知鬼不見的被她們瞞過去了。

鴇母好不歡喜，將她幾乎當著活觀音侍奉，一切飲食起居都是窮極珍貴。但是她的芳名愈噪愈遠，許昌、長安各大都會的豪家子弟，都聞風趕到洛陽，以冀與玉人一晤。

鴇母見遠來的狎客，有增無減，從前一個假貂蟬還可以敷衍，誰知到了現在，竟又忙得不夠應酬了，便索性又選出兩個來，一個假貂蟬給她們一個房間，都是簾幕深沉，來一個狎客，都由娘姨引到她們的房間。那遠來的瘟生，用了許多的冤枉錢還不曉得，回去逢人便道，我與貂蟬吃過酒的，我與貂蟬住過夜的，誇得震天價響。聽的人也十分妒羨，其實何嘗見過貂蟬一面呢。

還記得長安城裡，有兩個書呆子，一個名字叫李桑，一個叫做郭靜。他們每每在街頭巷尾，宴前席上，茶餘酒後，隨時隨地都聽見人家說起貂蟬如何美麗，如何俊俏。說得他們心中好似十五個吊桶打水，七上八下，決意要到洛陽城裡去觀光觀光。

有一天，李桑便對郭靜道：「老兄！我們聽得人家隨地隨時地談著洛陽城裡有一個

歌妓，名喚貂蟬，生得花容月貌，品若天仙，兄弟佩慕已久，現在值此春光明媚，我們何不到洛陽城裡去玩上一兩天。一則是去領略貂蟬的顏色，二則也好先去見識見識帝王的京都，未知你的意下如何？」

郭靜聽他這話，不禁將屁股一拍，笑道：「老兄！你真知道我的心事，我這兩天不瞞你說，聽人家說得天花亂墜，連飯都吃不下，急要到洛陽去一走，你既要去，那卻再好沒有，我們就動身罷。」

李桑道：「人說你呆，你卻真有些二百五，到洛陽去一個盤纏不帶，就急得什麼似的要動身了，豈不知貂蟬的身價麼？她與人接談一會，紋銀五十兩，有一席酒，紋銀百兩，住一夜，紋銀三百兩，赤手空拳的，就想去了麼？你也未免太孟浪了。」

他聽說這話，才恍然大悟道：「不是你說，我幾乎忘了。既如此，我們去一趟，不知需多少銀子呢？」

李桑道：「如其住宿，八百兩，或是一千兩，差不多夠了。」

他翻了一回白眼，忙道：「容易，好在我們家裡有的是銀子，讓我回去偷就是了。」

他說罷，匆匆地走了，不多會，只見他跟著一個推車的漢子遠遠而來。李桑也命家人裝了八百兩，和郭靜一齊動身。

到了京城之內，四處尋訪，好容易才訪到貂蟬的住址，他們便到貂蟬住的一所含香院門口，停下車子。這裡面的人，見他兩個犬頭犬腦的在門口探望，便出來問道：「兀的那個漢子在這裡探望什麼？」

李桑忙答道：「我們是來訪你家的貂蟬小姐的。」

他們見主顧上門，當然竭誠招待，將他請進去，不消三天，將他們所帶的一千六百兩銀子，一齊鑽到老鴇的腰裡去了。床頭金盡，壯士無顏，只得出了含香院，幸喜遇見了一個熟人，將他們兩個帶了回去。

他們到了家，還不勝榮幸的逢人便道：「我們去和貂蟬開過心了！」說也冤枉，真貂蟬一根汗毛都沒有撈得著！

他們過了幾天，李桑忽然觸起疑來，便向郭靜問道：「老兄！你到京城裡去和誰尋開心的？」

郭靜笑道：「這個還問什麼呢，自然是貂蟬了。你呢？」

李桑詫異道：「這真奇了，你是貂蟬，我不是貂蟬麼？這貂蟬還有分身法麼？你那貂蟬是個什麼樣子呢？」

他道：「我那貂蟬，長容臉兒，小鼻子，你呢？」

李桑拍著屁股，直嚷晦氣。

郭靜道：「得與貂蟬共枕席，還不是幸事麼？這又有什麼晦氣呢？」

他道：「不要說吧！我們上了人家的當了。」

不說他們在這裡懊悔，再表京都中有一位大臣，姓王名允，官居大司徒之職，為人

精明強幹，剛毅正直。這天他正逢五十大慶，滿朝的文武都來賀壽，真個是賓客盈門，笙曲聒耳。

眾大臣有的送金牌，有的送萬名傘，有的送匾額。獨有諫議大夫盧植別出心裁，當席飛箋，將洛陽城裡所有的名花一齊徵來，與諸大臣清歌侑酒。一時箏琶激越，笙管嗷嘈，粉黛門嬌，裙屐相錯，十分熱鬧。

眾大臣又請壽星出來，坐在首席。王允推辭不了，只得到一席上坐下。盧植便命貂蟬來侑酒。王允一見貂蟬，就生出一種憐惜之意，便向她問道：「你這女孩子姓什麼？哪裡的人氏？為著什麼緣故，要入娼門呢？」

貂蟬見上席滿臉慈祥的老頭兒，向她問話，她便知這人一定是朝中的大臣，但是她卻不肯將自己的真姓字說了出來，含糊著應酬兩句，一陣心酸，止不住粉腮落淚。

王允對人說道：「這個女孩子怪可憐的，在娼門中不知受了多少苦楚呢！」

貂蟬趁勢將自己如何受鴇母龜頭的虐待，細細地說了一番。王允不禁勃然大怒道：「這些東西，簡直是慘無人道了，誰家沒有兒女呢，竟能這樣地虐待人家麼？」

眾大臣聽得，便一齊說道：「何不將這含香院的老鴇捉來問罪呢？」

王允忙搖手道：「那倒不必，把他們趕出京都，不准他再在京城裡營業就是了。」

他說罷，早有人去將含香院的龜頭鴇母趕出京都。這龜頭鴇母腰纏壘壘，也落得趁勢就走，還肯停留麼，騰雲價地不知去向了。

這裡王允將含香院其餘的妓女完全遣發回籍，只留下貂蟬，一飲一食均皆極其優渥，所行所為儼同義父。貂蟬感遇知恩，亦默認他為義父了。

再說那異丐離了高頭村，追蹤尋跡，一直尋了二年多的日腳，才到河內，哪裡見有她的一些影子呢。

他到了河內之後，人生地疏，連討飯都沒處去討，只得忍饑受餓。而且黃巾賊日夕數驚，將一班居民嚇得家家閉戶，人人膽寒，連出來探頭都不敢探一下子。這異丐見此情形，料知此地難以久留，便想別處去廝混。他又怕葛巧蘇在未來的這一隊黃巾裡面，所以他進退的計劃尚在猶疑之間。

過了幾天，那黃賊到河內的消息，越發來緊張了。他心中打著主意道：這班賊子，來時必走東門外阜邱崗經過的，我何不到阜邱崗去候著呢？

他打定了主意，徑到阜邱崗下，到幾家居民門口，討了些殘肴麵飯，吃得一個飽，便到崗上尋了一個睡覺的去處，一探身睡下，不一會，鼾聲如雷地睡著了。

隔了多時，一陣鼓角吶喊的聲音，將他從夢中驚醒，霍地一頭跳起，揉開睡眼一望，只見殘月在天，星光慘淡，將近三更的時分了，那一片吶喊的聲，卻在崗的右面。他趁著月光，尋路下崗，才轉過了兩個峰頭，瞥見西邊火光燭天，吶喊廝殺的聲音攪成一片。

他逆料著一定是黃巾賊到了，他便不怠慢，飛奔下關，跑到戰場附近，只見那些黃

巾賊正和著無數的官兵，在那裡捨死忘生地惡鬥不止。他見了這班黃巾賊，不由得眼中冒火，空著雙手搶了上去。那班黃巾賊連忙各揮兵刃過來，將他團團圍住。

他卻分毫不怯，覷準那個使刀的，飛起一腿，將他打倒。他順手就抓起他的雙腿飛舞起來，當著傢伙使用，只打得那一班烏男女走投無路，紛紛四散，各自逃命。

這時忽然有一個賊將，持著方天戟，躍馬來取異丐。異丐對著黃巾賊相迎，未上三合，那員賊將竟被他打下馬來。他奪了賊將的馬戟，越發如虎添翼，東衝西突，如入無人之境。原來領兵和賊兵鏖戰的首領，卻是前將軍董卓派來的猛武都尉丁原。

他和賊兵鏖戰多時，看看不支，瞥見一將躍馬持戟在陣裡橫衝直撞，真有萬夫不當之勇，不禁暗暗納罕，但見他馬到處，肉血橫飛，肢骸亂舞，將一班烏男女直殺得叫苦連天，躲避不迭。到了四鼓的時候，黃巾賊死傷大半，只得引眾竄去。

丁原好不歡喜，忙拍馬到異丐跟前，拱手問道：「將軍尊姓大名？寶鄉何處？望乞示知，下官好按功上奏朝廷，不敢埋沒大勳。」

那異丐便說出一番話來。

第一一二回　美人心計

丁原見那異丐廝殺得十分厲害，不由得十分佩服，不多會，賊兵引退，他趕緊催馬上前，高聲說道：「請將軍留下姓名，好讓下官去按功上奏。」

那異丐見他問話，便道：「俺坐不更名，行不改姓，不過有段隱情，此地耳目眾多，非是談話之所。」

丁原忙將馬頭一帶，用手朝那異丐一招，斜刺裡直向荒僻之處奔去。異丐隨後拍馬跟上。不多時，到了一個無人之處，丁原兜住馬頭，向他問道：「將軍有什麼隱情，請講罷。」

那異丐翻身下馬，撲倒虎軀便拜。慌得丁原也就滾鞍下馬，用手將他扶起，說道：「將軍，你這算什麼呢？有話你儘管說罷，何必這樣呢？」

那異丐道：「小人姓呂名布，原籍九原，因為犯了命案，逃避出來，改姓埋名已非一日了。常思稍建微功，為國家出力，奈人情冷暖，無處可以作進身之階，可巧黃巾作亂，小人不辭萬死，為國家出些力，不過想冀此稍贖前愆，還敢有分外的欲望麼？」

丁原聽他這番話，又驚又愛，忙道：「往事都不去提了，一個人只要能悔過自新，還不是一個有志氣的英雄麼。如今我且問你，尊府不知還有什麼人呢？」

呂布道：「小人罪惡滔天，一言難盡，只因小人闖下命案，家父家母聞得這個消息，又氣又怕，未上一個月，他們兩個老人一齊西去了。小子孑然一身，無依無靠，生平又不喜趨炎附勢，加之命案在身，未敢久留，所以背離鄉井，飄泊江湖，差不多將近三年了。今天一見明公，料非平常之輩可比，傾肝吐膽，直言上告的了。」

丁原聽他這番話，不由得點頭嘆息道：「可憐可憐！英雄沒路，真是人世間第一件大恨事，照你方才的一番話，竟是孤身只影了。」

他道：「正是。」

丁原朝他的面龐看個仔細，便笑道：「將軍！我有句斗膽的話，要對你說，未知你可許麼？」

呂布忙道：「明公請講吧，只要小人辦得到的，就是赴湯蹈火，也不敢辭的。」

丁原捋著鬍子笑道：「老夫年過五十，膝下猶虛，今天得晤將軍，私懷不禁感觸，要是將軍不棄寒微……」

他說到這裡，呂布心中早就明白，忙道：「明公請住，小人也無須客氣，老實點寄託明公蔭下，倘得收為螟蛉，更是萬幸了。」

丁原忙笑道：「不敢不敢。」

呂布不等他開口，翻身便拜，口中說道：「義父在上，孩兒這裡有禮了！」

丁原哈哈大笑，伸手將他扶起，說道：「好好好，老夫竟唐突了。」

呂布忙道：「父親！哪裡話來，孩兒得托在膝下，已算萬幸了。」

丁原便道：「我們且回城去再講罷。」說罷，二人上馬，一面命人鳴金收兵，一齊大唱凱歌，回到河內城中。

那一班百姓聽說是將黃巾賊打退，不由得個個歡騰，人人鼓舞，一齊壺漿酒肉充滿街道。

丁原下令，不准騷擾一點，那班士卒素來是守律奉紀的，得著這個令，誰也不敢稍動民間的一點酒食，那一班老百姓頭頂酒甕，手舉肉盆，將去路遮得水洩不通，齊聲喊道：「將軍捨生卻敵，救活我們性命，難道連這一些兒我們都不能孝敬麼？」一個發喊，個個開口，頓時嚷成一片。

丁原在後面聽見，回頭便對呂布笑道：「今天如不是我兒，為父的焉有這樣的體面呢？」

呂布忙道：「父親哪裡話來，這全是你老人家的威風，萬歲爺的福氣，孩兒有何能何力呢？」

丁原聽得，心花怒放，笑不合口。那一副得意的情形，只恨小子的筆禿，不能描寫出來。

這時呂布又對丁原說道：「難得他們老百姓有這一番誠意，你老人家倒不可拂掉人家的一片好意呢。」

丁原忙道：「可不是麼，我正是這樣的想著，可是手下的兒郎們貪心無厭，萬不能隨他們自主的。」

呂布便道：「那麼，父親下令教他們這些送犒的人，都送到營中去，令軍需處按功犒賞，你老人家以為如何呢？」

丁原大喜道：「吾兒這話，入情入理。」他說罷，便下令命這班人將犒師的物品送到大營中去。這班人馬連忙又趕奔大營而來，一個個爭先恐後地擁進大營，將禮物留下，方才空手回去。

不一會，丁原和呂布等領著大隊進營。丁原便令軍需官論功行賞，一方面又命在中軍大帳擺下酒宴，預備慶功。

他將各事指揮停當，便領著呂布到了後帳，替他換上一身嶄新的盔甲，一會子，紮束停當，隨著丁原出了大帳，與諸將領相見。諸將在戰場上已經十分佩服了，現在見他又拜丁原為義父，加倍和他廝近了。

不多時，大家入席了，歡呼暢飲，十分熱鬧。

酒未三巡，守門卒進來報道：「聖旨到！」

丁原聽說這話，忙命撤退酒宴，擺開香案。他領著眾將出門拜接聖旨。那傳旨官背著聖旨，與丁原打了一個躬，凸著胸口，直挺挺走進大帳，當中立定，從背上將聖旨取下，口中喊道：「猛武都尉丁原接旨。」

丁原忙俯伏帳下，口中呼道：「萬歲萬歲萬萬歲。」

那背旨官將聖旨揭開大聲讀道：

孝靈皇帝新棄天下，太子辯嗣立未久，黃巾猖獗，日盛一日。朝廷多故，太子辯尚在沖齡，未能執政。朕夙夜憂煎，旦夕惶惕，誠恐籌幄有疏，辜負先帝之重托。乃者前將軍董卓，鷹視狼顧，挾天子令諸侯，威權日熾，近復有窺竊神器之野心。朕昨得卿之捷報，賊氛已靖，曷勝欣慰！惟國事多艱，朝夕有變，仰即班師回朝，密圖奸佞。欽此！

丁原聽罷，俯伏謝恩，起身對眾將怒目咬牙說道：「董賊野心，老夫早已窺破，近來竟敢出此，難道朝中諸文武一個個都是聾啞之輩麼？」

那背旨官便答道：「都尉還說什麼，如今朝中百官雖不少的忠義人物，但是多半懼著他的威權，噤口不言了。」

丁原怒髮衝冠，便請他先即回京，自己領著大隊，浩浩蕩蕩直向京城進發。不數日已經抵京，他便下令將十萬精兵一齊紮在城外，自己帶著呂布一同進了禁城。

何太后聽得丁原已到，忙命人將他召進宮去，對他曉諭道：「如今董賊有廢主之心，只怕就在旦夕了。卿家千萬勿忘先帝重託，須要設法將此賊除去才好呢。」

丁原聽說這話，俯伏奏道：「太后請放寬心，為臣的自有道理。此番抵抗不住，臣情願將這顆頭顱不要了，和這逆賊去廝拼一下子。」

他說罷，起身走出朝來，回到自己的營中，便與呂布商議進行的計劃。

呂布便道：「方才他已經派人來請過你老人家了，約定明早到朝堂會議。廢立的事情，我想明天他真個要使強迫的手段，那麼，我們竟先將這奸賊除了，再作道理。」

丁原忙道：「我兒明天早朝會議的時候，千萬不能魯莽，但看這賊如何舉動，如果到了必要的時候，我就要向你丟個眼色，那時你再動手不遲。」

呂布點頭稱是。

到了次日清晨，董卓果然大會群臣於朝堂之上，當著眾人發言道：「今上沖昏，不合為萬乘之主，每念靈帝昏庸，令人嗟悒。今陳留王協年雖較稚，智卻過兄，我意欲立他為帝，未知眾卿意下如何？」

他這幾句話說得眾大臣張口結舌，敢怒而不敢言。

丁原正待開口駁斥，不料司隸校尉袁紹劈頭跳起，厲聲說道：「漢家君臨天下，垂四百年，恩澤深宏，兆民仰戴。今上尚值沖年，未有大過宣聞天下，汝欲廢嫡立庶，誠恐眾心不服，有妨社稷，那時汝卻難逃其咎哩！」

董卓大怒道：「天下事操諸我手，誰敢不遵？」

袁紹也大聲答道：「朝廷豈無公卿，汝焉敢獨自專斷。」

董卓聽他這話，更是怒不可言，掣劍在手，厲聲罵道：「豎子敢爾！豈謂卓劍不利麼？」

袁紹更是不能下臺，也忙將寶劍拔了出來，喊道：「汝有劍，誰沒有劍！今天且不與計較，自有一日便了。」他說罷，大踏步出了朝堂，跨馬加鞭，直向冀州而去。

這時董卓尚不肯罷議，仍來徵求眾人的同意，便又向眾人說道：「皇帝闇弱，不足奉宗廟，安社稷。今欲效伊尹、霍光故事，改立陳留王可好麼？」

大眾聽了，面面相覷，沒有一個敢說半個不字來。

此刻丁原怒氣填胸，忍無可忍，霍地立起來答道：「昔太甲既立，不明君道，伊尹乃放諸桐宮。邑昌王嗣位僅二十七日，罪過千餘，霍光將他廢去，改立皇帝。今皇上春秋方富，行未有失，怎得以前相比呢？」

董卓聞言大怒，叱道：「丁原鼠子，朝堂上焉有汝置喙餘地！識風頭，少要逞舌，休要惹我性起一劍兩段。」

丁原拍案罵道：「你這賊子，欺君罔上，妄自廢立，與王莽何異？天下萬民，實欲食汝之肉，寢汝之皮，汝尚在夢中嗎？今天你口出浪言，要殺哪個？」

董卓聽到這裡，推翻桌案，搶劍就要過來動手。這時左大夫李儒見丁原身後站著一

個人，身高八尺，頭戴束髮紫金冠，身穿麒麟寶鎧，按劍怒目，直視董卓。李儒料知來者不善，善者不來。他忙搶過來，一把拉住董卓，附著他的耳朵，說了幾句，董卓會意。

這時丁原和呂布昂然出了朝堂，出城回營。

百官皆散，董卓便問李儒道：「我剛才正要去殺丁原，你說殺他不得，究竟有個什麼緣故呢？」

李儒道：「你方才沒有介意啊！他剛才身後立著那個人，便是呂布，有萬夫不當之勇，萬一你和丁原動起手來，他還不是幫助丁原麼，那時卻怎麼了呢？」

董卓道：「原來如此，但是此番放他走了，我想他一定不肯服從我了。他現在手下有十萬精兵，反了起來，恐怕倒十分棘手呢。」

李儒道：「丁原所恃的不過是呂布，我倒有一條妙計：派一個能言之士，到呂布那裡去，將利害說給他聽，同時再用金帛去誘惑他，到那時，還怕他不來依附明公麼？」

董卓大喜，忙問何人肯去？李肅應聲願去。董卓便在御廄裡挑出一匹赤兔追風馬來，並且預備許多金帛之類與李肅，教他見機行事。李肅答應告辭而去。

到了午後，李肅賚著金帛，帶著赤兔馬，出了西門，徑到呂布的營中。和呂布通了姓氏，便說上許多景慕渴仰的話。

呂布本來是個草莽之夫，哪裡曉得他們的詭計，見李肅恭維自己，早就快活得什麼似的，及至聽得要送他許多金帛，還有一匹良馬，名喚赤兔，逐電追風，日行千里，不由得心花大放，樂得手舞足蹈起來。

李肅何等的機警，便趁著他在快活的當兒，便要求他刺殺丁原，投降董卓，將來不失封侯之位，口似懸河，說上半天。呂布迷著金帛良馬，也不顧什麼父子名義，知遇厚情，竟一口答應下來。李肅見他答應，便告辭走了。

誰知到了第二天，呂布手裡提著丁原的頭，竟來依順董卓。董卓大喜，連忙上表硬挾何后下旨封他為溫侯，平白的手裡又添十萬精兵，一員虎將，他的勢焰不覺又高百丈。

他還怕呂布生心，便使李儒說合，拜他為義父，趁勢要挾群臣，將太子辯廢去，立陳留王協為漢獻帝。百官側目，莫敢奈何，只好低首服從，誰敢牙縫裡碰出半個不字來？只得唯唯聽命。

他廢立已定，便又將何太后幽禁起來，何太后也沒法抵抗，免不得帶哭帶罵，口口聲聲詛咒董卓老賊。當有人報知董卓，他竟使人賚著鴆酒至暴室，迫令何太后吃下，不一時，毒發而亡。

董卓因永樂太后與己同姓，力為報怨，既將何太后毒死，還未洩心中之恨，復查得何苗的遺骸，拋擲路旁，又拘苗母舞陽君一併處以極刑，裸棄枳棘中，不准收葬。他自稱為郿侯，稱他的母親為池陽君，出入朝儀，比皇太后還要勝三分。自己更不要說了，虎賁斧鉞，差不多天子也沒有他這樣的威風。

這時朝中百官，誰敢直言半句？卓云亦云，卓否亦否，齊打著順風旗，附勢趨炎，

哪裡還有劉家的天下？簡直是董家的社稷了。

然而朝中有一位大臣，卻不忘漢室的宏恩，時時刻刻思想將這些惡賊除去。可是自己是個手無縛雞之力的文官，而且又無別個可以幫著共同謀劃的。所以他雖有此心，無奈力不能為，只好鎮日價地愁眉苦臉，憂國憂民，無計可施。

眼見朝內一班正直的忠臣被卓賊趕走的趕走，殺死的殺死，風流雲散，他好不心痛，因此隱憂愈深。列位，小子說到這裡，還沒有將他的名字提了出來。究竟是誰呢？卻原來就是司徒王允。

他籌措了數月，終於未曾得到一個良善的辦法。

有一天，到了亥子相交的時候，他在床上翻來覆去，再也莫想睡得著。他便披衣下床，信步走到後園。只見月光皎潔，萬籟無聲，只有許多秋蟲唧唧地叫著，破那死僵的空氣。

這時，正是深秋的時候，霜華器重，冷氣侵人。王允觸景生情，不禁念道：

山河破碎兮空有影，天公悲感兮寂無聲！

他念罷，猛聽得假山後面有嘆息的聲音。他吃驚不小，躡足潛蹤，轉過假山，瞥見一個人亭亭地立在一棵桂樹下面，從背後望去，好像是貂蟬。

王允揚聲問道：「現在夜闌人靜，誰在這裡嘆息？」

那人轉過面來答道：「賤妾在此。」

王允仔細一看，卻不是別人，正是貂蟬，忙喝道：「賤人！此刻孤身在此，長吁短嘆，一定是有什麼隱事，快些給我出來！」

貂蟬不慌不忙地答道：「妾身之受大恩，雖十死不足報於萬一，焉敢再有不端行為呢？因為近數月來，時見大人面有戚容，妾非草木，怎能不知大人的心事呢？背地興嘆，非為別故，實因大人憂國憂民，惶急無計。妾自恨一弱女子，不能稍替大人分憂，所以興嘆的。」

王允聽她這番話，又驚又喜地說道：「我的兒，誰也料不著你有這樣的心事。好好好，這漢家的天下，卻要操在你的手裡了。」

貂蟬答道：「大人哪裡話來！只要有使用賤妾的去處，雖刀斧加頸，亦所不辭。」

王允便道：「我見了你，倒想起一條計劃來了。但是你卻太苦了，尚不知你能行與否，我倒不大好意思說了出來。」

貂蟬何等的伶俐，見王允這樣吞吞吐吐的，卻早已心中明白了，便插口說道：「大人莫非要使美人計麼？」

王允笑道：「我這計名目雖不是美人計，實際上卻與美人計有同等的效力呢。」

貂蟬道：「大人乞示其詳。」

王允便附著她的耳朵道，如此如此，未知你可做得到麼？她聽罷，粉頰一紅，毅然答道：「只要與國家有益，賤妾又吝惜一個身體嗎？」

王允聽了，撲地納頭便拜。驚得貂蟬忙俯伏地道：「大人這算什麼呢！豈不將賤妾折殺了麼？」

王允道：「我拜的是漢室得人，並非是拜你的。」他說罷，扶起貂蟬，又叮嚀了一番，才各自回去安寢。

到了次日清晨，王允便命預備酒席。

早朝方罷，他便對呂布說道：「今天下官不揣譾陋，想請溫侯到寒舍小酌一回，未知能得溫侯允許否？」

呂布笑道：「司徒多禮。我卻不客氣了，倒要去消受你們府上的盛饌豐肴呢。」

王允忙道：「溫侯肯下降，茅舍有光了。」

他說著，便和呂布一同回到自己的府裡。

這時府中的眾人早已將席預備好了，王允便與呂布對面坐下，開懷暢飲。

酒至三巡，王允便向屏風後面喊道：「我兒！呂將軍是我至友，你不妨出來，同吃一杯罷。」

話聲未了，只聽屏風後面嬌滴滴地應了一聲「來了！」

接著一陣蘭芳麝氣，香風過處，從屏風後面走出一位千嬌百媚的麗人來。她走到王允的身邊，瓢犀微露著問道：「那邊就是呂將軍麼？」

王允道：「是，快點過去見禮。」

她羞答答地到呂布面前，深深地福了兩福。呂布慌忙答拜。

王允笑道：「小女粗知幾首俚曲，將軍如不厭聞，使她歌舞一回，為將軍侑酒如何？」

呂布沒口地說道：「豈敢豈敢，願聞願聞。」

她也不推辭，輕點朱唇，歌喉嚦嚦，慢移玉體，舞影婆娑。呂布連聲道好。不多一時，她舞畢，王允趁勢托故走開，她卻到王允的位置上坐了下來。

呂布向她細細地一打量，不禁大吃一驚，暗道：「她不是葛巧蘇麼？看她那種秀色，委實比從前出落得美麗十二分了。」

第一一三回　攀龍附鳳

王允要使呂布迷惑於貂蟬，他便使貂蟬歌舞侑酒。貂蟬本早就受了王允的密囑，當然毫不推辭，婷婷嫋嫋走到紅氍之上。

這時樂聲大作，笙管嗽嘈。她慢擺柳腰，輕疏皓腕，姿態動人，歌喉蕩魄，把個呂布樂得心花怒放，直著兩眼，盯住她轉也不轉。

一會子舞罷，王允便對她說道：「我兒且在這裡陪著溫侯，為父的因為後面還有多少屑事，要去料理呢。」

呂布見他要走，正中心懷，忙道：「司徒有事，儘管請便罷。」

王允笑道：「恕我少陪了。」

他道：「無須客氣了。」

王允便起身向後面走了。

她羞羞答答地到王允的位置上坐下。

呂布見王允去了，他便膽大起來，笑瞇瞇對著貂蟬直是發呆，心中好似小鹿亂撞的

一樣，不知和她說一句什麼才好呢。

貂蟬故意裝嬌賣俏地閃著星眼，向他一瞟，微微一笑，百媚俱生。這一笑，倒不打緊，將一個呂布笑得骨軟筋酥，見她那一副可憎可喜的面龐，恨不得連水將她夾生吞了下肚去。

真個是見色魂飛，身子早酥了半截。他瞧著王允在這裡，又不敢過於放肆，只好眉目送情，她也時時發出回電，將他浪得驚喜欲狂。

她捋起紅紗袖子，露出半截粉藕似的膀子，十指纖纖地執著銀壺，輕移蓮步，走到他的身邊，滿滿地斟了一杯，笑道：「奴家不會敬客，務望將軍恕罪才好呢。」

呂布忙笑道：「哪裡話來！我太貪杯，勞得妹妹常來斟酒，我實在生受得十分不過意了，還是讓我自己來動手罷。」

他說著，用手將她的玉腕抓住，笑瞇瞇地盯著她的芙蓉粉頰，只是飽看不休。

她羞得忙將手往懷裡一縮，不覺將手中的銀壺往下一落，叮噹一聲，將桌上的酒杯打壞。這一聲，將呂布飛出去的魂靈才驚得收了回來，忙笑道：「妹妹受驚了。」

她含羞帶笑地用帕將口掩著，倒退自己的位置上坐下，呂布見她那副面孔像煞數年前的葛巧蘇，越看越對，竟沒有分毫的錯誤。

貂蟬見了呂布，卻也暗暗吃驚道：這人不是我們高頭村上的一個異丐麼？不知他在什麼時候得到這步田地的？

呂布便向她笑道：「妹妹！我在什麼地方，好像見過你的樣子？」

她卻答道：「將軍這話未免太唐突了，奴家自幼未曾出得閨門半步，今天因為家父的命令，才出來見過一回生客的，從來也未曾看見過第二個生人。」她說罷，便冷冷地坐著。

呂布見她不悅，忙用別話岔開去，但是他的心中兀的疑惑不解道：「天下同樣的人本來是有的，卻未見過她和葛巧蘇的面貌不爽分毫的。」

列位，貂蟬聽得呂布的問話，從前的舊相識，而且又是知己，當然就該直接將自己的遭際告訴與他，為何反而一口瞞得緊緊的不認呢？

原來貂蟬見呂布現已封侯，當然要目空一切，要是將自己的一番事實說出來，豈不使呂布看不起麼？自己無論怎樣的美貌，終於是個歌妓，還有什麼身價呢？不若回他一個摸不著，免得教他瞧不起。

這時呂布見她柳眉微蹙，似乎帶著一些嬌嗔的樣子，曉得自己方才的兩句話說得太唐突了，他便搭訕著笑道：「我酒後亂言，得罪妹妹，萬望妹妹恕我失口之罪。」

她聽他這話，便又展開笑靨答道：「不知者不怪罪，將軍切勿見疑。奴家究竟是有些孩子氣，都要請你原諒呢。」

呂布見她回嗔作喜，不禁將方才那一股狂放的魂魄，卻又飛到她的身上去，不知不覺地將銀壺執著，走了過來，一手搭著她的香肩，替她滿斟一杯，口中說道：「妹妹！

剛剛承情替我斟酒，為兄的也該過來回敬了。」

她卻故意板起面孔，對他說道：「將軍請放尊重一點，不要使他們看見，成了什麼樣子呢。」

呂布忙答應著，回到自己的位上，見她似怒非怒，似喜非喜的一種情形，不禁心癢難熬，將一隻腳從桌肚裡伸了過來，正碰著她的金蓮，她不禁嫣然一笑，忙將小足縮到椅子裡面。

呂布見她一笑，膽大得愈厲害，便問道：「妹妹！今年貴庚多大了？」

她道：「十九歲了。」

呂布哈哈大笑道：「那麼，我癡長一歲，做你的哥哥還不算賴呢。敢問妹妹是幾月裡生辰？」

她笑道：「你又不是星相，我又不來算命排八字，何人要你問年問歲呢？」

呂布笑道：「妹妹！你卻不要誤會我的用意，我問你的生辰，正有一樁要緊事情。」

她卻假癡假呆地答道：「四月十八。」

呂布又問道：「妹妹的門當戶對，有與未呢？」

她聽得不禁嗤地笑道：「這人敢是發酒瘋了，人家這些事情，誰要你來問呢？」

呂布忙央告道：「好妹妹，請你告訴我吧！」

她故意將粉面背了過去，說道：「今天真是該死，我們爺真是想得出，好端端地教我來和這個醉漢子纏不清，可不是晦氣麼？」

呂布情不自禁站起來，走到她的椅子後面，彎腰曲背地打恭作揖。

這時候猛聽得屏風後面咳嗽一聲，把個呂布嚇得倒退兩步，忙抬頭一望，不是別人，正是王允從屏風後面慢慢地走了出來。

呂布滿面緋紅，慌忙退到自己的原位上，斯斯文文地文風不動，眼管鼻頭，鼻管腳後跟。

王允見此情形，料知他已入圈套。他卻對貂蟬說道：「我兒！有客在此，為何兀的板起臉來，算是什麼樣子呢？」

她忙將粉面掉了過來，呂布深恐她將方才的情形說了出來，便向她直是做鬼臉子。她佯作不知，冷冷地對王允說道：「孩兒因為多吃了兩杯，心上作泛，故掉過臉來。」

王允哈哈大笑道：「癡丫頭，今天又不知吃下多少酒去了，侍女們！快將她扶到後面去，安息一會子。」

話猶未了，屏風後面走出一群侍女來，將她扶起。她輕移蓮步，走到呂布的面前，深深的一個萬福，口中說道：「奴家酒後失陪，萬望將軍原諒。」她說罷，才婷婷嫋嫋地走進去。

王允哈哈大笑道：「癡丫頭，酒越醉，禮數越多。」他說罷，便轉過身來對呂布笑道：「小女嬌憨，酒後不知說些什麼呢？萬一有得罪將軍之處，老夫便來陪罪了。」

他說罷，只見呂布兩眼出神，只是在那裡發愣，原來被她這一陣子忽喜忽怒的嬌態，將他迷溺得不知所云了。這時王允問話，他何嘗聽見一字，直著雙目，在那裡追尋方才的情景呢。

王允走到他的身邊，用手在他的肩上輕輕地一拍，笑道：「溫侯！老漢方才問話，溫侯未答，敢是動怒未曾？」

呂布被他一拍，才驚得醒了，冒冒失失地答道：「我原是好意，你卻不要誤會。」

王允見他這樣答法，不禁失聲笑道：「溫侯！敢是今天酒吃得醉了麼？」

呂布忙答道：「不曾不曾。」

王允道：「既未吃醉，方才下官問話，為何兀的一聲不響呢？」

呂布忙離席謝過。王允又將他拉入席笑道：「知己朋友，何必盡來客氣做什麼呢？」

呂布道：「适才我問令嬡的生辰，不知可有親事與未？」

王允笑道：「這個癡丫頭，今年已是十九歲了，作伐的人卻也不少，可是她兀的揀好嫌歹的，不由我作主，所以到現下還未有呢。她鎮日價的羨慕將軍的為人，勇貌雙全，時常叫我請將軍來和她廝見廝見。」

呂布聽到這裡，不禁大喜道：「小將年已弱冠，中饋無人，若不棄粗愚，便為司徒東床如何？」

王允笑道：「那如何使得？溫侯蓋世英雄，小女蒲柳之姿，怎好妄自攀龍附鳳呢？」

呂布忙道：「司徒！你也無須推託，彼此義氣相投，何必盡來做那些無謂的假圈套呢？」

王允道：「既是將軍不棄微賤，怎敢不遵呢？」

呂布聽他答應，頓時如同平地登天的一樣，說不出的一種快活，忙離開席面走到王允的面前，納頭便拜，口中說道：「泰山在上，小婿這廂有禮了。」

王允哈哈大笑，忙將他從地上扶了起來，說道：「這如何使得？倒叫老漢生受了。」

呂布道：「你老人家這是什麼話？令嬡不許與我便罷，既許與我，當然我是你的真真實實的子婿了。」

他說罷，便在腰中解下一塊五龍珮來，遞與王允道：「小婿來得倉忙，未曾預備，就將這塊區區的珮兒作為聘禮罷。」

王允笑著收了下去，正要答話，瞥見外面走進一個人來，到呂布的面前雙膝跪下，口中說道：「太師請溫侯回府，刻有要事相商，請即動身。」

呂布聽得，便與王允告辭回府。

董卓正在廳上與李儒在那裡商議，見他進來，董卓忙道：「吾兒你可知道，只為放走了袁紹，如今為害不小，他和曹操勾結了十七鎮諸侯，齊來入寇了，現在已經到虎牢關了，你道這事如何辦呢？」

呂布冷笑一聲道：「父王請放寬心，什麼關外諸侯，在孩兒看起來，連草莽還不如

呢。孩兒願領一軍前去，包將這班狐群狗黨，一個個梟下首級來獻與父王。」

董卓大喜道：「奉先肯去，吾無憂矣。」

這時背後有一人，狂笑一聲道：「殺雞焉用牛刀，此等烏合之眾，何勞溫侯親自出馬，末將願帶精兵一萬，包將他殺得片甲不留。」

董卓一望，不是別人，乃是關西華雄。董卓大喜，忙加封為驍騎校尉，又命李儒隨他一同前去參贊，撥兵五萬。

他兩個領兵到了虎牢關。這時十七鎮諸侯的兵馬，已經將關外圍困得水洩不通。華雄領兵出關，列成陣勢，厲聲罵戰。

這時會盟討賊的眾首領一齊出陣。濟北相鮑信忙教他的兄弟鮑忠出馬迎敵，未上三合，被華雄大喝一聲斬於馬下。趁著勝仗，斬了許多的首級回關，著人送到董卓那邊去報捷。董卓大喜，便封為都督。

這時長沙太守孫堅，見頭陣敗北，不禁勃然大怒，引著四將飛出陣去，遙指關上厲聲罵道：「助賊匹夫，快來納命！」

華雄便命胡軫出馬。孫堅正待上前迎敵，程普一馬衝出，接著胡軫大戰了三十餘合，手起一矛，刺胡軫於馬下。華雄望見，飛身下關，領兵出來和孫堅對了陣。

混戰了一天一夜，因為糧草缺乏，只得引兵退去，華雄收兵入關。到了第二天，華雄又引兵出關搦戰。眾諸侯一齊出陣，華雄連斬三將。眾諸侯大驚失色，面面相覷，沒有一個敢去迎敵。

這時北平太守公孫瓚背後閃出一將，赤面長髯，跨下大宛馬，手執青龍刀，丹鳳眼，臥蠶眉，聲若洪鐘，一馬飛出垓心，大喝：「華雄鼠子，焉敢猖獗！」

華雄大吃一驚，措手不及，青龍刀起，他的首級骨碌碌早滾向草地裡去了。他領兵大殺了一陣，只殺得眾賊兵抱頭鼠竄，逃入關去。

李儒大驚，連忙著人到董卓那裡告急去了。那將乘勝回來，眾諸侯沒有一個不佩服。盟主袁紹便問公孫瓚：「他是何人？」

公孫瓚答道：「他就是平原令劉備的兄弟關羽。」

曹操驚問道：「莫非就是破黃巾的三雄麼？」

公孫瓚點頭稱是。曹操十分起敬，忙命擺酒慶功。

再說董卓得到這個急報，十分害怕。呂布大怒，領兵三萬，星夜趕到虎牢關。李儒見他到了，好不歡喜。次日清早出馬，他連戰勝十七陣，將眾諸侯殺得個個膽寒，人人害怕。

這時卻惱動了劉、關、張兄弟三人，張飛大喝一聲，挺矛出陣來戰呂布。

呂布見他出陣，料知是個勁敵，卻也十分留神。他兩個搭上手，大戰了一百合不見勝負。關雲長長嘯一聲，飛馬出陣，掄刀雙戰呂布。這時金鼓震天，喊聲動地，垓心裡只見刀光戟影，將眾諸侯看得目眩心駭。

他兩個和呂布大戰八十餘合，仍是未分勝負。劉備看得火起，舞動雙鋒劍，拍馬助戰。他三個丁字兒困著呂布，大呼廝殺，又戰了一百餘合，兀的敗不了呂布。

由午牌一直殺到紅日含山，呂布到底有些遮攔不定了。他也乖覺，向劉備虛晃一戟，掃開陣角，飛馬入關。劉、關、張忙領兵趁勝搶關。李儒忙命守關賊兵一齊將灰瓶石子拋了下來。劉備等不能前進，只得收兵回營。

一連攻了幾天，呂布也出了幾陣，只是莫想戰倒了他。眾諸侯見孫堅已去，一個個慢慢地散到原籍去了，把個曹操和袁紹氣得不可開交。他們倆見勢孤力薄，也只好回到河內去了。

呂布見眾盟主不戰自散，也就領兵入都，到了董卓的府中將戰事說了一遍，董卓大加賞識。

過了數日，董卓見洛陽究竟不及長安來得緊要，便與百官會議遷都。眾大臣誰也不敢來反對，只是唯唯道好。

董卓下令命一班文武先遷入長安，自己劫了后妃皇帝，迤邐到長安，沿途燒殺劫掠，無所不為，共擄到良馬八千匹，金帛不計其數。臨行時將洛陽原有的宮殿點起一把火來，燒得一乾二淨，到了長安之後，新建太師府，窮極華麗，所費不下數千萬。

這時單講呂布鎮日價心中只是記念著貂蟬，無奈又因董卓新遷長安，百務猥集，不得分身，所以耐著性子，在董卓的府中，幫同著李儒照料各事。一直忙了一月有餘，各事粗定，呂布急欲一見貂蟬，方要到王允那邊去，不料董卓又教他到後園裡去監造貽和宮。他無可奈何，只得轉身向後面而來。

此刻他心中已是十分不悅了，他懶洋洋地走進後園，只見裡面花草樹木修葺得十分齊整。那園後便是貽和宮，正造得半零不落的，大架子已經支起，高聳入雲。他一步一步地走到一座亭子前面，抬起頭來一望，只見這亭子原來是六角式的，每角懸著金鐘，微風吹來叮噹作響，迎面便是一塊匾，上面亮晶晶的三個大金字，乃是鳳儀亭。

他正要轉身向後走去，猛聽得亭裡有嘆息的聲音。他卻是一愣，忙止住腳步，用目朝裡面一打量，原來這亭子是內外兩進的：外邊一轉花廊，裡面卻是四周沉香木的屏門。他見當中竹簾垂著，瞧不見裡面。他便走進來，用手將門簾一揭，朝裡面一望，不禁大吃一驚。

你道是什麼緣故？卻原來在裡面嘆息的，並非別人，卻就是呂布時刻記念的貂蟬。他忙走了進去，一把握住她的玉手，問道：「卿卿！何由到我們這裡來的？」

貂蟬見他進來問話，不由得眼眶一紅，那一股眼淚像斷線珍珠一般，簌簌地落個不住，哽哽咽咽地說道：「將軍！奴家只道今生不能和你見面的了，不想還有碰見的一天。」

她說罷，便往呂布懷中一倒。只有嗚咽的分兒。

呂布摟著她，低聲問道：「卿卿！你有什麼話，儘管說出來，我好替你消氣。」

貂蟬哭道：「事已如此，還說什麼，只怪奴家無情，辜負了將軍，不如當著將軍一死，好表明奴家的心跡。」

她說罷，便想照亭柱碰去。呂布死力抱住，忙問她：「究竟是為著什麼事情？」她又哭了半天，終未有答出一句話來，把個呂布弄得丈二的金剛，一時摸不著頭腦，好生著急。

看官，貂蟬究竟是什麼時候到董卓的府裡的？小子也好交代明白了。

原來董卓遷都之後，王允料到呂布一定是要奔走忙碌的。他暗想此時再不下手，恐怕沒有機會了。他便推著做壽，將卓賊請到府中赴宴。

酒至中巡，將貂蟬喚了出來。董卓見了貂蟬，身子早就酥了半截，及至聽到她的珠喉妙曲，不禁魄蕩魂飛了。他忙問王允這是何人？王允乘機答道：「這是歌妓貂蟬。」

董卓聽說是歌妓，不禁大喜說道：「司徒可能割愛送給我麼？」

王允忙道：「太師不嫌粗陋，奉上就是了。」

董卓聽說這話，只樂得心花怒放，隨即將貂蟬扯到自己的懷中，笑問道：「你今年多大了？」

貂蟬答道：「今年十九歲了。」

董卓哈哈大笑道：「自古美人多半不減顏色，你道是十九歲，我實在不信，差不多只有十六七歲的光景罷！」

貂蟬含笑不語。

這時王允走到董卓身邊說道：「蟬兒！你的福分真正不淺，居然蒙得貴人的恩寵，將來太師爺如果居了九五之尊，怕你不是貴人麼？」

董卓聽得，更是樂得一頭無著處，忙道：「我如果能有這樣的福分，將來一定封你為太師，如何？」

王允答道：「太師爺言重了，我哪裡有那樣的偌大福分呢？」

他們扯談了一陣子，卓賊起身告辭，帶著貂蟬回府而去。

第一一四回　調虎出山

董卓得了貂蟬，如魚得水，鎮日價尋歡取樂，將一切的事情，完全都付與呂布、李儒二人照料。還有那些擄得來的良家婦女，他見了貂蟬，便將她們視同糞土一樣，完全賞給與手下侍尉從僕。真個是一人中意，眾美遭殃。

這貂蟬見他這樣的寵愛自己，她也展出十二分籠絡的手段來，將一個董卓哄得百依百順，險些把她當做活觀音供養。那天董卓早朝未回，貂蟬料知呂布在後園裡監工，她便趁著這個空子，單身獨自走到後園裡去，在鳳儀亭內不期而然地遇著了呂布，她便哭得淚人一樣。

呂布再三追問。她嘆了一口氣道：「事已如此，說它還有什麼用呢？」

呂布急道：「卿卿！什麼事你也應該說出來，我才明白呢。」

她道：「我也料不到你們太師爺竟是這樣人面獸心的老賊，他前天到我家裡去，我們爺子以為你是奴家的丈夫，他自然是我的公爺了，我們爺教我出來見禮，不想他見了我，便對我們爺說道：『奉先是我的兒子，一切婚事籌備，當然是我來出頭辦理的，

如今先將令嬡接到我們的府中去。』我們爺當然不好推辭，便教我乘著轎子隨他到這裡來，誰知那老賊竟起心不良。」

她說到這裡，淚拋星眼，便又哽哽咽咽地哭將起來。呂布急問道：「以後便怎麼樣呢？」她哭道：「不料那老禽獸將奴家藏在一間牢房裡。黑夜裡帶了許多的僕婦到那裡去，將奴家的清白被他玷污了。將軍！妾身只道今生你我永無相見之日的呢，不料天也見憐，我們還有一面的緣分。我的心跡已表明白了，再也沒有顏面來見將軍了，你且放手，讓我去死了倒乾淨，省得在世上辱沒你的英名。妾身死後，也要變一個厲鬼，將那老賊的魂追了去才罷呢。」

呂布聽了這話，將那股無名豪火高舉三千丈，按捺不下，冷笑一聲道：「萬料不到這老禽獸竟有這樣的行為！」

貂蟬哭道：「還是讓我去死了是正經，不要為著我一個女子，使你家父子不和。」

呂布聽說這話，更是氣衝牛斗，急道：「他能做這些禽獸的事情，還算什麼父子呢。」

貂蟬道：「妾身未出閨門，就聞得將軍的英名，如雷貫耳，滿望攀龍附鳳，嫁給英雄，不料大禮未成，橫遭這老賊玷污，奴家如何對得起將軍呢？但是奴家耿耿寸心，惟天可表，除卻將軍之外，卻沒有第二人了，將軍如肯見憐，將我救出火坑，奴家情願為將軍充一個侍婢，還比受那老賊蹂躪的好多了。」

呂布聽她這番話，真個是萬箭鑽心，利刀割膽，又氣又憤，又愛又憐，心頭上翻倒了五味瓶，酸甜苦辣鹹一齊湧上心來，不知怎樣才好呢。

貂蟬又哭道：「將軍肯與否，請快些兒作個決定罷。」

呂布還未答話，猛聽得外面氣如牛喘，有人大聲罵道：「好賊子、賤人，在這裡做的好事。」

呂布聽得是董卓的聲音，不禁一驚，忙將貂蟬放下，揭起竹簾，瞥見董卓手執他平日用的一杆方天畫戟圓睜二目，惡狠狠地站在門外。

原來董卓早朝回來，到了貂蟬的房中，不見了貂蟬，吃驚不小，忙問侍女：「她到哪裡去了？」

有個侍女道：「到後園裡去遊玩去了。」

董卓聽說這話，忙向後面尋來。走到大廳後面，劈面撞見一個小廝，名叫宋刮的，他便問道：「刮兒！你可曾看見新夫人在什麼地方呢？」

宋刮支吾著說道：「小的看是看見的，只是不敢說。」

董卓聽得，心下大疑，忙道：「快點說，告訴我！怕什麼呢？」

宋刮道：「我方才從後園裡鳳儀亭門口經過，猛聽得裡面嘰嘰咕咕有人談話，我倒被他們嚇得一大跳，悄悄地從竹簾子外面往裡一瞧，只見新夫人倒在呂將軍的懷裡，只是哭，我倒不解是怎麼一回事，正想去告訴你老人家，不想在這裡竟碰到你老人家了。」

董卓聽得，不暇多問，順手在大廳東廊將呂布的畫戟取下來，飛向後園奔來。到了鳳

儀亭門口，就聽得裡面仍在喁喁不休地談著，把個董卓氣得光是發喘，半天才厲聲大罵。

這時呂布從裡面一頭鑽了出來。他見了呂布，不禁將腦門幾乎氣破，潑口罵道：「好賊子，竟敢做出這樣無父無君，不倫不類的事來。」

他罵著，舞動方天畫戟便來刺呂布。呂布將頭一偏，他一戟落空，身子往前一傾險些兒跌了下去。呂布順手一把將戟的頭龍吞口抓住，就是一擰，不想董卓的蠻力大，莫想動得分毫。

呂布一撒手，拔步就走。董卓便將戟擲去。呂布往旁邊一閃，沒有擲到。董卓哪裡肯捨，依舊緊緊地追來。

剛剛追出園門，卓賊和一個人撲的撞個滿懷。他不問青紅皂白，一把將那人抓住，拔出寶劍就要動手。只聽得那人喊道：「太師爺，慢來慢來！」

他聽得，忙低頭一看，不是別人，卻是左大夫李儒。他道：「要不是你喊得快，險些兒一劍將你結果。」

李儒忙問他與呂布究為著什麼事情，這樣衝突的？董卓便將以上的事情，氣衝衝地說了一遍。

李儒頓足道：「主公！大事去矣！為了一個貂蟬，惱了一員大將，他萬一反起來，試問主公，誰人能去征服他？主公這時正在招賢納士的當兒，奉先雖有小過，主公也該稍為原諒才好呢。還有一句老實話，對太師爺說，太師得有今日，完全是誰一手造成的呢？我敢說一句，除卻呂奉先，卻沒有第二個罷。貂蟬雖美，於主公何益？主公要是一個明白人，今天不獨不能做出這一套來，而且既曉得呂奉先看中貂蟬，要想鞏固他的心，不妨就將貂蟬賜給與他，還怕他不死心塌地的保護主公麼？還有一個比例，就是昔日熊羽在摘纓會上，不殺戲莊姬之蔣雄，後為秦兵所困，才得其死力相救；今貂蟬不過一女子，呂布係主公一心腹猛將，以一女子失一大將，不知利害孰甚呢？」

他這一番話，說得董卓閉口無言，停了半天，才開口向李儒問道：「依你便怎麼樣呢？」

李儒道：「照我的愚見，莫若就此將貂蟬賜與呂布，布感主公大恩，必以死力相報哩！愚直之言，是否還請主公三思。」

董卓點頭道：「你的話，未嘗不是，讓我去細細地思量思量。」

李儒便謝恩退出。

董卓回到貂蟬的房中，命人將貂蟬喚來，他厲聲問道：「賤人！何故與呂布私通？」

貂蟬放聲大哭，說道：「妾身久聞侍女們講過，後園修葺的怎樣好法，妾身成日價地閉在這房裡，悶得十分難受，也是妾身一時之錯，不該到後園去遊覽的。賤妾剛走到鳳儀亭，迎面就碰見呂布，不想這個奴才將妾嬲住，硬行非禮，不是太師爺到來，救妾一命，那時妾身少不得要死在這匹夫的手裡了。」

卓賊道：「我現在倒有一件事和你商量，未知你肯與不肯？」

貂蟬拭淚問他：「何事？」

董卓道：「難得奉先看中了你，我想將你賜給與他。」

貂蟬聽得，大吃一驚，掩著粉頰大哭道：「賤妾已是貴人，不日將有后妃之望，今天忽然要使妾委身與下賤家奴，便是頓時死了，莫想我答應的。」

她說罷，移動蓮步走到帳幃前去，將寶劍取下，颼地出鞘，向頸上就勒。慌得董卓搶了過來，死力扳住她的粉臂，說道：「快休自尋短見，方才那幾句話，本來是和你玩的，原想借此來試驗試驗你的心，不料心肝美人竟認真了。」

他說著，從她的手中將寶劍奪了下來。

貂蟬哭道：「太師休要哄我，這一定是那個李儒賊子出的主意。他本與呂布是一類，他想害妾身的性命，敗太師爺的聲名，這個萬惡的賊子，我要生食其肉，死寢其皮呢。」

董卓道：「他無論如何說項，我怎能捨得你呢？」

貂蟬道：「如今他們既然是不懷好意，料想此地也不能久居了，萬一上了他們的算，便怎麼好呢？」

董卓忙道：「心肝！你且莫要擔憂，我明天就和你一同到郿塢去同享快樂，如何？」

貂蟬這才收淚拜謝。到了次日清晨，李儒便在大廳上候著董卓。

不一會董卓來了。李儒便對他說道：「主公昨天既然答應將貂蟬賜與呂布的，今日正是黃道吉期，何不就將貂蟬賜給他，成為好事嗎？」

卓賊道：「我與呂布究竟有父子的關係，不便賜給與他，但是我也不去追究他昨日的錯處了，你去對他可用好言勸慰。」

李儒萬不料他今天忽然變卦，便毅然說道：「主公千萬不可為婦人所迷惑才好呢！」

卓賊聽得，不禁將臉往下一沉，冷冷地答道：「然則你的女人可肯賜給呂布麼？這種不近人情的話，昨天我不過是權為應你一聲，不想你竟堅執，要教我將女人送給別人。我不看平日之情，恨不將你這匹夫一刀兩段，識風頭，不要夾纏不清，下次誰再講出這字來，提頭相見。」

李儒不敢再講，只得退了出來，仰天嘆道：「我等不久皆要死在這賤人的手裡了！」不表他在那裡嘆息，再表董卓早朝之後，回府令搬場，常一時百官都來送行。

這個當兒，呂布在人群中望見貂蟬在車中掩面痛哭。呂布覷著董卓的車仗去得遠了，他便將馬一帶，趕到貂蟬的車仗對過，只見她粉腮淚落，伸出玉手，上一指，下一指，又朝呂布一指，最後朝自己一指。呂布看見如同萬箭鑽心，十分難受，又不敢近來，恐被董卓望見，只好兜馬立在土崗之上攬轡痛恨不止。望著車仗越去越遠，煙塵迷漫，雲樹參差，一轉眼便不見了車仗的影子，他悵恨欲死地坐在馬背上，還在伸長著脖子，遙望不瞬。

這時候，後面突然有個人將他肩頭一拍，笑道：「溫侯！不隨太師爺一同到郡塢去，為著什麼緣故，孤影單形地立在這裡發愣呢？」

呂布被他一拍，倒是一驚，連忙回頭看時，不是別人，正是司徒王允。

呂布見是他，不禁嘆了一口氣道：「司徒還問什麼呢？橫豎不過是為著你家女兒罷了。」

王允道：「莫非小女到府上之後，有什麼不到之處麼？萬一得罪了將軍，千乞將軍，還看老朽的薄面，總要原諒這個癡丫頭一些，那麼也不枉她鎮日價地景仰將軍的一番苦心了。」

他說罷，呂布道：「咳！司徒！你好糊塗了，難道這事你還不曉得麼？」

王允故意驚道：「小女自被太師爺帶去一月有餘，至今也未曾回來過一次。有什麼事情我焉能知道呢！」

呂布道：「老實對你說罷，你們的令嬡我倒沒有撈到，反被那老禽獸視為己有了。」

王允忙道：「溫侯！這是什麼話！難道太師此刻還未曾替你們結過婚麼？」

呂布大聲說道：「我倒沒有和你們令嬡結婚，那老禽獸倒與你們令嬡成其伉儷了。」

王允佯作大驚失色的樣子，說道：「這從哪裡說起，這從哪裡說起！」他說罷，便對呂布說道：「溫侯！此地非是談話之所，請到寒舍去，再作商量。」

呂布沒精打彩地隨著他復行入都。到了司徒府的門口，二人下馬，一同到了大廳上落座，王允便道：「究竟是怎樣的？請溫侯再述一遍。」

呂布便將鳳儀亭前後細細地說了一個究竟。王允只是頓腳，半晌無語，又眼盯著呂布。呂布垂頭喪氣的，也是一語不發。

二人默默的半天，王允才開口說道：「太師淫吾女兒，奪將軍妻室，這一層，誠為天下人恥笑，非恥笑太師，不過恥笑將軍與老朽罷。但是老朽昏邁無能尚無足道，可惜將軍蓋世英雄，亦受這樣的奇恥大辱！」

呂布聽得這話，不禁怒氣衝天，拍案大叫。王允忙道：「老朽失言，死罪死罪，萬望將軍息怒。」

呂布厲聲罵道：「不將這老賊殺了，誓不為人。」

王允聽得這話，忙跑過來用手將呂布的嘴堵住，說道：「將軍切不可如此任意，太師爺耳目眾多，萬一被他們聽壁角的聽了去，那時連老朽都不免要滅門九族了。」

呂布嘆道：「大丈夫豈可鬱鬱久居人下！」

王允連忙說道：「以將軍之才，實在非是董太師所可限制的。」

呂布便道：「殺這個老賊，真個一些兒不費吹灰之力，不過有一個緣故，礙著不好動手。」

王允忙問他：「是什麼緣故？」

呂布道：「這個老賊作此禽獸之行，論理殺之不足以償其辜。只是他與我名義上有父子的關係，所以不能下此毒手，恐被天下後世唾罵。」

王允冷笑道：「將軍真糊塗極了！他姓董，你姓呂，在名義上固無父子之可言，談

到情分上，越發不堪設想了，他與你既是父子，就不應當在鳳儀亭前擲戟廝拼了。」

呂布聽得這話，怒髮衝冠地說道：「要不是司徒點破，我險一些兒自誤。」

王允聽他這話，便知道他的意已堅決了，便趁機又向他說道：「將軍若扶正漢室，後來這忠臣兩個字，是千古不磨的；要是幫助董卓，這反賊兩個字，再也逃不了的，一面是流芳千古，一面是遺臭萬年。天生萬物，自是難齊，好醜不過隨人自取吧。今日之事，尚請將軍三思。」

呂布聽得這番話，真個如夢方醒，趕著離席謝道：「我意已決，司徒勿疑。」

王允道：「恐怕事未成，機先露，反招大禍。」

呂布聽得，颼地在腰裡拔出寶劍，刺臂出血為盟。

王允撲地納頭便拜，說道：「漢祚不斷，皆出於將軍之賜了。但是此等密謀，有關身家性命，無論何人，不能洩露一字的。」

呂布慌忙答拜道：「司徒放心，俺呂布一言既出，永不翻悔的。」

二人起身。呂布便向王允道：「這事要下手，宜急不宜緩，最好在日內將這老賊結果了，好替萬民早除掉了痛苦。」

王允道：「將軍切勿性急，這事老夫自有定奪。到了必要的時間，我總先通知你就是了。」

呂布答道：「司徒有什麼高見，不妨先說給我聽聽。」

王允道：「卓賊此刻遷到郿塢，我想他是防人去辦他的，定有準備，卻再不能到郿塢去除掉他了。只好從反面想出一條調虎離山的法子，將這老賊騙到京城裡面，將他殺了，豈不是千穩萬妥麼？」

呂布道：「這計果然不錯，但是要想出了一個什麼名目來，好去騙他入都呢？」

王允拈著鬍鬚，沉吟了一會子，猛的對呂布道：「有了有了，何不假著萬歲新癒，召他入朝，共議國事麼？」

呂布拍手道妙。王允又道：「但是此計雖然是好，可是還需一個能言之士，前去才行呢。」

呂布道：「可不是麼？誰是我們的心腹肯去呢？」

王允又想了半天，便對呂布說道：「這人倒是個能言之士，而且卓賊平時又很相信他，只恐他不肯去。」

呂布忙道：「司徒所說的，莫非是騎都尉李肅麼？」

王允道：「不是他，還有誰呢？」

呂布道：「這人如果用到他，他一定肯去。」

王允便道：「怎見得的？」

呂布道：「他因為升缺的緣故，早就與老賊意見不合了，我想他一定可以幫助我們的。」

王允大喜道：「既是這樣，就請將軍去將他請來，大家共同商量辦法。」

呂布道：「昔日殺丁原的，也是他的主謀。今天如果他肯去，沒有話講，萬一他不肯前去，先將他殺去，以滅人口。」

王允稱是。隨著即派人悄悄地將李肅請來。他見呂布也在這裡，不禁吃了一驚，忙問道：「此刻太師爺已遷到郿塢，溫侯還留在京中作甚呢？」

呂布冷笑一聲，說道：「騎都尉還問呢！不是你當初好說歹說的，硬勸我將丁原殺去，何致有今日的羞辱！」

李肅聽他這話，便料他也和董卓不對了，忙道：「溫侯這話，未免也太冤枉我了，想當初在丁原那裡，當一個區區的主簿，如今封侯顯爵，不來謝我倒也罷了，反而倒怪起我的不是來了，我真莫名其妙。還請溫侯講明，究有哪樣不如意處，出入高車怒馬，又是皇皇太師爺的義子，還不稱心，究要怎樣才滿意呢？」

呂布道：「這些話都休提了，我且問你，自古道，棄暗投明，方不失英雄的身分。昔日為你一席話，我便毅然將丁原殺了，來投董卓，滿指望青史標名，榮宗耀祖，誰知這卓賊上欺天子，下壓群臣，罪惡滔天，神人共憤，他這樣的行為，我豈不是被他連帶唾罵於後世麼？」

第一一五回　風雲變色

李肅聽得他這番話，便道：「如將軍言，當以何種手段對待呢？」

呂布道：「依我愚見，現下即設計將這老賊除去。」

李肅聽得，忙道：「我早有此心了，無奈一木難支大廈，故遲遲至今未敢發動。將軍如欲為國除害，末將當追隨左右，任將軍驅使，如何？」

呂布大喜，便道：「都尉如肯助我一臂，這事沒有不成的道理。明日你可齎著聖旨到郿塢去，偽言聖上新癒，召他進京議事，那時我們內應外合，還怕他飛上天去麼？」

李肅一口應承。

到了第二天，李肅齎著聖旨，便到郿塢，見了董卓，偽稱天子疾病新癒，請太師入朝議事。董卓忙問：「議論什麼事情？」

李肅道：「太師不曉得麼，當今天子見太師威德並茂，欲將位禪讓於太師，所以今天著我來請太師入朝受禪的。」

董卓大喜，便又問道：「王允意下若何？」

李肅道：「天命攸歸，王允當然也沒有什麼反對的了。」

董卓至此，毫無疑惑，便命心腹爪牙李傕、郭汜、張濟、樊稠等四人，調兵保護郿塢，自己大排儀仗進京。

剛剛到了半途，所乘的四輪輦忽然折了一輪，董卓驚問李肅，這是何兆？李肅道：「這是棄舊換新，主公將乘金輦之兆也。」

董卓不疑。

又走了一程，忽聽得一群村童在草地上一齊唱著道：「千里草，何青青，十日卜，不得生。」

董卓又問：「何兆？」

李肅便道：「這分明是劉世滅，董氏興之意。」

他滿心歡喜。

不多時進了城，只見百官齊具朝儀迎接董卓。到北掖門口，眾武士留在門外，只有禦車的二十餘人，推車直入。董卓遙見王允等各執寶劍，立在午門以外，大吃一驚，忙問李肅。李肅不應，推車直進。

王允大呼道：「反賊到此，武士何在？」

兩旁轉出百餘人，各執利刃，直撲董卓。

董卓大聲呼道：「吾兒奉先何在？」

呂布從車後鑽出，應道：「有詔討賊。」手起一戟將董卓刺死。

王允割下他的首級。呂布在懷中取出詔書，大聲念道：「奉詔討賊，其餘不問。」將吏皆呼萬歲。

這時李儒的家將又將李儒綁了送來，王允便命梟下首級，棄於市曹。呂布此刻無暇多計較，趕緊帶兵到郿塢。李傕等早得消息，領著飛熊兵，向涼州竄去。

呂布到了郿塢，先將貂蟬接了出來，然後將董卓一家殺了，剿了錙珠金帛，正要回京，不妨卓賊女婿牛輔領著一彪軍殺到，呂布便使李肅迎敵。李肅領兵出陣，未上十合，招架不住，不敗而回。見了呂布，陳述牛輔的厲害，呂布大怒，便將他斬首，親自領兵出陣。諒牛輔如何是呂布的對手呢？不到三合，大大失敗。

呂布只顧引兵追趕。剛追到白屯山下，猛聽得一聲鼓響，一彪軍從右邊衝出來，為首一將正是李傕。呂布慌忙迎敵，戰未十合，鼓角大鳴，又是一隊軍從左邊衝了出來，為首一將正是郭汜。

呂布雙戰二將。大戰五十餘合，二將抵敵不住，卻引兵向長安奔去。呂布引兵趕去，方趕過郿塢，猛聽得後面金鼓大震。張濟、樊稠齊領著飛熊軍從後面包抄過來。這時李傕、郭汜回頭又來廝拼，前後夾攻，呂布雖勇，到了此時，也沒有法子抵禦了，再加那些飛熊軍十分驍勇，不多時，殺得呂布片甲無存。

呂布不敢戀戰，大吼一聲衝出陣去，一抹地直向長安而去。

李傕等統領十萬飛熊兵，近逼京城。呂布連敗數陣，心中大憂，便對王允說道：「司徒！事急了，我們只好且到別處去求救罷。」

王允不肯。這時四門的賊兵亂搭雲梯，一齊上城，呂布見王允不肯動身，他也沒法，一提絲韁殺出東門，投奔袁術去了。

李傕等大隊賊兵，闖進京城，將王允捉住殺了，同時遇難的官員不計其數。李、郭兩賊還要提劍去殺獻帝，張、樊二賊說道：「不可不可，今日殺之，天下不服，俟將諸侯騙到關內，去其羽翼，然後圖之，大事可成。」

李、郭兩賊從議。他們又自定職銜，迫令獻帝照准。獻帝沒法，只得唯唯從命。

他四人得了封號，便大張聲勢，無所不為了。不數日，早有西涼太守馬騰率子馬超起兵，來京救駕。不幸賊勢浩大，西涼兵竟未得勝，只得引兵退向西涼而去。

賊兵只有一樊稠因私通馬騰、韓遂，被李傕殺了，其餘士卒未曾損失分毫，因此賊兵的威聲越發四揚。他們鎮日價姦淫劫掠，百姓失望，天怨人愁。

獻帝處此惡勢力的下面，真個是個求生不得，求死不能。幸虧楊彪、董承等暗中定了一計，使李、郭不和，大戰了數月。

他們乘著這個空子，便保著獻帝以及后妃逃到了大陽，一面飛詔到山東，令曹操前來保駕。

曹操得著聖旨，便統精兵十二萬前來，將李傕殺得片甲不留。李傕與幾個賊目一齊逃到深山落草去了，曹操便保駕回洛陽故宮，夏侯惇輩領兵屯在城外。

次日曹操進城見駕。獻帝便加封為司隸校尉，假節鉞，錄尚書事。因此曹操大權在握，威勢日盛，行為雖不及董卓荒暴，但是居心叵測，居然隱隱有窺竊神器的念頭。他見洛陽的宮殿破壞，而且地勢又平坦，不及許昌峻險，便私下與眾人商議遷都。

這時有個謀士名叫許良，他卻極力贊成他的話，便道：「明公這個主意，實在是好極了，兩面俱到。」

曹操會意，便入奏獻帝，請駕遷都。獻帝怎敢不依，只得遷都到許昌。曹操便造宮室，建宗廟、司臺、司院、衙門，修理城廓街道。又迫獻帝大封群臣，一班文臣如荀彧、荀攸、郭嘉、劉曄、程昱等，最高的位置至三輔，最低的位置也在祭酒之上。武將如夏侯惇、夏侯淵、曹洪、曹仁、李典、樂進之輩，俱封為將軍、都尉。看官，以上的一班人，誰不是操的心腹呢？由此向後，獻帝只做一個傀儡皇帝了。

光陰易逝，略眨眨眼又到丁丑二年的春間了。

曹操正想領兵聯合劉備去滅呂布，忽然探馬來報：「張濟南攻穰城，中劍身死，他的侄兒張繡屯兵宛城，勾結劉表，意欲犯厥。」

曹操得報，勃然大怒，便點齊五萬精兵，帶著大將典韋，親自領兵到宛城下寨。

早有細作飛報張繡。張繡聽說曹操親自帶兵前來，吃驚不小，忙與部下商議。誰知大家聽說曹操親自帶兵前來，一個個嚇得魂飛膽破，同聲勸張繡投降為妙。

張繡明知不是曹操的對手，只得開城投降。曹操見他投降，不費一兵一甲就攻下宛城，自是歡喜，便統大兵進城住下。

過了幾天，曹操在城內一點事兒沒有，悶得心慌，便與他的侄兒曹安仁騎馬到各處去閒逛。

剛剛出了太宣門，迎面突然有一輛鈿轂香車慢慢地近來，他在馬上瞥見那車內端坐著一個婦人，年紀差不多在二十左右罷，生得柳眉杏眼，貝齒桃腮，十分妖嬈出色。把個曹操看得眼花繚亂，口乾難言，魂靈兒飛上了半天，勒著絲韁，瞪著兩眼，不住地向車內發呆。

那婦人也脈脈含情，秋波流電地向他瞟了一眼，曹操被她這星眸一瞟，不禁神魂飄飄，身子早酥了半截，險一些兒撞下馬來，霎時香風過處，鈿車去遠，那張嬌而且俏的面龐兒卻不能再看見了。

曹操在馬上好像發狂似地叫了一聲好。他本來是個好色之徒，在二十左右的時候，已經娶妻丁氏，納妾劉氏，又在娼家買得一個卞氏。這卞氏的姿色倒也不差，曹操大加寵愛，今天看見這婦人和卞氏一比較，的確有天淵之別，他怎能不神魂顛倒呢。

他失魂落魄的，哪裡還有心去閒逛，沒精打采地和安仁兜馬回營，悶悶不樂地坐在帳中，一言不發，安仁早已窺透他的心病了，忙問道：「叔父，今天為什麼這樣的悶悶不快，莫非有什麼不好解決的事情麼？」

曹操嘆了一口氣道：「便是有心事，對你們說了有什麼用處呢？」

曹安仁笑道：「或者可以有些用處呢！」

曹操先用手向左右一擺，一班侍立的將佐，一個個都退出帳去。他對安仁笑道：「方才你看見麼？那婦人的模樣兒究竟好不好？我行軍十數年，年輕貌美的女子，我不知道看見過多少了，像這樣水蔥似的一個玉人兒，我實在沒有看見過。誰能替我將這個婦人謀到手，我立刻賞他十萬。」

安仁聽他這話，將胸口拍得震天價響地說道：「你放心罷，這事包在侄兒的身上就是了。」

曹操聽得十分歡喜，忙道：「我的兒，要辦這事，千萬不要魯莽，萬一走漏了風聲，那可不是耍的，我現在是名高德重的人了，與其敗壞聲名，不若不做的為佳。」

安仁笑道：「你老人家既羨慕著美色，又何必藏頭露尾的怕誰呢？」

曹操道：「你只知其一，不知其二，這些事情，都是那些沒有資格的人做的，像我們這些人，就能幹出這不端的事來麼？不獨失掉自己的身分，便是被人家知道，也要瞧我們不起的。這事成與不成，都要替我嚴守秘密為要。」

安仁滿口答應，出營去刺探那婦人的去處了。曹操在營中左等右等，一直等到天晚，還未見安仁到來，好不心焦，像煞熱鍋上的螞蟻一般，團團轉得一頭無著處。

不多一刻，安仁由外邊進來。曹操等不及地忙問道：「那件事兒怎樣了？」

曹安仁笑道：「訪是訪著根底了，不過是朵玫瑰花兒，有針有刺，很不容易採取呢。」

曹操忙道：「怎見得的？」

曹安仁道：「那婦人原來就是張濟的繼妻，張繡的嬸娘鄒氏，你道可以去勾搭麼？」

曹操聽說是張繡的嬸娘，不禁將那團孽火早就消滅到無何有之鄉了，忙道：「怪不得她淡掃素抹的。」

這時曹操嘴裡雖然說動不得，心裡卻越發傾慕得厲害，兀的嘰咕著道：「好個美人兒！我竟沒福去消受，豈不可惜麼？」

曹安仁笑道：「叔父要想真個銷魂，卻也不難，不過這班將士都在這裡，怎能不漏風聲呢？」

曹操忙道：「依你便怎麼辦呢？」

曹安仁笑道：「依我的愚見，不若將他們一班人完全調到別處去防守關隘，只將典韋留下保護你就是了。他們走後，做起這事來，不是好放手了麼？」

曹操忙道：「是極是極，你的主見的確比我高，就照這樣辦就是了。」

他們商量已定，一宿無話。

到了第二天早上，曹操便下令將隨來的眾將士一齊調到別處去防守，只留下一千精兵和大將典韋在營中保護。

曹安仁到了晚上，帶了十幾名親兵，直撲鄒氏的住宅而來。剛到門口，只見那鄒氏站在門邊，正在那裡裝嬌賣俏地向街道上凝望，曹安仁跳下馬來，一把將鄒氏攔腰抱起來，飛身上馬。

鄒氏嚇得玉容失色，待要聲張。曹安仁忙道：「曹公看中你了，今要娶你為貴人，你難道還不願意麼？」

鄒氏昨天見曹操那種威儀，早已心許了，聽得曹安仁這話，樂得半推半就地不聲張了，無論如何，總要比較寒衾獨擁的好得多了。

不多時到了營前下馬，安仁將她慢慢地攙扶進帳，曹操望見鄒氏進來，好像接聖駕的一般，趕緊迎了上來，向安仁使了一個眼色。安仁會意，忙領著眾人退出帳去了。此時單單的剩著曹操和鄒氏二人，四目相對，飽看了一回。

鄒氏含羞帶愧地上前福了一福，低聲問道：「不知明公喚小婦人有什麼吩咐？」

曹操還禮不迭，滿臉堆下笑來道：「娘子天人，敝人昨天得睹仙姿，夢魂顛倒，不知娘子還肯下憐我麼？」

鄒氏本是個淫蕩性成的人，加上張濟死了，深閨久曠，孤衾獨擁，飽嘗單調的風味，早就耐拚不得了。今見曹操的威勢，當然比較張濟高勝萬倍，當世的英雄，怎能不動心呢。聽他這兩句話，正中下懷，只苦答不出話來，羞得粉面緋紅，默默的一聲不作。

曹操見她這種嬌羞不勝的樣子，越發增加幾分嫵媚，情不自禁地走過來，拉著她的玉手雙雙進了內帳，去幹那不見天的勾當。春風一度，穩過良宵，說不盡百般旖旎，千

樣溫存。

須知天下事，要得人不知，除非己莫為。鄒氏被安仁搶去的時候，早有人去飛報張繡了。張繡聽說曹操強奪他的嬸娘，如何不氣，立刻派人去一打聽，不獨強奪，簡直實行同居之愛了。張繡怒衝牛斗，立刻點齊五千精兵殺出城來。早有細作飛報曹操。

曹操全不在意，以為有大將典韋，他有萬夫不當之勇，在他營門口守著，誰也不敢前來送死的，仍然與鄒氏卿卿我我，寸步不離地廝混著。

誰知典韋吃醉了老酒，倒在帳中，正自好睡。猛可裡喊聲四起，鼓角大鳴，那一千保護兵士，見四面的燈球火把照耀得和白日相似，只嚇得紛紛奔竄，霎時跑得一乾二淨。

典韋從夢中驚醒，霍地跳起來，取了雙戟，飛步出營，這時張繡的大隊已經頂到營門口了。

典韋大吼一聲，舞動雙戟，好像紡車似地敵住來兵。霎時被他殺得肢骸亂舞，馬仰人翻，張繡舞動長槍，一馬當先邀住典韋，大戰五十餘合，未見勝敗。

張繡長嘯一聲，將槍尖向後一招，眾士卒一齊湧上，刀矛並舉，將典韋困住。典韋身無片甲，只穿一條犢鼻褌，在陣雲裡往來衝突，如入無人之境。

張繡見他這樣的兇猛，心中好生著急。他手下大將胡車兒一聲呼哨，立刻萬箭如雨。典韋忙用戟來格去。說時遲，那時快，手腕上早中了兩箭。典韋吼叫一聲，托地跳開數丈，啊唷一聲，將雙戟拋去。

眾兵士見他拋去兵刃，益發奮勇，將他團團困住。他一腿飛來，早被他打倒二人。他就地將二人抓起，當著兵器使用，只打得眾兵卒紛紛後退。這時張繡和胡車兒見他拋去兵刃，連忙催馬上前，齊施兵刃，將典韋逼住。

典韋此時雖有霸王之勇，到了危迫，確也難以抵禦了。張繡的長槍，舞得飛花滾雪價緊緊逼著，沒有一些空子好脫身。

典韋料想難活了，將手中的人爽性向張繡擲去。張繡將馬頭一帶，他趁著這個空子，跳出圈子，撒腿就跑。走到五六步，弓弦響處，他大叫一聲，堆金山倒玉柱地撲地倒下。張繡飛馬趕上，手起一槍刺入典韋的咽喉，眼見一位萬夫不當的上將，到閻羅王那裡去交帳了。

張繡與胡車兒督著大隊，搗入後營，誰知連一個人影子也沒有。張繡大吃一驚，忙命人四處去搜查，哪裡還有一些蹤跡呢，流蘇帳內空洞洞的，不見鴛鴦的影子了。

張繡料知他一定是逃走了，忙與胡車兒領兵趕來，不到半里之遙，果然望見曹操在前面和一干人狼狽而逃，張繡厲聲罵道：「不要臉的淫賊！到哪裡去！快快給我留下頭來！

第一一六回　弄假成真

曹操聽得喊聲四起，料知事變，與鄒氏豁地分開，連長衣都未曾來得及穿好，就聽得營門口喊殺連天。曹操此刻真個是魂落膽飛，和曹昂、曹安仁以及鄒氏等，各自上馬，慌不擇路地出了後營，直向西北逃去。

剛剛走了一里多路，猛聽得後面鼓角震天，燈球火把照耀得和白日一樣，曹操回頭一望，不禁將一顆腦袋嚇得縮到腔子裡面，伸也不敢伸一下子，連說：「今天活該要將性命丟掉了！」

話還未了，弓弦聲響，曹操的坐馬屁股上早著了一下子。那馬怪叫一聲，壁立起來，將曹操掀翻在地。

曹昂見了，飛身下馬，將自己的馬讓與曹操。張繡望見，忙拍馬趕去。曹操用馬鞭子在馬身上著力打了幾下子。那馬雙耳一豎，騰雲價地奔去，一口氣跑到清水河邊。可巧有一隻漁船，曹操牽馬上船，忙叫舟子渡到對岸。

他登岸之後，眼見張繡領著大兵，將他的大兒子曹昂、大侄兒曹安仁以及情人鄒氏

等一干人，追到對岸一刀一個，全請到鬼門關去交帳了。曹操也不暇多計較，伏在馬鞍上，直向舞陰逃去。到了舞陰，才知道典韋被害，他痛哭一場，方才收兵，回許昌而去。暫按不表。

再說劉備和關、張二人，自從安喜縣出走之後，輾轉奔波，毫無成績。誰知英雄有路，馬上就得有能人出來幫助他了。南陽諸葛亮神機莫測，居然被他請出隆中，助他克圖大業。還有常山趙雲，長沙黃忠輩，都是智勇雙全的良將，加上諸葛亮指揮有素，運籌幃幄，決勝千里，先後佔據荊州各郡。旌旗到處，百姓望風而拜。於是長沙、桂陽各地，俱先後攻下，虎踞一方，大有和群雄對峙之勢。

這時江東的孫堅早已去世，長子孫策也未終天年，二十六歲時即棄世了。

孫策有弟名權，碧眼紫髯，十分英俊，胸懷大志。自他哥哥死後，他便坐鎮江東，雄據八十一州郡，文有魯肅、張昭、諸葛瑾之流，武有韓當、周泰、程普、蔣欽、甘寧、凌統之輩，兵精糧足。加之還有一個周瑜，智略過人，孫權對於他十分器重。

到了現在的時候，曹操在赤壁一戰，將八十三萬人馬斷送得片甲不回。諸葛亮幫同周瑜，巨謀碩劃，趁曹操新敗的當兒，就中取利，卻也奪了不少地盤。

周瑜見劉備聲勢日擴，心中十分憂慮，暗中和孫權商量道：「現在曹操倒不足為慮，所最可慮者，便是劉備。如今你看他，仗著諸葛孔明的神出鬼沒的詭謀，關、張、趙雲的武藝，東吞西併，眼見他的勢焰一日一日地擴張到不可收拾的地步了，如今再不設法去將他剷除，將來說不定東吳還要受他的影響呢。」
孫權聽了，皺眉說道：「你的主見，應當怎樣呢？」
周瑜說道：「依我的主見，須要先將劉備設法除去。群龍無首，他們當然不擊自散了。」
孫權道：「除劉備這層事，恐怕不易罷。不要說別的，單講他手下有這許多的文武兼全的能士輔助他，我們雖然有這個念頭，但是究竟怎樣下手呢？」
周瑜笑道：「談到武力來解決這層事，當然是辦不到的。如今我有一條計策在此，主公採用與否，我尚未敢料定，主公如果採用，一定可以致劉備的死命了。」
孫權大喜道：「只要能剷除劉備，我又有什麼不答應呢！」
周瑜便走過來附著孫權的耳朵，嘰咕了一陣子，孫權點頭道：「這計果然是妙，但是誰去作媒人呢？」
周瑜沉吟了一會兒，說道：「我想這事，非呂範去不可。」
孫權便將呂範召來，密囑了一回，呂範受計而去。
到了荊州入見劉備，說道：「我主有妹，年已二九，才貌兼優，聞得明公佳偶新殤，急待續弦，我主慕將軍威德，欲與將軍連秦晉之好，不知將軍還肯俯允嗎？」
劉備還未答話，孔明搶著說道：「你們主公既肯下顧，那是再好沒有了。而且我主是中山靖王之後，漢家嫡派，兩家聯姻真夠是門戶相當，再恰合沒有了。」

呂範知道劉備一向是凡事俱聽孔明調度的，今見孔明首先答應，料想這事一定是沒有阻礙了。

孔明隨又命人齎著金帛，隨著呂範去了。劉備便對孔明說道：「先生來免忒也性急了，這事豈可造次的？萬一他們在那裡盤算我們，那麼，我們豈不是上了他們的當了嗎？」

孔明笑道：「諺云：明知山有虎，故作採樵人。主公！凡事請放寬心，都有我來維持就是了。」

不到幾天，呂範齎著回聘到來，擇定建安十四年十月初六日到東吳去就親。劉備聽說是到東吳去就親，不禁心中十五個吊桶打水，七上八下地忐忑不寧。孔明坦然答應，又命孫乾作男媒，和呂範到東吳去覆命。

劉備向孔明說道：「先生，你何其這樣的糊塗？他們叫我去就親，分明是將我誘去，任他們殺了就是了。你替我答應，就是送我到鬼門關罷了。」

孔明笑道：「不必怕，山人早已算定，主公此去，不獨他們不敢來加害你，並且還可以得到一個智勇兼全，才貌雙絕的佳人回來呢。」

劉備哪裡肯信，只管埋怨不休。

光陰易過，轉眼就到小春的朔日了。孔明便替劉備打點去招親的手續，暗中給趙雲三條妙計，吩咐他好生藏著，趙雲受了命令，領著五百名兵士，先到江口駕船等候劉備。

誰知劉備抵死也不肯前去。諸葛亮勸得舌敝唇焦，他仍是疑懼著不肯毅然前去。孔明沒法，便向他說道：「你放心罷，我的錦囊早就預伏下去了，你此番去，誰敢碰你一根毫毛，我賠償你一塊肉，如何？」

劉備說道：「罷了罷了，人心難測，你知道他們是什麼用意對待我呢？」

孔明笑道：「我主平素最相信我的話，今天為何兀的不相信呢？難道我還有心教你去送掉性命嗎？你只管去罷，有什麼疑難的事情，只消去問子龍便了。」

劉備聽得才放心下船。孔明又將子龍喊來，叮嚀了一番。子龍連聲答應，才和劉備一同過江。

到了江南，趙雲便將第一條錦囊拆開，和劉備細細的一看。

劉備便令人齎著花紅酒禮，到南徐去拜見喬國老。喬國老乃二喬之父，他聽劉備說呂範為媒，將孫權的妹子嫁給他，自是十分歡喜。劉備便與趙雲一同進城，由張昭等招待至館驛安息。

周瑜聽說劉備已到，便和孫權定計道：「如今他既自己前來送死，明天主公可在會文堂上請客，兩廊預伏刀斧手，一聲令下，將他剁成肉泥，然後再去假著他的命令，前去襲荊州，這不是一舉兩得麼？我此刻還要到柴桑去辦理預防事宜，主公三天之內，都要將情形火速地告訴我，以便相機行事。」

孫權答應著，周瑜星夜趕奔柴桑去了。

再說喬國老得著這個喜信，連忙進城到吳國太那裡，見了面，忙賀喜道：「恭喜國太，如今得著佳婿了！」

吳國太聽他這話，不禁大吃一驚，忙道：「國老這話從何說起？我的女兒尚未有門當戶對，哪裡來的佳婿呢？」

國老哈哈大笑道：「你用不著來逗趣了，難道你瞞著我，我就不討喜酒吃了麼？」

吳國太忙道：「和誰家結親的，誰做媒人，誰作主的，怎的我一些兒也未曾知道呢？」

喬國老聽她這話，才知道她實在不知道，便將呂範做媒的一番話，對國太細細地說個究竟。把個吳國太氣得一佛出世，二佛涅槃，忙命人立刻將孫權召來，氣呼呼地問道：「誰給你作主，將我女兒許配劉備的？我養的，我倒一些兒不能作主，你們簡直眼睛裡沒有我了，好好好！」

她說罷，老淚縱橫地號啕大哭起來。嚇得孫權撲地跪下，忙道：「母親息怒，這事不干我事，完全是周瑜的主謀。他想將劉備騙來殺了，藉此去將荊州奪回，並不是真將妹子嫁給他的。」

吳國太聽說這話，越發火高萬丈，指著周瑜罵道：「這個壞透心腸的畜生，自己沒有本領去將荊州取來，就生出這種不要面皮的主意來，將我女兒做引子，去騙劉備殺了他，我女兒不是做一世的望門寡麼？」

喬國老道：「周瑜這計，未免忒失算了，照這樣的做去，便是得了荊州，也不免天下的恥笑，美人計的主人，便是吳侯的妹子，你想這事，丟得起這個面了麼？在我看事已如此，不若將雲英小姐就嫁給劉備罷！劉備是堂堂的漢室的嫡裔，而且又是當世的英雄，和吳侯結親，正是門當戶對，也不為辱沒你家的。」

吳國太道：「明天叫他到甘露寺去，讓我親自去看一下子，如果合我意的，我便將我的女兒嫁給他，誰來干涉一句，先將他的狗頭砍下來再說。萬一我看不中式，便隨你們怎生去處治便了。」

孫權聽說這話，心裡雖然是一百二十分不情願，無奈母命難違，而且孫權又是個大孝的人，到了這時，只是唯唯稱是。

到了第二天，暗中與呂範、賈華等商議，預先派了五百名刀斧手在甘露寺的兩廊埋伏，等候劉備一到，擊桌為號。國太、國老早就到了。

孫權親自到館驛裡去請劉備。二人相見，孫權見劉備堂堂一表，英氣逼人，不禁有幾分畏怯。他兩個出門上馬，趙子龍躍馬橫槍在後面保住。

不多時，到了甘露寺門前下馬，趙雲插槍提劍，緊緊地隨著劉備，寸步不離。走到大雄寶殿下，劉備對國太倒身下拜。國太見他生得龍眉鳳目，美髯過胸，方面大耳，果然是個俊俏豪傑丈夫，不禁心花大放，忙呼：「免禮！」對喬國老笑道：「這才是我的女婿呢！」

這時趙雲見兩廊內藏著無數的刀斧手，便知事情不妙，忙向劉備一搗，又使了一個

眼色。

劉備會意，趁勢往吳國太面前一跪，哽咽著說道：「國太要殺我，就請直接殺了罷。」

吳國太大驚問道：「這是什麼話呢？」

劉備道：「要是不想加害劉備，兩廊下又何必埋伏著無數的刀斧手做什麼呢？」

吳國太聽得這話，不禁勃然大怒，忙將孫權喊來，罵道：「你這畜生，居心不良！如今他既是我的女婿，當然就是我的兒女，誰叫刀斧手在兩廊下埋伏的？」

嚇得孫權連忙回答道：「這事我委實一些不知道，請母親問呂範，他定知道的。」

國太又將呂範喊來。誰知呂範又推賈華，國太又將賈華喊來。罵得狗血噴頭，忙命人推出去砍了。慌得劉備又跪下來求饒。國太又將賈華臭罵了一頓，才算消氣。

嚇得那廊下的刀斧手，抱頭鼠竄，走得一乾二淨。

當日劉備回到館驛，孫乾向他說道：「主公在這裡簡直是和虎口一樣，如不早些結婚，必生別變。」

劉備道：「我何嘗不知道呢，但是想什麼法子好早一些兒脫身呢？」

孫乾道：「明天主公去哀求喬國老設法完姻，禮成之後，主公就可以和新主母一同回荊州了，到那時還有誰來阻止呢。」

劉備稱是，到了第二天，見了喬國老，便請他去對國太說，早日完姻，免生意外。國老便如言去告訴國太。國太怒不可遏，忙命人將劉備的行李馬匹等搬到內宮裡，就叫劉備住進來，又命趙雲也搬進來，擇定吉日，大排會宴，舉行結婚的禮儀。

樂人奏樂，儐相扶著一對新人出來，交拜天地，然後又拜國太、國老。

國太坐在上面，望見這一對佳兒佳婦，不禁將她嘴笑得和鱖魚一般的大，合不攏來，喜洋洋地向孫權說道：「我的兒，你看你的妹子幾多的福分，竟和一個帝冑英雄配偶，不怪她成日價地目空一切，東家不願意，西家不合適的揀著，原來還等著這樣的一個如意稱心的夫婿呢！」

喬國老道：「雪姑娘平日誰給她做媒，誰便要碰她個一鼻子灰，今天卻一點脾氣也沒有了，伏伏帖帖地聽人作主，這不是件奇事麼？」

他這兩句話，說得眾人哄堂大笑起來。霎時將各種儀式做過，由管家先扶新娘進房，然後又引新郎進房，同飲交杯。

劉備進了房，抬頭一望，不禁嚇得退走幾步，倒抽一口冷氣。你道是什麼緣故呢？原來新房中眾婢女個個持槍佩劍，雄赳赳氣昂昂地侍立兩旁，宛然逢著大敵的一樣。

劉備站在洞房外面，呆呆地進退兩難，暗自打算道：「此番性命一定要送掉了。」他想到這裡，那額角上的汗珠黃豆般地滾個不住。

管家婆凌媽見了這種情形，她便走到劉備的跟前，低聲說道：「吉時到了，請貴人進房去，同飲交杯罷。」

劉備好像陡然得了一個寒熱病似的，那三十六顆牙齒在嘴裡兀的不住捉對兒廝打。

停了半天，才勉強說道：「洞房裡既非戰場，又何必插劍佩刀，殺氣森森的做什麼來？」

管家婆不禁笑道：「怪不得新郎遲疑著不敢進房，原來還是為著這個玩意兒呢，沒事沒事，我們家公主平素好武，所以新房中不脫兵器的。」

劉備忙道：「今天是什麼日子，洞房裡從來沒有聽說過陳設兵器的，趕緊撤去。」

管家婆聽他這話，狗顛屁股地跑進房，對雲英說道：「新郎看見房中陳設兵器，十分驚疑，要求公主撤去，方敢進房來呢。」

她微微地一笑，說道：「好男兒在沙場上廝殺半生，難道還怕兵器麼？」

管家婆忙道：「並非是怕，實在是不知公主什麼用意，故驚疑不定。」

她道：「好，命她們換起宮妝。」說著，自己也將腰裡的寶劍除下。那些侍女連忙換妝，輕描淡抹的，越顯出眾香國裡的風光來了。劉備這才進房和她同飲交杯，魚更三弄，攜手入幃，說不盡千般慰貼，萬種溫存。

良宵苦短，永晝偏長，曾幾何時，又是東方發白。他兩個起身，梳洗已畢，攜手去參見國太。國太見了當然歡喜。

這時孫權萬不料竟弄假成真，又羞又氣，暗地裡派人去飛報周瑜。周瑜得報，也是氣得三屍神暴跳，七竅內生煙，趕緊寫一封信交給來人帶回來。孫權拆開一看，上面大略是：

前計不成，弄假成真，只得作罷。惟現在不妨就前計施行第二步軟禁的方法，盛築宮殿，藏著美女，使備耽沉聲色，不思回荊，以離諸葛、關、張之心。彼等心一離，則事可圖了。

孫權看罷大喜，便在靜安宮之東，新建一所迷香別墅，內藏樂女百餘人，將劉備移居在內，鎮日箏琶激楚，笙管嗷嘈，真個是脂天粉地，五光十色，眾美爭妍。劉備雖然是個頂天立地的奇男子，到了此時，也就沉溺在這裡，樂不思歸了。

趙雲在外面，一無所事，成日價騎馬射獵，看看年終，心中好不著急，又聽不見劉備提起回去一字，暗道：「先生臨走的時候，吩咐我的這三條妙計，第一條是在南徐開拆的，第二條須到年終開拆，現在主公沉迷酒色，看看要到年終了，也未曾聽他提起回去的一個字，何不將第二個錦囊拆開來看看呢。」

他便在背地裡將第二個錦囊計放開來一看，忙走進迷香別墅，對守門人說道：「煩你進去通報一聲，就說趙雲要見我主，有要事面談。」

守門人不敢怠慢，連忙進去報與劉備。劉備忙出來向他道：「什麼事，這樣的要緊？」

趙雲故意大驚失色地問道：「主公還不曉得麼？於今曹操要復赤壁的深仇，統領雄兵五十萬，直殺向荊州來了。主公成日價居在這深宮大苑裡，關於自己利害存亡的大

事，還不曉得，這卻如何是好？」

劉備聽得，好像半天裡突然起了一個焦雷一樣，忙道：「你且退去，我自有道理。」

第一一七回　銅雀臺

劉備聽得趙雲這番話，嚇得心慌意亂，忙轉入後堂。只見孫夫人獨坐窗前，向鸚鵡調弄。他便往孫夫人旁邊一坐，也不說話，月是低頭垂淚。孫夫人見他垂淚，吃驚不小，忙問道：「夫主什麼事情這樣傷感？」

劉備忙道：「我一身飄流異地，既不能侍奉雙親，又不能祭祀祖宗，眼看到年終臘盡了，想到這裡，不由得怏怏不樂。」

孫夫人聽他這話，微微地一笑道：「你不要盡在那裡瞞我了，哪裡是為祖宗堂上而傷感的，不過是為著荊州危急的緣故罷了。」

劉備聽她一口道破，吃驚不小，忙道：「你怎麼能夠知道的？」她道：「方才你和子龍在外邊講的話，全被我聽見了。」

劉備趁勢撲地往孫夫人面前一跪，口中說道：「這事危急了，務要請夫人替我設法，放我回去方好。萬一荊州失了，不獨被天下恥笑，而且我向後就沒有立足的地步了，無論如何，都要望夫人體貼我才好呢。我本想一個人回去，無奈又捨不得你，所以現在處

在兩難的地步。」

孫夫人忙道：「君家放心！我不嫁你則已，既然嫁給你，當然是你的人了，你到哪裡，我也到哪裡就是了。」

劉備忙道：「願意隨我走當然感謝不盡，但是國太怎准你隨我同走呢？」

她聽說這話，柳眉一鎖，計上心來，忙道：「君家不須多慮，我用好言對國太懇求，諒無不允的道理。」

劉備又道：「縱然國太准允，吳侯恐怕也要來為難的。」

孫夫人沉吟了一會子，才向他說道：「我們此番去，千萬不能彰明較著的動身，最好在元旦日，等我家哥哥宴會的時候，你假託到江邊去祭祖，我隨你一同去就是了。」

劉備大喜，到了元旦日的清晨，劉備暗中囑咐趙雲，叫他帶領五百名親兵，到城外去候著，趙雲受計去了。

孫夫人進了內宮，對國太說道：「夫主思念祖宗，晝夜煩惱，要到江邊去祭祖，請國太的示下。」

吳太忙道：「這是他的孝心可感，我的兒，你如今也是劉家的人了，他去祭祖，你應當也要隨他一同去才是個道理。」

她聽這話，正中心懷，卻不即應，便吞吞吐吐地故意說道：「他去便罷了，又何必要我去做什麼？」

國太慌得說道：「我兒，這是個禮數，哪能不去呢？」

她微笑著答應。國太又叮嚀她早一些兒回來，她唯唯地答應出來，和劉備指揮著貼身的侍女收拾細軟。

一會子收拾停當，孫夫人上車，劉備上馬，悄悄地出城，會同趙雲向南徐趲程而去。

再說孫權元旦日大宴百官，開懷暢飲，飲得酩酊大醉，由侍者將他扶入內宮，沉沉睡去。

再是眾臣探得劉備走了，天色已晚，孫權酣呼如雷，還未興醒，眾官急煞，虞翻不能再待，直入後宮，著力將孫權推醒，對他說道：「主公，你可知道劉備和郡主私自逃走了麼？」

孫權聽說這話，將酒嚇醒了一半，揉開睡眼，忙問道：「這話果然麼？」

虞翻道：「誰敢騙君侯呢？」

孫權霍地起身下床，召集眾謀士，商量辦法。

張昭道：「事已如此，只好著人去追回，別無他法了。」

孫權忙命陳武、潘璋選了五百精兵，不分晝夜務要將劉備和孫夫人追回要緊。二將領令，飛也似地前去追趕了。

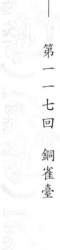

虞翻忙道：「二將此行，恐怕不一定能達到追回的希望。」

孫權聽得這話，怒氣填胸，將御案上的玉硯摔得粉碎，氣衝牛斗地說道：「難道他

們還敢不聽我的命令麼？」

虞翻道：「並非是他們違令，郡主平日好觀武事，剛毅嚴正，諸將沒有一個不懼怕她的，她既肯順從劉備，必然同心而去，所去之將若見郡主，豈敢下手的？」

孫權大怒，忙在身邊拔下寶劍，呼周泰、蔣欽聽令，他將寶劍交給二人，務將吾妹和劉備的頭取來，違令者立斬。周泰、蔣欽得了令，哪敢怠慢，旋風似地來追趕劉備了。

再表劉備和孫夫人走了一天，息在路側，二更將近，猛聽得後面喊聲大起，火光燭天，劉備大驚，忙道：「追兵到了，如何是好？」

趙雲忙道：「主公！且請先行，後面的來兵，自有我去抵擋。」

他們方才走到小芹山下，一聲鼓響，一彪軍從山腳下轉了出來，火光中見丁奉、徐盛躍馬橫槍，厲聲大叫道：「劉備快快下馬受縛，免得我們動手。」

劉備忙向趙雲說道：「我們活該要送命了，你看前有攔截，後有追兵，我們便生出翅膀來，也難飛掉了。」

趙雲忙道：「主公休慌，我臨走的時候，先生曾囑咐我的第三個錦囊，須到急難時方可開拆，如今到這生死的關頭，且將錦囊拆開，自行有退敵的妙法。」

他說著，在懷中取出錦囊，拆開和劉備一看。劉備忙不迭地趕到孫夫人的車前，翻身下馬，撲地跪下，對她哽哽咽咽地說道：「敝人有幾句實話，到現在不得不說了。」

孫夫人忙道：「夫主有什麼話，只管講罷。」

劉備道：「我此番來得夫人和國太的垂愛，真是萬幸了，原來吳侯不肯將夫人真心嫁給我的，不過想借夫人為香餌，釣我上鉤的，如今國太不准，將婚事弄假成真，他和周瑜已經恨我入骨，你看前有攔截，後有追兵，夫人要是不肯助我出險，我便自刎了。」

她聽得這番話，勃然大怒，忙道：「夫主且請上馬，凡事都有我來就是了。」說著，叱車直出，到了丁、徐二將的面前，捲簾大喝道：「你這兩個狗頭，意欲何為？」

丁奉、徐盛見了她，慌忙滾鞍下馬，曲背彎腰，不敢仰視，連聲說道：「郡主且請息怒，我們奉著周都督的命令，前來專候劉備的。」

孫夫人大怒喝道：「劉將軍是大漢皇叔，我的丈夫，你們要想殺他，我就殺不得周瑜麼？哦！我曉得了，你們這班喪心病狂的賊子，莫非知道我們要回去，你們來搶劫我們夫婦的財物麼？」

丁奉、徐盛聽得這話，嚇得將腦袋縮到腔子裡，連稱不敢，忙喝開一條大道，放他們過去。

才行了五六里的時候，陳武、潘璋也就趕到，見了丁、徐二將，忙問他們為何將劉備等放走。丁、徐備言前事，陳、潘二將說道：「現在吳侯有令在此，怕得誰來，我們且並在一起去追著他們回來。」

四將商議一會，便又合兵趕來。

劉備聽後面喊聲又起，對夫人說道：「追兵又至，為之奈何呢？」

孫夫人道：「夫主且請先行，我與子龍斷後。」

劉備引著十數個親兵，只向江邊趕去。不多時，四將領兵趕到。孫夫人嬌聲喝道：「陳武、潘璋向哪裡去？」

四將見了她，像煞老鼠見著貓似的，一齊下馬叉手侍立。陳武答道：「奉吳侯的命令，特來請郡主和玄德回去。」

她聽說這話，不由得柳眉倒豎，杏眼睜圓，大怒說道：「這分明是你這班匹夫有意離間我兄妹，使不睦罷了。我現在已嫁他人，今天歸去，堂堂正正地稟明過國太，也不是隨人私奔的，便是我的哥哥前來，也須照禮而行的，你二人意欲依仗兵威。將我殺害了嗎？」

她這番話，罵得四將啞口無言，各自尋思道：「一萬年，他家還是兄妹，便是和她較量起來，我們到底是個將士，哪裡及得來他們兄妹之間的感情厚呢；而且孫權是個大孝的人，萬一國太翻起臉來，還不是我們的不是麼？」

他們想到這裡，便諾諾連聲地退下去了。

孫夫人才又動身而去，這裡四將垂頭喪氣地計議一會子，瞥見一彪軍旋風也似地趕到。他們定睛一望，不是別人，卻是周泰、蔣欽。

他兩個見了他們，忙問道：「劉備到哪裡去了？」

四將答道：「早已過了。」

周泰急道：「你們既然碰見了，還和他客氣什麼呢？簡直就拿下去便得了。」

四將同聲答道：「你們風涼話卻會說，就不想想郡主的厲害了。」

周泰忙道：「什麼厲害不厲害，吳侯現在封劍在此，先殺郡主，後殺劉備，誰違令，先斬誰。」

他兩個說罷，不暇多計較，便領兵往江口趕來。

劉備等此時已到江口，聽得喊聲又起。劉備仰天嘆道：「奔走疲乏，追兵又至，亡無日矣！」

正在嘆息之間，蘆葦裡的小船數十隻一字排開，泊近岸旁。第一隻船上立著一人，綸巾道服，手搖羽扇，大笑道：「主公休慌，諸葛亮在此恭候好久了。」

劉備大喜，忙與孫夫人、趙雲等先後登船，揚帆離岸。

說時遲，那時快，一聲呼哨，從上流駛來無數戰船，帥字旗下立著周瑜，兩旁站著丁奉、徐盛、甘寧、凌統，船如箭發，直向他們的後面追來。

看看追上，諸葛亮等棄船上岸，周瑜忙也領兵上岸追來。剛剛追到二黃山左右，猛聽得金鼓震天，一彪軍雁翅排開，關雲長躍馬橫刀，一聲狂笑道：「周瑜孺子，意欲何為？快將首級納下，免得某家動手。」

周瑜見了大驚失色，撥轉馬頭便走，一聲梆子響，左有魏延，右有黃忠，各領一彪軍殺出。甘寧、凌統慌忙接住，兩家混殺一場，三面夾敗，只殺得周瑜大大失敗，十死

八九，引著殘兵狼狽逃去。諸葛亮等得勝回荊，按著慢表。

再表曹操自從赤壁一敗後，日夜思想復仇，無奈沒有機會可乘，也只好擱起。此刻曹操已經自封魏公，並加九錫，入朝不趨，出入羽葆，簡直和天子彷彿。他在鄴郡對著漳水建立一所銅雀臺。這臺共有五層，每層高一丈八尺，每層分五進，每進二十五個房間，每間裡藏著一個絕色女子。

這房間裡的陳設，俱是窮極珍貴，銅雀臺的兩邊，還有兩座臺，一名玉龍臺，一名金鳳臺。上面凌空用沉檀香木造成兩座橋，和銅雀臺裡的陳設，也是金碧交輝，十分華麗，那邊金鳳臺也和玉龍臺的陳設是一樣。

列位，你們知道這銅雀臺裡面情形麼，我可說一句，十個之中有九個不知道的。這也難怪，大家都知道有這樣一座銅雀臺，造得巧奪天工的，萬不料裡面還包藏著無數的出奇過異的事情呢。

曹操造的這座銅雀臺，形式上和秦始皇的阿房宮，董卓的郿塢彷彿，考其性質來，卻和他們不同了：一個是專制，一個是公開。

曹操何等的奸滑，他曉得一班文臣武將很不容易收買他們的真心的，他造了這座銅雀臺，原不是為著個人娛樂而設的，他將銅雀臺造好了的時候，就有許多文官武將念他的歪嘴經，說他耗費民膏，縱自己的私欲。曹操何等的機警，忙命匠人又在銅雀臺兩邊造了兩座金鳳、玉龍，裡面也是錦屏繡幕，每房間裡有一個絕色的麗姝。

每逢朔日，他將朝中所有文官，不論大小，一齊邀到玉龍臺上去宴會一天，叫那些絕代的麗姝一齊出來陪酒，誰看中誰，馬上就去了願。

什麼叫做了願？原來這個名詞，本是曹操親自出的。了願者，了償其心願也，隨便哪一個，只要有到銅雀臺的資格，便有享受溫柔鄉的權利，不過他們是有限制的，自尚書以上，每月得進玉龍臺七次，尚書以下的，每月只能進玉龍臺兩次。金鳳臺卻是一班赳赳武夫尋樂的場所。

曹操深怕他們貪戀女色，破壞身體，每月不分高下的將士，只即留宿兩宵，但是日間的歡聚，卻要比文官來得多了。操賊以為日間歡聚，萬沒有攜手入帳幹那不見天的事的道理，所以每月日間歡聚倒有八次。有時曹操自己也到的，他們便眼管鼻子鼻管心，斯斯文文的不敢亂動。

操賊有時不在這裡，那麼誰也不肯文縐縐地坐在那裡吃酒談心，等不及的每人拉了一個，到房間裡練習武功了。這中間的銅雀臺，只有姓曹的和姓夏侯的可以進去，任意胡行，其他的人物，不得亂越雷池一步的。

這班女子，都是搶來或是買來的，不是處於還不要，買來的時候，還要經過醫生驗明，處女膜的確是整個的，那麼才得選進銅雀臺呢。金鳳、玉龍裡面的美女，卻不是這樣的認真了，管她破瓜沒有破瓜，只要面孔生得漂亮，便有入選的資格了。

銅雀臺裡面的美女，的確是來路貨，誰不是水蔥管似的一個玉人兒，供給那些蠢如

牛豕的東西蹂躪。

在下做書做到這裡，也要替這些女子抱屈了。誰無姐妹，誰無父母，皆是迫於操賊的威勢，敢怒而不敢言。

操賊本來有四個兒子：大兒子曹丕，二兒子曹彰，三兒子曹植，四兒子曹熊，成日沒有別事，專門在銅雀臺廝混著。操賊別出心裁，又在宮中劫出大批的宮女來，在銅雀臺上大宴群臣，命武將比武，文官作文，比較成績賞以宮女。

這一來，爭執便開端了：先是裨將牙將，比試了一回，然後一般大將，一齊登場，見裨牙將中成績高的，便得著一個天仙似的美人兒，他們不禁垂涎三尺，一個個立馬垓心，等候令下，便奪錦標美人。

一會子，有一位軍官，捧著大令飛馬前來，大聲喊道：「魏王令下，令諸位將軍比箭。」這時各大將分為兩隊，曹家和夏侯氏俱著紅袍，外姓諸將俱著綠袍。這一聲令下，綠袍隊裡早有一人飛馬到垓心，挽弓搭箭，颼的一聲，不偏不斜，正中紅心。

眾人忙仔細一看，卻是李典。這時鼓聲大震，李典十分得意，按弓入隊。

紅袍隊裡，此刻穿雲閃電價地竄出一將，馬到垓心，翻身一箭，也中紅心。曹操在臺上一望，卻是曹休。

他十分得意地對眾人笑道：「這真是吾家千里駒。」眾官交口稱讚。

綠袍隊又躍出一將，大叫道：「你二人的射法，何足為奇，且看我來給你們分開。」

他說著，颼的一箭，亦中紅心，三角式插在紅心裡，眾人忙看射箭的是誰，卻是文聘。

曹操笑道：「仲鄴的射法也妙。」

話由未了，紅袍隊裡，曹洪看得火起，拍馬上前，弓弦響處，一支箭早到紅心，鼓聲大震。

曹洪勒馬垓心，挽弓大叫道：「如此還可以奪著錦標麼？」

夏侯淵一馬衝到垓心，大聲喝道：「此等箭法，何足為奇，且看我來獨射紅心。」

他說罷，揚弓搭箭，鼓聲一息，那支箭颼地飛去，不偏不倚，正插在那四支箭的當中，眾人一齊喝彩，鼓聲又起。夏侯淵立馬垓心，十分得意。

這時綠袍隊裡，張遼看得眼熱，飛馬出來，對夏侯淵說道：「你這射法，也不算高，且看我的射法。」

他放馬在場內往來馳騁三次，霍地扭轉身軀，一箭飛去，將夏侯淵那支箭簇出紅心，眾人驚呆了，齊聲喝彩道：「好箭法！好箭法！」

操賊在臺上望見，忙叫將張遼喊上臺來，賜他宮女二名，金珠十粒，蜀錦十匹。

張遼謝恩退下剛剛下了臺，許褚厲聲喊道：「張文遠，你休想獨得錦標，快將那兩個美人分一個與我，大家玩玩，你道好不好呢？」

張遼冷笑一聲，說道：「今天奪錦標，原是憑本領奪來的，你有本領，何不早些出來比較，現在錦標已給我奪了，你有什麼本領要分我的錦標呢？」

許褚也不答話，飛身下馬，搶過來，在香車裡，將那個穿紅裳的宮女抱出來，上馬就走。

張遼大怒，拔出寶劍。攔住去路，圓睜二目，厲聲罵道：「錦標是魏王賜的，誰敢來搶，識風頭，快放下來，牙縫裡蹦出半個不字來，立刻叫你死無葬身之地。」

許褚大怒，一手挾著那紅裳宮女，一手掣出佩刀，厲聲罵道：「張遼小賊！你可識得我的厲害麼？」

張遼到了此時，將那股無名業火高舉三千丈，按捺不下，揮劍縱馬來鬥許褚，許褚慌忙敵住。他兩個認真大殺起來，慌得曹賊連喊：「住手！」

第一一八回　不倫不類

張遼和許褚爭執美人，正在性命相拼的時候，曹操在臺上望見，連聲喝住。他們哪裡肯聽，仍劍來刀去，惡鬥不止。

操賊只得親自下臺，大聲說道：「誰不住手，便先將誰斬了。」

他們聽說這話，才一齊住手。

操賊笑道：「你們的器量忒也小了，孤家哪裡是叫你們比試奪標的，無非是要看看眾卿的武藝的。來來來，孤家自有一個公平辦法。」

他說著，命眾將隨他一齊登臺，每人賜他們一個宮女，十匹蜀錦。

誰知許褚腰裡挾的那個宮女，被他用力過猛，七孔流血，早已不活了。操賊重又賜他一個宮女。眾將一齊舞蹈謝恩。

那一群文官一個個又上頌詞讚章，將操賊直抬上九霄雲外。操賊大喜，也照著賞給眾將士的例子，賞給眾文官。一直到日已含山，才散了宴。

一眾文官武士，每人領著一個美人，歡歡喜喜地回去了。

到了第二天，操賊在愛妾玉珮的房中，還未起身，只見華歆匆匆地進得房來，對他說道：「主公可知道伏皇后現在要謀害你了麼？」

曹操聽得，吃驚不小，忙問道：「怎見得的？」

華歆走過來附著他的耳嘰咕了兩句。曹操霍地起身說道：「好，先命將在宮門口查著，她如果來，便給我搜查帶來。」華歆領命而去。

不多時，曹操起身進都，領著三千甲士，在宮門口候著。

不多時，只見穆順面色倉皇地進來。操賊一聲令下，那班武士虎撲羊羔地將他抓住，不費絲毫的力氣，就將伏完寫給伏皇后的密書，被他們搜出。操賊便將穆順帶到府中嚴鞫了一番。可是穆順矢口不招。操賊無奈，只得下令將伏完一家三百餘口一齊拿下，斬首市曹；又將伏皇后用白綾絞死，二皇子鴆殺。把個漢獻帝哭得淚竭腸枯，也沒有庇護的力量。

操賊殺了伏后，隨又將他的大女兒扶入正宮。漢獻帝到了此際，真個蛟龍失水，虎落阱陷，唯唯否否，還敢說出半個不字來嗎？只好是望承顏色罷了。

操賊殺了伏皇后之後，有一個多月，不到銅雀臺裡尋樂了。

有一天，他被獸欲衝動，駕著輕車，只向銅雀臺而去。到了銅雀臺邊下了車，侍從扶他登樓，走到第五層第四個房間門口，那些侍從不待他令下，便各自退下去了。

他正要進去，猛聽得裡面有人嘻笑著。他倒是一怔，暗想道：「玉珮的房間裡，哪個敢逗留嬉笑呀？」

他正在這裡尋思的當兒，耳朵裡突然又聽著一聲嬌滴滴的聲音說道：「你也不用說了，我自從見了你，我的魂靈好像被你攝了去的一樣。後來我又常常聽見那個老厭物在我面前誇讚你的才學怎樣的好，我越覺傾慕你得厲害。」

說到這裡，又有一副男人的喉嚨悄悄地說道：「我的學問好，與你有什麼關係？難道你也識字麼？」

她又說道：「識字雖然不多，但是我平素最拜服的就是有學問的人，只悔我命裡遭逢不好，應該碰到那個老死鬼纏著我罷了。」她說罷，便哽哽咽咽地哭泣起來。

這時又聽那個男子安慰她道：「卿卿！你不用盡是煩惱，我們正在這青春時候，料想那個老不死的，前面沒有多少路了。等他一死，這一統江山，還不是我的麼？到那時，你的正宮娘娘的位置，還愁沒有麼？」

操賊聽到這裡，不禁氣得手足冰冷，一腳將門踢開，只見他的三子曹植摟著玉珮正在那裡低聲軟語的談心呢。把個操賊氣得一佛出世，二佛涅槃，直著雙目，喘吁吁地向他們說道：「你們好好好，竟幹出這樣的事來。」

他說到這裡，用手指著曹植罵道：「你這畜生，枉把你滿腹經綸，這件事就像你幹的麼？便是禽獸也幹不出來的，好不要臉的東西！我且問你：玉珮是我的什麼人？又是你的什麼人？你可要我的老命了。」

曹植聽他這一番話，非但不懼，反而是嘻嘻地笑道：「玉珮是你老人家的玩具，是孩兒的知音，玩具當然不及知音來得契合。你老人家這銅雀臺，本來是供給我們玩耍的，又有什麼限制呢？大凡做上人的，歡喜兒女什麼東西皆可以賜給的，何況一個玩具呢？」

曹操聽他振振有詞的這一番話，只氣得他鬍子倒豎，險一些兒昏死過去，忙道：「倒是你這畜生講得有理，我要請教你，什麼叫做五倫？」

曹植隨口答道：「這個自然知道的，君臣、父子、兄弟、夫婦、朋友。」

操賊冷笑一聲道：「你既然知道五倫，玉珮是我寵幸的，便是你的母親，你就能和她勾搭了麼？」

曹植笑道：「你老人家這些話，越發不通，玉珮是你老人家的愛姬，卻不是我的母親，我又何妨子頂父職，替你老人家做一回全權代表呢？還有一層，你老人家已有我的母親伴著，現在又在納妾尋樂，正所謂不在五倫之內，孩兒和玉珮是知己的好朋友，確在五倫之內，我又有什麼不合情理之處呢？請你老人家講罷！」

操賊氣滿胸膛，坐在椅子上，只是發喘，一句話也答不出來。

曹植又笑道：「你老人家現在也不用氣得發昏了，我的行為尚未有什麼荒謬呢，大哥、四弟的玩意兒，我說出來，頓時還要將你老人家氣死了呢。」

操忙道：「他們有什麼不是的去處，你索性說出來。」

曹植笑道：「他們能做，我不能說，只好請你老人家親自去看看罷，你老人家既然不肯割愛，我們為人子的，當然不敢強求的，我下次絕對不再到這裡來了。」

他說著，怒衝衝地起身出去了。

操賊瞪著眼望著他走了。此刻玉珮垂首流淚，沒有話講。

操賊圓睜兩眼，向她盯了一會子，嘆了一口氣道：「咳！這也是我生平作孽過多，才有今朝的報應了。」

玉珮拭淚說道：「曹植無禮，三番兩次地來糾纏我，我早就要告訴你了。」

操賊冷笑一聲道：「罷了罷了，不要盡在我面前來做狐媚子了，你們在這裡講的話，我連一個字都沒有忘掉。」

玉珮聽得，便撒嬌撒癡的一頭撞在操賊的懷裡，哭道：「他來強迫我做那些禽獸的事情，我卻替你掙面子，沒有答應他。不想你竟說出這樣沒良心的話來冤枉我，我這一條狗命也不要了，省得在世上丟盡面子，給人家瞧不起。」

她說罷，扯起裙角，遮著粉面，就要向牆上撞去。

慌得操賊一把將她抱住，說道：「方才這話，你竟誤會了我的意思了，我說的並非是你不好，乃是我那犬子不知好歹，你何必多心呢？尋死尋活的作什麼來。」

她也不回答，伏在他的懷裡，只有哽咽的份兒，一面哭，一面說道：「我在你面前死了，好表明我的心跡。」她說罷，又哭得梨花帶雨似的。

操賊本來是滿腔醋火，恨不得將她一劍揮為兩段，見了她嬌啼不勝的那種可憐的樣子，不由得將那股不可遏止的醋火消滅到無何有之鄉了，摟著她，千寶貝，萬心肝地哄了一陣子，才將珮兒的珠淚哄得止住。

列位，這曹操本是個毒比豺狼的傢伙，今天見了這個玩意兒，不要說他，便是尋常人也要火拚了。他為何不動作呢？原來操賊四個兒子的當中，最心愛的就是曹植，而且他是個最要假面子的，老奸雄深怕吵出風聲去，給別人嗤笑。加上珮兒又是他第一個心頭上的人物，有種種不忍發作的原因牽制著，只好放在肚皮裡面悶氣。

那曹植對操賊說，曹丕、曹熊有亂倫的事情，不好說出來，究竟是回什麼玩意兒呢？在下也要交代明白了。

原來曹丕面子上極其忠厚，居心卻和操賊一般無二，陰險狠毒，什麼不見人的事情，皆可以幹得出來。曹賊卻當他長厚無用，其實是衣鉢真傳。操賊見曹植聰明伶俐，早有將基業傳與曹植的心了。曹丕在暗中托人在操賊面前讚揚他的美德，曹操置之不理，曹丕和曹植在暗中競爭激烈。

曹操有個妹子，名叫曹妍，比曹丕長一歲，生得花容月貌，落雁沉魚，小時候就和曹丕在一起廝混了，等到他們漸漸地成人了，還是在一起耳鬢廝磨地纏著。

她在十七歲的時候，情竇初開，急切想一個人來給她試驗一次，無奈府中規則森嚴，除卻家裡骨肉至親，外面的三尺小童也不能亂入堂中一步的，所以沒有機會出來和人勾搭呢。她鎮日價沒有別事，看著稗史小說度生活。看到情濃的去處，那一顆芳心不禁突突地跳躍起來，滿面發燒，十分難受。

有一天，她又在看稗史了。曹丕笑嘻嘻地走進來，手裡拿著一朵玫瑰花兒，向她笑道：「姑姑！我給你插到鬢上去。」

她見曹丕那種天真活潑的樣兒，不禁起了一種罪孽的思想，情不自禁的玉手一伸，拉著曹丕的手兒笑道：「好孩子，你替我簪上了。」

曹丕便往她身邊一坐，慢條斯理地替她把花簪上了，笑道：「好啊！姑姑簪上了花，越發美麗了。」

她聽說這話，不禁將臉兒一紅，微微地一笑，星眸向他一瞟，說道：「小促狹鬼，你竟和我來沒大沒小的了。」

曹丕聽她這話，不禁一怔，忙道：「姑姑！我原是一句老實話，不想你竟認真了。既是這樣，我們就此分手罷，你下次只當我死了的，不要兀的來惹我了。」

她忙用手堵著他的嘴笑道：「你這孩子，真是直性子兒，一句玩話都不能聽出來，馬上就暴起滿頭青筋來，賭咒發誓的，何苦來呢？」

曹丕道：「你自己認真，還說我不好，這不是冤枉人麼？」

她伸手過來將他往懷中一抱，低聲說道：「好孩子，我最歡喜你的。」

曹丕笑道：「姑姑！你歡喜我，我也歡喜你的。」

她附著他的耳朵，不知道說些什麼。只是曹丕滿面緋紅，只是搖頭道：「那可不成，被爹爹曉得了，真要打殺了呢。」

她急道：「傻瓜，這事是秘密的，怎能給人知道呢？」

曹丕道：「便是人不知道，你是我的姑姑，怎好幹那個事呢？」

她忙低聲道：「呆種，不要扯你娘的騷，你不看見你的爺和你的姑祖母常常在一床上睡覺麼？」

曹丕聽說這話，很高興地問道：「這事作興麼？」

她掩口笑道：「呆瓜，真是纏不清，要是不作興，他們還在那裡幹嘛？」

曹丕道：「那麼，我們就來做一回看。」他說罷，跳下床來，嚓的一聲將門閉起。在下那時也被關在外面，裡面事兒卻不知道了。

停了好久，呀的一聲房門開了，只見曹丕春風滿面地向曹妍說道：「姑姑！這個玩意兒的確有趣，我們沒有事的時候，不妨多弄幾回玩玩。」

她一面理著雲鬢，一面悄悄地笑道：「冤家，這事兒豈能常幹的，萬一走漏風聲，你我都休想活命了。」

曹丕聽說這話，將舌頭伸了一伸，笑道：「這事難道不能給別人知道麼？」

她忙說道：「放你娘的屁，這事能給人知道的嗎？世間最難為情的就是這事。」

他說道：「我曉得了，我總不去告訴人就是了。」

她笑道：「你早點去罷，你娘等得心急了。」

曹丕點頭走了。從此以後，他們倆明修棧道，暗渡陳倉，已非一次了。

有一天，曹植背著手，從中堂裡走向後邊而來，轉了幾處遊廊，進了一座花園。

這時正當五月裡的時候，驕陽似火，百合亭幾棵石榴已到怒放的當兒了，噴火蒸霞的十分燦爛。

他走到一塊青石的旁邊，探身坐下默默的尋他的詩料，猛聽得假山背後有一種呻吟的聲音。他吃驚不小，忙站起來，躡足潛蹤地溜過來一望，不禁倒退數步。

你道是什麼緣故？原來是曹熊按著一個女子，在草地上幹著。那女子的面孔用一塊手帕遮著，看不清楚是誰。他們聽見人聲，慌得從地上爬起來。

曹植再定睛一看，那婦女不是別人，卻是妹子曹綺，他不禁連連頓足道：「該死該死，誰教你們在這裡幹這件不知好歹的事呢？」

曹熊羞得滿面通紅，飛也似地奔了，只落得曹綺一個人坐在地下，羞得將粉臉低到胸口，一聲不作。

曹植嘆了一口氣道：「家門不幸，就要出這些不倫不類的畜生了。」

曹綺坐在草地上，哽咽著答道：「你也不用怪我了，這事原不是我要做的，都有人教我們的。」

曹植忙問道：「誰教你們的？」

她道：「我們昨天到大哥那裡去玩耍，看見他和姑姑也幹這個事兒。他們倆教我們倆也做這個事，我倒不肯，四哥定將我拖來幹的。」

曹植聽得這話，大吃一驚，仰面搖頭，半晌無語。曹綺站起來，也自去了。

曹植想道：「這可該死了，料不到他們竟也幹出這種禽獸行為來了。」

他思量了一會，暗道：「他本來和我不睦，我又何必去挖苦他，萬一他惱羞變怒不承認，反而在無形中又結了一層惡感麼？罷罷罷，只掃自家門前雪，休管他人瓦上霜，隨他們去幹什麼罷。」

曹植打定了主意，抱著不多事的宗旨，所以他們日夜尋歡，也沒有一個人去干涉一下子。

曹熊和曹綺也是打得火熱的分拆不開。曹熊才十六歲，因為晝夜宣淫，不上兩月，瘦得和人柴彷彿。此刻曹操三天有兩天在銅雀臺裡尋歡取樂，他們得著空子，還不盡開心麼。

曹植和珮兒這段豔史，由於曹植常常到銅雀臺去獵色，他有一天為著一件事情，到珮兒這裡來尋他的父親，可巧曹操又不在這裡，他兩個一見傾心，良緣早種，珮兒趁勢用話將他兜住，談了一會。由此以後，愛情日增一日，竟發生肉體上的愛情了。

閒文少講，再表操賊這一氣非同小可，頓時吐了幾口鮮血，便一病奄奄地睡倒了。再加上平素常發的頭風也來趁火打劫，他的病勢日見沉重，百藥罔效，不上三四個月，一命嗚呼了。

臨死的時候，囑咐諸大臣，扶曹丕承他的基業。這班文武將，當然照他的遺囑上做去，將曹丕立為魏王，不上一年，即實行篡位，廢漢獻帝為山陽公。

此刻劉備已經定鼎西蜀，為漢中王。諸葛亮等聽說曹丕實行篡位，便勸漢中王早即帝位，以定民心。漢中王始尚游疑，後來經眾大臣疏請受禪，不得已登壇受禪，昭告天地，是為昭烈帝。曹丕聽說漢中王即位，便欲起兵為難，司馬懿上疏諫止。

此刻魏王唯一拜服的就是司馬懿，由主簿一躍而為軍馬總督。這司馬懿老謀深算，居心叵測，生平最怕的就是諸葛亮。除卻孔明的妙算，的確沒有第二個是他的對手了。

曹丕接了帝位之後，將髮妻甄氏冊為正宮，瞞著眾人，又將曹姸立為貴人，藏在內宮，朝朝取樂，夜夜尋歡，好在外邊一切的軍事政治，全仗司馬懿、曹洪等一班走狗維持。他日居深宮，宣淫縱樂，無所事事。

光陰如流水般的快，略眨眨眼，七八年飛也似地過去了。在這七八年之內，不過是我爭你打，紛紛逐鹿，也未見什麼消長，也沒有什麼香豔的事實可錄。惟有昭烈帝即位三年，即行崩駕了，臨死的時候，托孤於諸葛亮，輔太子禪繼位，封諸葛亮為武鄉侯，領益州牧，凡有一切的政治，皆委之與他。

太子禪天性敦厚，遠不及照烈帝雄才大略，幸有孔明等忠心輔佐，終年南征北伐，辛苦備嘗，南征交趾，功勳不亞於馬援；六出祁山，均未能如願，這差不多是天命不可挽回罷了。但是諸葛亮雄心未灰，不以不得志而氣餒，仍舊繼續征伐。他的忠勇，可在《出師表》上見得了。

第一一九回　換日偷天

諸葛亮受先生的遺囑，鞠躬盡瘁，夙夜辛勤，南征北伐，十二年如一日，奔走沙場，矢志無二。漢祚將衰，任他有通天的本領，也不能吞吳併魏了。甲寅十二年八月二十三日，他老人家與世長辭了。臨終的時候，後主禪在榻前受囑，他囑後主宜重用蔣琬、費褘、姜維等。後主泣不成聲，宛喪考妣一樣，以丞相儀節葬之。

諸葛亮死後，後主遂重用蔣琬，起為尚書令，總統國事。

這時魏國的曹丕，早已到鬼門關去篡閻王的位了，此刻繼立的是曹睿，比較曹丕還要貪暴不仁，惟對於司馬懿則不敢輕視。司馬懿此刻已由兵馬總督升到太傅了，出入宮廷，毫無顧忌。曹丕所幸的郭貴人，年紀在二十五六歲，不慣獨宿，屢次想私奔他去，無奈宮禁森嚴，不能讓她逃走。

司馬懿有兩個兒子：大兒子師，二兒子昭，俱是狠視鷹顧的傢伙，倚仗他父親的勢力，出入宮門，無人敢阻止一下子。

這時朝堂上的氣象，宛然是曹賊對獻帝的那種樣兒出來了，諸凡百事，沒有曹家

說的一句話了。司馬師每日到宮闈裡尋察一回，一則是監視曹家的行動，再則是獵色尋歡。

有一天，從九福宮前走過，剛到五雲軒的左邊，忽聽得裡面有嘆息的聲音。司馬師不由得立定腳步，側耳凝神地聽了一會子，好像是女子在裡面哭泣的樣子。

他便輕手輕腳地走進五雲軒，進了房間，只見一個女子面孔朝著牆壁，似乎在那裡哭泣的樣子。再看她的身上裝束，卻是個貴人的打扮，只聽她唉聲嘆道：「你死了，倒也罷了，但是撇下了我，年紀未過三十，叫我怎生度法，過一天比過一年還要難過，咳！我真苦命。」

司馬師溜到她的身邊，一把將她摟到懷中，唼喋一聲，親了一個嘴，說道：「我的兒，你不要怨天怨地的，有我呢。」

她回頭一望，不禁嚇得一大跳，只見司馬師那一副黑煞神似的面孔，險一些將魂靈嚇得離竅，忙要聲張，司馬師忙將寶劍拔出來，在她的臉上一晃，說道：「你要不要命，要命趕緊給我不要聲張。」

她嚇得手顫足搖，忙央告道：「瘟神爺爺，我又沒有什麼去處得罪你老人家，望你老人家饒恕我罷。」

列位，這瘟神的兩個字，來得突兀麼？原來有一種原因。

司馬師常常昏夜進宮，強姦宮女，那班太監，誰聲張，誰先送命，所以他們見司馬師來，誰也不敢去撒一個屁。而且司馬師還諄諄地囑咐他們，不要聲揚，誰敢露一句風聲，明裡不殺，暗裡也要差人來將他殺了，所以他們一個個守口如瓶，斷沒有一個人敢去討死的。

他進宮了，見了中意的宮女，便硬行個三七二十一，並且自稱為瘟神下界，他那一張面孔，的確和寺裡的瘟神一樣，那班宮女可憐給他姦宿了，還不敢告訴人。起首一兩個宮女，後來漸漸地普遍了，大家不免互相駭告。

有兩個神經過敏的，還說瘟神菩薩看中你們，將來一定娶你們去做瘟神娘娘了，嚇得那班宮女提心吊膽，一到晚上，忙不迭地就躲避起來了。

曹睿到了晚上，每每的使喚宮女，連鬼影子也喊不到一個，不免要生氣，便將禁宮的太監喊去，問他是什麼緣故。太監還敢說是司馬師作怪的麼？只好說是瘟神菩薩在宮中顯聖的一番話來搪塞。最可笑的，曹睿聽說這話，忙去請了多少大法師、大喇嘛來驅瘟逐疫，亂了一個多月。

司馬師因為那些道士和尚在宮裡廝鬧著，不好進去獵色，好生焦躁。又等了幾天，那些和尚道士仍然是不肯走，他可急了，暗中派人和內外的太監說通，自己的臉上用紅黑白塗起來，赤膊光頭，下身著了一條紅褌褲，手執四叡八環牛耳潑風刀，怪叫如雷，衝進宮去。

那班道士和尚正在舞陽正殿上香花頂禮，在那裡裝模作樣的，猛的跳進一個猛惡的

猙獰的怪物，嚇得那班大法師、大和尚跌跌爬爬，爭先恐後地逃命去了。

早有人飛命似地去報知曹睿了，把個曹睿嚇得鑽進床肚裡，連大氣也不敢喘一下子。到了第二天，那班和尚道士散得無蹤無形，再也不敢來了。

曹睿無可奈何，只得在富德宮右面，特地起造一所瘟神祠，每日親自焚香頂禮，滿望瘟神爺爺給他這一敬就不來光顧的呢，誰知還是外甥打燈籠照舅，不是某宮女失蹤，便是某宮女懷孕，鬧得滿城風雨，人人皆知，皇宮裡面出了魔了。

曹睿被他說得沒法，只得召集群臣商量辦法。一班武將，誰也不信，便想出一個輪流值夜的方法來去保守宮門，說也奇怪，自從這一來，瘟神菩薩竟不來了。

曹睿大喜。但是諸將積久生厭，不像從前那樣的徹夜不眠了，有時到的，還有時不到的，便馬馬虎虎的不認真了，加之司馬師又和他們說明了，他們更不認真了。

過了一年多，宮裡仍舊又鬧鬼了，不過有時來，有時去，不像從前那樣了。曹睿見瘟神爺爺只和宮女們結緣，未曾看中皇后，還算幸事，於是只好由他去罷。

閒話少說，再說郭氏見了司馬師，只當他是瘟神來光顧的呢，嚇得三魂落地，七魄升天，沒口地央求道：「瘟神爺爺，請你老人家放了我罷，我明天豬頭三牲香花供奉你老人家。」

司馬師將她面孔捧著細細地一看，覺得十分嫵媚動人，雖然徐娘半老，丰韻猶覺存在，眼角眉梢露出許多騷氣來。司馬師看得眼花繚亂，就地將她抱起，按到床上，去幹了一回。

她只知道這位瘟神菩薩殺伐的怎樣厲害呢，原來和平常人沒有什麼分別，反而比較他人來得著實一些。郭氏這時又羞又喜，在枕邊觀顏問道：「你既是菩薩，這些事兒還能做麼，不怕穢了你的道行麼？」

司馬師不禁嗤的一聲，笑道：「你知道我是瘟神麼？實對你講罷，我是大將軍司馬師，我羨慕你娘娘的姿色，不是一日了，從前那些玩意兒，皆是我幹的，今天蒙娘娘准了我，我才敢告訴你的。如果娘娘不棄，我天天前來侍候如何？」

她聽這番話，又驚又喜地說道：「果真你是司馬師麼？」

他道：「誰敢在娘娘面前撒謊呢？」

她笑嘻嘻地說道：「你也忒刁鑽了，誰也想不出這些換日偷天的妙法來啊！我且問你：你進出宮門，難道太監們一個都不知道嗎？」

司馬師笑道：「便是曉得，誰又敢來和我為難呢？」

她道：「太監為何不到魏王那裡報告呢？」

司馬師說道：「這更不要提了，不是我說一句海話，現在朝中除卻我家父子，更有何人替曹家出力呢？他們便是到萬歲那裡去報告，萬歲還能怎樣我麼？」

郭氏道：「既是這樣，你不妨常常來替我解解悶兒。」

司馬師道：「好極了，娘娘不負我，我還敢辜負娘娘麼？」

他倆談了多時，司馬師才告辭走了。

從此黑來暗去，從無一日間斷的。

天下事，要得人不知，除非己莫為。滿則招損，快心事過，必不討好。

司馬師生平只有兩怕，一怕他的父親司馬懿，第二便怕他的老婆東方氏。這東方大娘生得十分醜陋，兩臂有千斤氣力，生性又慣拈酸。司馬師聽見她那副劈毛竹的喉嚨，馬上就得渾身發軟了，東方大娘天不怕，地不怕，就怕她的公公司馬懿。

司馬懿不在家裡，那麼便是她的天下了。司馬師和婢女說一句話，那個婢女一定給她打個半死的。司馬師平日不得出門一步，如有要事，必須要在她的面前通過一聲，得她的准許，方可動身呢，否則不能擅自出門的。司馬師受到這種無窮的拘束痛苦，十分怨恨。

大凡物極必反。他忽然想出一個法子，暗中托人在曹睿面前保他為五城軍馬司一職。曹睿准如所請。他得了這個頭銜，便借著閱操巡察捉盜等等的名目，哄騙他的夫人，其實是到娼家去閱操，宮中去巡察的。

起首還小試其端，隔了三天五日，在外面住宿一次。後來得著溫柔鄉的風味，膽量漸漸的大了，隔了一天便要到外面去打一天野食。

東方大娘雖然強悍，但是對於正直的事情，卻也不去反對。她見夫主這樣的為國辛勤，斷不和他為難，反而比從前待他好。司馬師見她不疑，當然是自安自慰。

什麼事都有癮的，煙酒嫖賭，差不多全有癮的，癮當然越來越大的。司馬師在外面的野食吃得上癮了，每天不出去，好像屁股上生著疔瘡一般，在家裡一刻時候也不能停留，至多日間在家裡敷衍敷衍他那位夜叉夫人，到了西山日落，燈光一放的時候，他便動身了。加之現在和郭氏打得火熱的，一天不去，就如過了一年。有時外面狂風暴雨的昏夜，他照例是要出去的。

東方大娘見丈夫這樣的為國操勞，屢次勸他休養休養。他都是正顏厲色地向她說：「你那這些婦女之流，哪裡知道忠孝兩字。為臣的吃了皇家的俸祿，身子就賣給皇家了，雖然是粉身碎屍，也在不辭之例呢。」

東方大娘聽他振振有辭的這篇神聖不可侵犯的大道理，當然是無言可答了。

有一天，在二更的時候，司馬師在房中對東方大娘說道：「夫人，我要到玄武門去巡察了。」

東方大娘道：「你連日操勞，面上瘦削得多了，今天就在家裡休養一宿罷。」

他正色說道：「這巡察一職，豈可輕忽的？萬一有了變動，其罪不是在我一個人身上麼？」

東方大娘道：「現今四處昇平，你也太過慮了。」

他道：「你那些婦人家，知道些什麼，朝朝防火，夜夜防賊，寧可防患於未來，不教臨時措手不及。」他說著，挺腰凸肚地出門去了。

停了一會，守門的走過來報道：「玄武門的值日軍官伍秋方，要見大人。」

東方大娘聽說這話，將三角稜的眼睛一翻，放開雄鴨嗓子喝道：「放你媽的屁，大人早就去了，難道你的兩隻狗眼生到腦袋後面去了不成！」

嚇得那個守門的一迭連聲的回答道：「小人看見的，小人看見大人出去的。」

她哼了一聲，又說道：「什麼小人大人，你既看見，為什麼不去回他？」

那個守門的忙道：「小人方才對他說過了，他說大人有三天沒有去了。」

她聽說這話，將黃眼珠一翻道：「哦！有三天沒有去了嗎？」

守門的道：「他說的三天沒有去了。」

東方大娘將一張豬肝臉往下一沉，說道：「快給我將那個軍官帶進來，我有話問他。」

守門的答應一聲，飛也似地出去了。

不多會，走進一個全身披掛的軍官來，走到她的面前，行了一個禮，嘴裡說：「伍秋方參見夫人。」

她說道：「姓伍的！你今天到我們這裡來幹什麼的？」

伍秋方道：「請大人去巡察的。」

她冷冷地說道：「大人沒有去麼？」

伍秋方老實答道：「大人三天沒有去過了，今天因為五城的夜防軍在大操場會操，所以要請大人去檢閱。」

她道：「我知道了，大人此刻沒有工夫去，就請你帶檢一下子罷。」

伍秋方道：「謝夫人。」

他說著，匆匆地告辭走了。

東方大娘此刻心頭倒翻了五味瓶，說不出是甜是鹹，是辣是酸，將那一嘴黃金的牙齒咬得咯吱咯吱地作響，停了半天，又將那雙橫量三寸的金蓮，在地板上撲通一蹬，罵道：「好賊崽子，竟敢在老娘面前來搗鬼了，怪不得成日成夜的不肯在家裡，原來還是這個玩意兒呢。好好好，管教你認得老娘的手段就是了。」

她自言自語的一會子，忽然喊道：「鶼兒在哪裡？」

話還未了，從後轉了一個面如鍋底，首似飛蓬的女郎來，渾身上下純黑色的裹紮，背插單刀，大踏步走到她的面前，躬身問道：「主母喚我，有什麼差遣？」

東方大娘道：「你替我去探一探你的主人的蹤跡，現在什麼地方，快快回來報我要緊！」

鶼兒答應一聲，一個箭步縱到庭心，身一晃，早已不知去向。

原來這鶼兒，是東方大娘在雁棲河口收著的，教她武藝。這鶼兒十分嬌健靈慧，未到三年，竟能飛簷走壁，來去無蹤了。

東方大娘本來是銅馬頭領東方大年的玄孫女兒，累世在陝潼一帶打家劫舍，司馬懿和他們打仗幾次，無奈這班銅馬的遺種，十分強悍，竟不能一時克服。

司馬懿為息事寧人起見，願與銅馬首領東方雄連姻。東方雄見司馬懿這樣的聲勢，當然是很願意的，便將女兒嫁給司馬師了。過門之後，東方雄也就改邪歸正了，統率一班亡命，追隨司馬懿，為官家效力了。

閒文休提，再說鵜兒上得屋頂，自己一沉吟，暗道：「這京城裡的地方很大的，漫漫地教我到哪裡去找呢？如今不到別處，且先到皇宮中去刺探一下子再說罷。」

她打定主意，施展一種陸地飛騰法，身輕似燕，直向皇宮而來。

不多一會，到了前禁宮的天井裡，她鶩行鷺伏地在屋上察聽消息，猛聽得下面有兩個太監在廊下談話，她直著耳朵，悄悄地聽他們說些什麼。

此刻有個太監嘆了一口氣道：「凌公公，你看現在這禁宮裡還有一些規矩嗎？司馬師出入無阻，要姦宿誰，便姦宿誰，眼睛裡哪裡還有主上呢。」

那年老的聽得這話，很驚怕，連連向他搖手道：「低聲低聲，方才他剛剛進去，不要給他聽見，連我都送掉了性命呢。」

那一個將腦袋往腔子裡一縮，舌頭伸了兩伸，悄悄地道：「好險好險，他是幾時來的呢？」

那個年老的道：「萬歲的晚膳還沒有用，他就到了。」

那個道：「他現在又看中誰了？」

那個年老的道：「那不是和郭夫人勾搭上手了麼？你看他哪一天不來，真要算風雨無阻了。」

鶼兒在屋上聽得清清楚楚，便不再留，掉轉身子，好像秋風飄落葉似的，不多時，到了府中。將方才聽見的話，一句不瞞的，完全告訴於東方大娘，把個東方大娘氣得哇呀呀直嚷了一陣子，將黃牙錯得格格地發響，霍地站了起來，在兵器架上取下朴刀，向鶼兒一招手，一同上屋。

不一刻到了皇宮的屋上，她們兩個尋察了半天，只見這皇宮裡面樓臺疊疊，殿角重重，不知道司馬師藏身在什麼地方。

東方大娘向鶼兒悄悄地說道：「你看這裡這樣大的地方，到哪裡去尋他們呢？」

鶼兒笑道：「要知虎去處，先問採樵人。」

東方大娘點頭會意，不暇答話，一個鷂子翻身，從屋上直躥下來，立在空庭心裡，四下裡一打量，猛見東面有一間房子裡有燈光眾門縫中透出，東方大娘躡足潛蹤地走進來，從門隙中往裡一瞧，只見兩個樵房值夜的太監，面對面在那裡一遞一口地飲酒嚼肉。

東方大娘用刀在門上一撬，誰知裡面沒有下鍵，「豁」地開了。那兩個值夜的見了東方大娘那種夜叉的面孔，早嚇得矮了半截。

正待聲張，東方大娘不待他們開口，霍地從背上取下樸刀，在他們的臉上一晃，低聲說道：「動一動，馬上就請你們到外婆家去。」

他兩個嚇得撲地跪下，央告道：「奶奶饒命！」

東方大娘用手一指道：「我且問你，可知道司馬師和郭氏住在哪一個宮裡？」

他兩個齊聲答道：「就在這椒房的後面，輔德宮的上房那裡。」

東方大娘聽得，走過來，將他兩個兩手倒剪，嘴裡塞上一塊棉花，做作停當，便和鵜兒直向後面而來。

第一二〇回　漢祚告終

東方大娘和鶼兒從左邊甬道直向後面而來，轉過聽雨臺便到輔德宮了。她兩個潛身進去，裡面空洞洞的暗無人聲。

東方大娘好生疑惑，悄悄地向鶼兒說道：「我們上了那兩個牛子的當了，你看這裡一些兒人聲也沒有，他們一定是不在這裡了。」

鶼兒搖頭道：「未必未必，這裡是明間，他們倆或許是在上房裡，也未可知。」

東方大娘半信半疑，和鶼兒走進上房，只見裡面燈光未熄，簾幃沉沉，帳子裡有鼻息的聲音。東方大娘一個箭步縱到床前，用刀將帳子一挑，只見司馬師和郭氏並頭交頸的，正在好夢方酣的時候。

東方大娘只氣得渾身發抖，翻起三角稜的眼睛，一聲怪叫道：「我的兒，你巡察得好啊！」

她這一聲怪叫，將他兩個從夢中驚醒。睜眼一看，把個司馬師嚇得三魂落地，七魄升天，渾身好像得著寒熱病似的，零零碎碎地動個不住。

東方大娘露出一嘴的黃牙，一聲獰笑道：「好極了，巡察巡到貴人的床上來了。」司馬師哪裡還敢答話，披起衣裳，便想動身。東方大娘的三角稜眼睛一睜，冷冷地道：「到哪裡去？」

司馬師嚇得趕緊將腦袋往腔子裡一縮，動也不敢動一下子。

東方大娘向鵜兒罵道：「你這呆貨，站在那裡發你娘的什麼呆，還不過來幫助我動手，等待何時？」

鵜兒慌忙過來，一把將郭貴人從被窩裡拖了出來，赤條條的一絲不掛。東方大娘指著她罵：「我把你這個不要臉的賤貨，司馬師他是個怎樣的一個人，你也不去打聽打聽，就和他勾搭了，枉把你做了一位堂堂皇皇的先帝的愛妃，這些偷漢子的勾當，就像你做的嗎？好賤貨，我殺了你，看你有什麼臉面去見泉下的曹丕。」

罵得郭氏低首無言，閉目等死。

東方大娘又指著司馬師罵道：「天殺的，今天還有什麼花樣在老娘面前擺了？快一些兒擺出來罷，怪不得成日價借著閱操巡察的調兒來哄騙我呀，原來還有這一回事呢。好不要面孔的東西，你的祖宗差不多也未曾積德，才生下你這個亂倫滅理的畜生來的，我且和你去見萬歲去。」

嚇得司馬師磕頭如搗蒜地央告道：「夫人不看今日的面上，還要想想當年的恩愛。好夫好妻的，都要原諒我一些才好，便是我做錯了事，今天你恕我初犯，下次改過自新就是了。如果下次我再犯這些毛病，隨打隨罰如何？」

東方大娘聽他這番話，越發火上加油，兜頭一口道：「呸！休放你娘的屁，這些話我不知道聽見過幾次了，當初鹹的辣的，死貓死狗，亂去勾搭，我倒不大去和你計較，深怕人家曉得了，損失你的威名。誰想你這不知高下的雜種，給你搽粉，你不知道白，越來膽越大，竟和主子爺的愛妃勾搭了，你不怕天下萬人唾罵，也要留兩個指頭給你的老子遮遮才是。今天任你說出血來，我只當蘇木水，非要和你去見萬歲不可。」

司馬師哪裡肯去，只管千夫人，萬賢妻的在地上討饒不止。

東方大娘罵得心頭火起，拔出樸刀，霍地在郭氏的粉頸上一横。說時遲，那時快，一顆頭骨碌碌滾向床肚裏去了，鮮血直噴，霎時將一頂白羅的帳子染成胭脂的顏色。

司馬師嚇得魂不附體，俯伏在地上，連大氣也不敢喘一下子。東方大娘拿著血刀，向他一指道：「如今你好去和她尋樂了。」

話猶未了，只聽得宮門外人聲嘈雜，霎時間一對一對的宮燈，由宮女們撐著擁了進來。曹睿和一群守宮的武士陸續趕到。大家擁進房，見了這種情形，一個個張口結舌，連一句話都說不出來。

東方大娘走到曹睿的面前，正想說話，不料有個侍衛太不識相，他攔住喝道：「那裡來的野婦人，聖駕在此，休得亂闖！」

東方大娘將金黃色的眼珠一轉，罵道：「放你娘的屁，老娘認不得什麼聖駕神

駕。」她說著，劈面一掌，將那個侍衛打出三丈以外。餘下的侍衛，嚇得好像泥塑木雕的一般，沒有一個敢再來討沒趣。

東方大娘振振有辭地將方才一番情形說了一個暢快，迫著曹睿定司馬師的罪。曹睿此刻才如夢初醒，不覺又羞又氣又惱又怕。要是不定司馬師的罪，眼見東方大娘煞神也似地站在旁邊，萬一定了罪，又怕司馬懿回來翻臉，倒弄得無話可說。怔怔的半天，才說道：「夫人且請回府，孤家自有處分。」

東方大娘很爽快地說道：「好極好極。」她回頭向司馬師說道：「我和你做了八年的夫妻一場，我想起來，在你家總算沒有什麼失德之處。不想你這個怙惡不悛的東西，三番兩次，兀的不肯改掉你那畜生的行為，我和你的緣分滿了，我如今要走了，我卻要交代你兩句話：我走後，你若改過，我還可以重來，如若不改前非，我不獨不來，你還要當心你那顆腦袋。」

她說罷，長嘯一聲，帶著鵜兒，身子一晃，早已不知去向了。

曹睿一腔子的惱怒無處發洩，惡狠狠地盯了司馬師一眼，悶悶地回宮去了。司馬師從地上爬起來，一溜煙回府去了。

曹睿經這番驚恐羞憤，不禁病了，不上兩月，一命嗚呼。司馬懿回都，與眾大臣立太子芳為魏王，從此司馬的勢力更進一層。加之曹家的樑柱，像曹仁、曹洪、曹休等，先後死亡，他們越發肆無忌憚了。

司馬懿、司馬師在丙子十四年至十九年，相繼而亡。司馬昭愈覺無法無天，出入羽葆，自加封為相國，並加九錫。此刻稚子曹芳已被廢為齊王，遷居河內，立曹髦為魏王了。

不上數年，曹髦見司馬昭威權日重，自己沒有一些權柄，心中十分怨恨，對內侍臣每每談到司馬昭，即切齒咬牙，宛然有殺昭的念頭。不想一般內侍臣，為趨奉司馬昭起見，暗地裡報與司馬昭。

司馬昭聽得勃然大怒，與成濟、賈充等一班佞臣，生生將曹髦刺死在南闕下，又立燕王曹宇的兒子曹奐為魏主。

炎興元年，司馬昭大舉犯闕，遣鄧艾率大兵三萬，自狄道、甘松集中，以拒姜維。諸葛瞻率兵三萬，自祁山趣武街橋頭，斷姜維的歸路。鍾會領兵十萬，分斜谷、駱穀、子午谷三路，進窺漢中，勢如破竹。不到兩月，各路的賊兵已由陰平近逼成都，雖有姜維、張翼輩死力抵禦，無奈人眾我寡，連連失敗。

諸葛瞻在綿竹戰死。此刻劉後主在都中一些兒風聲也沒有得到，鎮日價飲酒調琴，晝寢夜興，度他的夢中生活。

讀者聽我這話，不要罵我胡謅麼？不，原來有個原因。後主的駕前文武尚稱齊整，論兵力，論地勢，賊兵皆沒有入寇成功的可能，其誤在諸葛瞻。若在陰平扼險拒守，縱使賊兵眾多，不曾發生效力的。陰平一錯，遂將漢室江山斷送與他人了。再誤在黃皓，

這黃皓本是個禍國殃民的賊子，後主偏偏要器重他，言聽計從。

此刻風聲鶴唳，草木皆兵的時候，各處告急的本章如同雪片相似，皆被黃皓收起，不教後主知道一些兒風聲，等到賊兵將都城困得水洩不通，後主才如夢初醒，忙召群臣商議退敵的計劃。

黃皓進言道：「魏兵勢大，料想我們不能抵禦了，不如開城投降為妙。」

話猶未了，瞥見文班中走出一人，手執牙笏，指著黃皓罵道：「你這老賊，師婆的神言，今天如何不驗？漢室的江山斷送在你這老賊的一人手裡了。你此刻還要落井下石，勸我主投降他人，你難道沒有心肝麼？就是投降魏主，未必就讓你一個人去偷生了。好奸賊！我與你將性命拼了罷。」

那人說罷，舉起牙笏，向黃皓劈面擲來，黃皓趕緊躲避。不料黃皓卻沒有擲到，後主額上倒著了一下子。後主大怒，忙命拿下，兩邊的武士不由分說，將中大夫楊沖從御座前抓了就走。後主連聲喊道：「欺君罔上的賊子，給我推出去砍了！」

不多時，一顆血淋淋的人頭捧了進來。後主才算息怒。

群臣有的主張投吳，有的主張降魏，意見分歧，莫衷一是。

譙周越班奏道：「自古沒有寄居他國做皇帝的道理，而且孫亮器小，不能容物，與其受間接之辱，不若受直接之辱。現在奉璽乞降，或者不失封侯之位呢。」

後主還未答話，從屏風後面轉出一人，厲聲罵道：「譙周匹夫，漢家哪裡薄待於你？

竟勸萬歲乞降於國賊，腐儒偷生畏死，豈可妄議社稷大事，自古安有降敵的道理？」

後主一望，來者不是別人，正是白帝王劉諶。後主張目厲聲道：「眾大臣皆議以降為佳，你偏欲仗血氣之勇，要滿城流血麼？」

劉諶叩頭道：「先帝在日，譙周未嘗干預國政，今妄議大事，言輒非理。臣竊料成都之兵，尚有五萬多人，姜維全師在劍閣，若知魏兵犯闕，焉有坐視的道理；我們這裡開城拒敵，姜維得信，必來援救。那時內外夾攻，管叫他片甲不回，豈可聽這班賣國賊的話，輕輕地廢棄先帝之基業？」

後主聽得，勃然大怒，叱道：「你是個不識天時的小孩子，曉得些什麼？」

劉諶笑道：「如果勢窮力竭，寧可君臣父子背城一戰。戰勝固佳，萬一殉難，也好見泉下的先帝了。」

後主不聽。

劉諶放聲大哭道：「吾祖創此基業，誠非容易，今一旦棄之，吾臨死不辱。」

後主不耐他的瑣屑，命人將他推出宮門。

這裡和張紹、鄧良、譙周等商議一會子，決定先命他們三人奉璽乞降，又令蔣顯齎旨去招姜維降魏。擇定於十二月十一日，君臣開城出降。

這個風聲，傳到劉諶的耳朵裡，可憐他心膽俱碎，獨坐在中堂上，將那股無名的憤火，高舉三千丈，按捺不下，坐立不寧，在中堂上踱來踱去一陣子。想起先主在日何等

艱苦，豈輕容易創此基業，不料如今一旦棄了。

他想到這裡，不由得捶胸頓足，哭聲如雷吼。他的夫人崔氏，正在後方教子讀書，猛聽得中堂上有人號哭，大吃一驚，忙向丫頭小雪蓮道：「你快些到前面去看看，誰在中堂裡啼哭？」

小雪蓮答應著，走到中堂的屏風後面，偷偷地望了一眼，慌忙轉身，飛也似地跑進來，對崔夫人說道：「王爺不知為著什麼事情，正在中堂上哭著哩。」

崔氏夫人不敢怠慢，輕移蓮步，扶著小雪蓮向中堂而來，不多時，走進中堂。劉諶的哭聲未止，眼中流血。

夫人忙近來斂衽問道：「王爺，什麼事情這樣的悲傷？」

劉諶拭淚，止住哭聲，嘆了一口氣道：「夫人！你可知道我劉家四百多年的基業，要送給他人了？」

崔氏夫人聽得這話，大吃一驚，忙問道：「王爺！這是什麼話呢？」

劉諶半晌不答，兩眼望著天空，只是發愣。崔氏夫人真是丈二的金剛，摸不著頭腦，侍立在旁邊，不敢再問。

列位，現在魏兵已困城多日了，難道崔夫人就一些兒不曉得麼？原來劉諶向來和崔氏敬愛如賓。劉諶早朝回來，只談家事，不談國事。崔夫人一向知道劉諶的脾氣，她從不問過一句。

她生了三個小爵主，乃是劉刷劉忠、劉驥。她除了料理家事以外，鎮日在閨中教著他們讀書，所以外邊隨便怎樣的變動，她卻不知道一些兒的。

此時聽得劉諶突然說出這樣話來，她如何不驚，眼見劉諶滿眼鮮血，一頭的青筋根根暴起，仰首直視，好像瘋了的一樣。

崔夫人見這等光景，料知事出非常，低聲問道：「王爺，究竟是怎麼一回事呀？」他轉過身來，見崔夫人立在身邊，忙問道：「夫人！你是幾時來的？我怎麼沒有看見你？」

崔夫人道：「王爺，今天吃醉了不成？」

劉諶道：「我未曾醉。」

劉諶說罷，復又流著血淚。

崔夫人問道：「王爺，既沒有醉，何以失卻常態呢？」

劉諶霍地跳起來，握著夫人的手，哭道：「我的夫人，我要盡忠了，你替我將三個兒子看顧成人，他們能替我出口怨氣，替祖宗報仇，我在九泉之下，也就瞑目了。」

他說罷，一掇手，拔出寶劍，向頸上就勒，慌得夫人死力扳著他的臂膊，哭道：「王爺！你究竟為著什麼事情呀？」

劉諶哭道：「夫人還問什麼？現在魏兵已將都城圍得水洩不通了，一班偷生怕死的賊臣盡是勸著父王降魏。前天我在朝上扳駁了一本，無奈父王執迷不悟，不聽我的諫

勸，將我趕出朝來。今天聽得城中的人，十個有九個說父王已將玉璽著人送與鄧艾了，擇定十二月十一日開城出降。夫人！你想先帝三十年血汗換來的基業，父王毫不經意地棄於他人，我雖說沒有反對的可能，但是父王既降了賊國，我還能隨他一起去面見他麼？不如死了，九泉之下，也好見先祖父了。」

崔夫人哭道：「王爺，你能盡忠，我難道就不能盡節麼？」

劉諶聽說，又驚又喜的，緊握著她的手，笑道：「夫人，你是真話還是假話呢？」

崔夫人正色說道：「王爺，哪裡話來，王爺盡忠，我偷生在世上，眼見萬歲投降敵國，我難道認真做一個不節的婦人麼？」

劉諶道：「夫人，你的話固屬不錯，但是你我死後，那三個孩兒，卻依靠何人來撫養呢？」

夫人哭道：「王爺盡忠，妾身盡節，他們當然也要盡孝了。」

劉諶大笑道：「好哇！這才算是我劉諶的妻子呢！」

崔夫人撒手對著劉諶福了一福，哽咽著說道：「王爺，妾身先到泉下去候你了。」

劉諶悽惶著，一句話也答不出來。崔夫人扶著小雪蓮，向後面而去。不多時，小雪蓮出來報道：「王爺，不好了！夫人在後面自縊歸天了！」

劉諶道：「罷了，你去將三個公子喊來，我有話說。」

小雪蓮心中明白，忙向後而來，到了書房裡將劉恕等三人喊來。劉諶將以上的事情，怒氣衝天地說了一遍。劉恕等人一齊跪下哭道：「母親已經先去了，我們當然隨父王一道去。」

他們說著，在袖裡取出砒霜，納入口中。不多時藥性發作，一個個撲地倒下，七孔流血，三道魂靈追隨著崔氏去了。

劉諶心肝俱碎，忙將家中的僕從傭人一齊喊來，對他們慷慨激昂地說道：「現在我和諸位要分手了，承你們一場侍候，我實在對不起你們，你們各自去罷，願你們以後一個個飛黃騰達，我在九泉之下，也就安慰了。」

眾人一齊流淚說道：「王爺哪裡話來，王爺盡忠，夫人盡節，公子盡孝，我們難道就不能成全王爺的一個義字麼？」

他們說罷，東碰頭西撞柱，霎時七歪八倒，沒有一個的活了。

劉諶提劍徑入後堂，只見小雪蓮也自縊在夫人的旁邊。他將崔夫人的頭用劍割下，復又走到中堂，將劉恕等的首級割下，提在手中，就地放起一把火來。

他大踏步出了府門，直向昭烈廟而來，到了昭烈廟，倒身跪下，大哭道：「臣羞見基業棄於他人，無法挽救，故殺妻子，以絕掛念，後將一命報祖，祖如有靈知孫之心，不負孫今朝一死了。」

他說罷，大哭一場，拔出寶劍向頸一橫，鮮血直噴，一道英靈直隨夫人去了。

後主聽說劉諶自刎，毫不悲痛，直命人將他葬下。滿城的百姓聽說白帝王盡忠，沒

有一個不痛哭流涕。

後主到十二月十一日的清晨，大開四門，魏兵大隊進城。從此以後，再沒有漢家的書說了。

總計蜀漢二帝，在位共四十三年，合兩漢二十九帝，共四百六十九年，一座錦繡江山，給後主容容易易送與他人，豈不可惜！小子這部《漢宮》，寫到這裡也就擱筆了。

（全書完）

新大漢二十八皇朝（四）換日偷天（完）

作者：徐哲身
發行人：陳曉林
出版所：風雲時代出版股份有限公司
地址：10576台北市民生東路五段178號7樓之3
電話：(02) 2756-0949
傳真：(02) 2765-3799
執行主編：朱墨菲
美術設計：吳宗潔
業務總監：張瑋鳳

新版一刷：2024年10月
ISBN：978-626-7510-07-0

風雲書網：http://www.eastbooks.com.tw
官方部落格：http://eastbooks.pixnet.net/blog
Facebook：http://www.facebook.com/h7560949
E-mail：h7560949@ms15.hinet.net
劃撥帳號：12043291
戶名：風雲時代出版股份有限公司

風雲發行所：33373桃園市龜山區公西村2鄰復興街304巷96號
電話：(03) 318-1378
傳真：(03) 318-1378
法律顧問：永然法律事務所 李永然律師
北辰著作權事務所 蕭雄淋律師

行政院新聞局局版台業字第3595號 營利事業統一編號22759935

定價：380元

國家圖書館出版品預行編目資料

新大漢二十八皇朝 / 徐哲身著. -- 初版. -- 臺北市：
風雲時代出版股份有限公司, 2024.08 冊； 公分

ISBN 978-626-7510-07-0 (第4冊：平裝)

857.452 113010005